호랑이가
눈뜰 때

TIGER HONOR

이윤하 장편소설

송경아 옮김

호랑이가
눈뜰 때

TIGER HONOR

창비

✦

　이 책은 내가 사랑하는 암고양이 '클라우드'를 위한
것이다. 클라우드는 애정을 바라는 얼룩 고양이이자
강력한 사냥꾼이며, 내가 이 책을 쓰는 동안 키보드 앞
에서 식빵 굽는 자세로 앉아 있기를 좋아한 고양이다.
우리 가족 모두에게 클라우드는 호랑이의 가장 가까
운 친척이다!

주황 세빈, 생도, 1728-99746.

이름, 계급, 일련번호. 내가 붙잡혔을 때 말해도 되는 건 이게 전부다.

'천 개의 세계' 우주군 군인이라면 모두 이 사실을 알고 있다. 나 같은 신참이라도.

그렇다고 내 정체가 탄로 날까 걱정하는 건 바보 같은 일이다. 이 우주선에서 아직 활동할 수 있는 몇 안 되는 사람들은 내가 누군지, 무슨 일을 했는지 이미 알고 있기 때문이다. 그리고 나를 여기 집어넣은 건 내 동료들이다. "너는 반역자일 뿐이야." 민이 나를 이 감방에 가두고 떠나면서 마지막으로 한 말이다.

다른 사람들이 내 이름 따위에 대해 들을 필요는 없다. 내가 용기 세계 주황 부족 출신의 호랑이령이라는 것, 그리고 우리 모두 겪고 있는 곤경이 내 책임이라는 것을 다들 아주 잘 알고 있으니까.

게다가 더 복잡한 사정이 있다. 나는 내가 소속된 전함 '해태호'의 죄수다. 우리는 여전히 게이트를 지나는 중이며, 얼마나 더 가야 맞은편 끝에 다다를 수 있는 건지 모르겠다.

그래도 덕분에 감금실을 조사할 기회가 충분히 생겼다. 감방은 대략 3제곱미터다. 단조로운 회색 금속 벽, 화장실과 구석의 싱크대, 포스 필드 대신 물리적으로 설치된 창살이 있다. 내가 마지막으로 점검했을 때 해태호 동력 시스템의 절반이 꺼져 있었다는 걸 고려하면 영리한 예방 조치다.

이 감방에는 예비 동력으로 작동하는 기다란 전등이 있다. 불빛이 희미한데, 얼마나 오래갈지는 모르겠다. 호랑이령인 나는 이 정도 불빛으로도 잘 볼 수 있다. 지금 상태만 유지되어도 좋겠다.

그러나 만약을 대비해 눈에 보이는 모든 것의 배치를 외워놓았다. 전에 보았던 배의 지도 역시 최선을 다해 머릿속에 저장했다. 그 지도에는 제한 구역들도 포함되어 있었다. 여기서 나갈 수만 있다면 지도의 정보를 사용할 수 있을지 모른다.

같은 열에 있는 다른 감방들은 비어 있다. 안을 들여다볼 수는 없지만 나의 후각과 청각이 그렇게 알려 주었다. 여기엔 나뿐이고 다른 불운한 이가 없다는 사실에 안도감이 들었다.

풀어 줄 사람들이 있다면 내 속도도 더뎌지겠지. 생각하면 괴롭지만, 모든 것이 단단한 현실성을 띠며 확고해졌다. 어쨌든 멸종한 줄로만 알았던 괴물의 요술에 걸린 사람들을 내가 막지 못한다면 이 배에 탄 사람들 모두가 파멸할 것이다.

창살을 시험해 본다. 창살은 나 같은 초자연인을 가두기 위해 특별히 강화되어 있다. 호랑이는 말할 것도 없고, 고블린과 용 또한 '천 개의 세계' 인구에서 가장 높은 비율을 차지하는 평범한 인간보다 더 강하다.

내가 인간에서 호랑이로 변신한다고 해도 이 감방을 물리적인 방식으로 나갈 수는 없을 것이다. 호랑이가 될 수 있는 공간은 아슬아슬하게 충족되지만, 내 발톱으론 창살에 흠집 하나 내지 못할 것이다.

사람들은 언제나 우리 종족을 훌륭한 전사로 생각했다. 어느 정도는 맞는 얘기다. 내가 자라는 동안 우리 가족은 훈련과 훈육을 강조했다.

그러나 호랑이는 단순한 전사가 아니다. 아주 오래된 전설을 보면 우리는 영리함으로도 명성이 높다. 그중에서도 어떤 호랑이는 다른 호랑이보다 더 영리하다. 내가 더 영리했다면, 친구라고 생각했던 인간들 손에 여기 갇히는 일을 피할 수 있었겠지. 만약 내가 그들을 괴물에게서 풀어 줄 수 있었다면, 우리는 아직 친구였을지도 모른다⋯⋯.

이제 내가 믿을 수 있는 사람은 단 한 명뿐이다. 괴물이 그를 치받기 전에, 혹은 괴물이 내게 돌아오기 전에 그가 나를 발견한다면.

   갇혀 있는 동안, 이 모든 일이 어떻게 시작됐는지 그리고 내가 어쩌다가 이 감방으로 오게 됐는지 곰곰이 되새겨 봐야겠다…….

1

편지가 도착했을 때, 그날은 내 인생 최고의 날이었어야 했다.

편지, 그러니까 물리적인 편지는 기껏해야 일주일에 한 번쯤 왔다. 호랑이령들의 부족인 우리 주황 부족은 지난 몇 세기 동안 용기 세계를 터전으로 삼았다. 이 땅과 우리의 유대는 별들 사이를 여행하는 데 수십 년, 심지어 수백 년까지 걸리던 때 이 행성에 정착한 이들로까지 거슬러 올라간다. 부족의 가모장님이신 내 할머니는 이 세계가 테라포밍되기 전에, 진흙과 독성 물질로 이뤄진 공과 같았을 당시 어떤 모습이었는지 기억한다고 말씀하셨다.

"그때는 편지 같은 건 없었어."

할머니는 언제나 꼬리를 불길하게 홱홱 휘두르며 이야기했다.

"음식도, 의료품도, 연료도, 아무것도 없었지. 그때는 '천 개의 세계'가 함께 모이기 전이었고, 너희는 가족 말곤 아무도 믿을 수 없었어."

하지만 우리 집 보안 시스템으로 편지가 배달됐다는 알람이 왔을 때, 내 신경은 온통 그 편지가 내 것인지에만 쏠려 있었다. 우주군 생도 프로그램에 응시한 뒤로 지난 세 달 동안 편지에 내내 정신이 팔려 있었던 거다.

보통은 열다섯 살이 되어야만 우주군에 들어갈 수 있었다. 하지만 '천 개의 세계' 국경에서 일어난 습격 때문에, 우주군은 더 어린 생도까지 모집하기 시작했다. 좀 더 일찌감치 고된 우주여행에 생도 ─내 희망으로는 나! ─를 적응시키기 위해서였다. 우주군은 특히 군 복무에 적합한 초자연적 특성을 지닌 지원자들을 환영했다. 고블린, 천인(天人), 나 같은 호랑이가 여기에 포함되었다. 내가 우주군에 들어가고 싶어 하지 않았어도, 가모장님은 들어가라고 부추기셨을 것이다.

"우리의 세력 기반을 닦아 놓는 건 중요한 일이야."

가모장님은 알 듯 모를 듯한 말씀을 하시곤 했다.

편지가 도착할 때마다 나는 고대하던 답장이 왔을지 모른다는, 어쩌면 입대 허가 편지가 왔을지도 모른다는 희망에 차서 그 주변을 맴돌았다. 그리고 바라던 편지가 아닐 때마다 우주군 안내서를 더 읽는 것으로 위안을 삼았다. 만일을 대비해 다음번에는 준비가 되어 있어야 하니까.

내가 편지에 집착하는 걸 비웃지 않는 사람은 순이 이모뿐이었다. 이모는 나와 가장 나이가 비슷했다. 적어도 백 살쯤 더 나이가 많기는 했지만(호랑이령은 인간과 비슷한 방식으로 나이를 먹지 않는다). 순이 이모가 나를 이해해 주지 않았다면 부족 막내라는 처지를 견디기 힘들었을 것이다.

편지가 도착했을 때 우리는 인간과 호랑이로 번갈아 변신하며 공격을 피하는 무술 연습을 하고 있었다. 순이 이모는 주황색과 검은색 털을 지닌 호랑이였고, 인간일 때는 회색 머리였다. 나도 주황색 호랑이였다. 내가 친척 중에서 가장 좋아하는 환 삼촌과는 다른 색이었다. 종종 우리 집을 방문하던 환 삼촌은 드물게도 하얀색 호랑이였고, 나는 나도 그런 색으로 태어났으면 하고 종종 바랐다. 내가 우주군에 들어가기를 열망한 건 바로 환 삼촌 때문이었다. 언젠가 삼촌처럼 전함 선장이 되고 싶었다.

"집중해, 세빈!"

연습 도중 멈춰 서서 편지를 가져오려고 우체통 쪽으로 몸을 돌리자 순이 이모가 소리쳤다.

"훈련 중이라는 걸 기억해야지. 훈련이 제일 중요한 거야. 이번 세트까지는 마쳐야 해."

나는 이모에게 으르렁거리는 척했다. 이모는 내 어깨를 가볍게 때렸다. 얼얼할 정도로 세지는 않았지만, 이모의 초자연적인 힘을 새삼 깨닫게 될 만큼 손이 매웠다. 키 작고 땅딸막

하며 머리에는 서리가 내리기 시작한 인간 여성의 모습으로도, 이모는 동료 호랑이와 오랫동안 힘을 겨룰 수 있었다. 나도 그걸 땀 뻘뻘 흘리며 알게 됐었다.

나는 으르렁거리면서 도로 인간 모습이 되었다. 열세 살인 나는 이미 이모보다 키가 컸다. 겨우 2센티미터 차이라고는 해도. (이모 말에 따르면 1센티미터 차이였다. 나는 언제나 우리가 똑바로 키를 대 봐야 한다고 말했지만 이모는 고개를 저을 뿐이었다.)

"알았어요."

나는 이모 뜻에 따르기로 했다. 순이 이모는 자기 성에 찰 때까지 내가 훈련하지 않으면 편지를 완전히 가로채 숨겨 놓을 분이었다.

"그러니까 딱 이것만."

이모의 말에, 이번에는 신음 소리를 냈다가는 큰일이겠다 싶어 꾹 참았다.

"하이 킥을 좀 더 해 보자. 시작!"

그렇게 사백만 번의 킥을 하고 나니 다리가 후끈후끈했다. 순이 이모는 내 노력에 만족한다고 선언하며 말을 이었다.

"모습을 유지하는 게 중요하다는 걸 알았지. 지켜야 할 기준이 있어."

우리 가족의 예상과 달리 나는 우주군의 기준에 그렇게까지 상관하진 않았다. 어쨌든 우리는 용기 행성의 주황 부족이고, 가모장님이 우리에게 즐겨 강조하시는 것처럼 우리는 적들이 공격할 경우에 대비해 두어야 했다. 비록 우리 사유지가 공격받는 것을 목격한 적은 한 번도 없지만, 지금 당장은 모든 훈련을 가능한 한 완벽하게 해내야 했다.

몸이 욱신거리는 만큼이나, 우체통으로 전력 질주하고 싶어 마음도 욱신거렸다. 지난 한 달 동안 우리 가족은 내가 편지를 마음껏 확인할 수 있게 해 주었다. 우리 어머니의 논바이너리 짝인 니니가 그이*의 여느 때다운 건조한 어조로 말했었다. "보통 나는 걸레질을 했다고 상을 주지는 않는데 말이야. 하지만 이런 상황에서는 약간 이해해 줄 만하지."

그래도 나는 순이 이모가 나를 책임감 없는 새끼 호랑이로 생각하는 것을 원하지 않았기에, 이모 옆에서 걸었다. 아무튼 걷는 건 숨을 고를 좋은 기회였다. 만약 내가 합격한다면, 나는 가족들에게 좋은 인상을 주는 것보다 더 중요한 일을 해야할 것이다. 우주군에서 뛰어난 면모를 보이기로 결심한 나는, 언젠가는 환 삼촌보다 더욱 눈부신 존재가 될지도 모른다.

우체통에 가려면 바깥마당을 가로질러야 했다. 안마당과 바깥마당은 각각 호랑이들이 돌아다닐 수 있을 정도로 널찍했는데, 둘 다 꽃으로 환하게 빛나고 있었다. 그 꽃들은 우리

_____

* 3인칭 단수를 나타내는 성 중립적 대명사 'they'의 번역어. 이 소설 속 인물들은 명찰(핀)을 달아 그/그녀/그이 등 자신의 성별 대명사를 드러낸다.

부모님과 다른 이들이 시간을 내어 가꾼 것이다. 사람들은 호랑이가 정원을 가꾸는 데 신경 쓸 거라곤 생각지 않을 것이다. 하지만 어머니 말마따나, 우리는 자연 속에서 번성했다. 그 자연이 잘 자란 대나무 숲을 뜻하건, 버드나무 가지의 우아한 낭창거림을 뜻하건 간에. 정원 가꾸기라는 기술은 식물들이 자연에서 자란 것처럼 보이도록 정돈하는 일이다. 자연보다 더 그림 같다는 점만 빼놓고 본다면 말이다.

나는 정원이 참 좋았다. 하지만 이곳을 떠나 다른 세계를 간절히 보고 싶었다. 나는 홀로그램 프로그램을 통해 엄청난 유적부터 다른 행성계에 있는, 공전 주기와 자전 주기가 일치하는 행성의 극한 온도까지 온갖 것을 볼 수 있었다. 그런 행성들의 한쪽 반구는 영원한 낮이고, 다른 쪽은 영원한 밤이었다. 이런 곳에 직접 가 본다면 훨씬 더 좋을 텐데! 나로서는 그렇게 할 수 있는 최선의 기회가 바로 우주군에 들어가는 것이었다.

"다 왔다."

우체통이 시야에 들어오자 순이 이모가 외쳤다. 우체통은 교묘하게 숨겨진 걸쇠를 풀면 지붕을 떼어 낼 수 있는 미니어처 탑 모양이었다. 나는 우체통의 그런 바보 같은 면까지 사랑했다.

우체통 밑에 누군가가 소포 하나를 남겨 둔 것이 호기심을 자아냈다. 내게 온 소포일 리는 없었지만, 어쨌든 호기심이 일었다.

순이 이모는 내 정신이 딴 데 가 있는 틈을 이용해 한마디 덧붙였다.

"달리기 시합이다!"

그러더니 일렁거리며 호랑이 모습으로 변해 순식간에 뛰기 시작했다. 나도 이모 뒤를 따랐다. 내 본모습으로 돌아가면 더 강하고 빨라진다는 게 마냥 즐거웠다. 호랑이가 된 나는 열세 살 아이 같지 않다. 나는 멋진 주황색 가죽과 진한 검은색 줄무늬와 매우 긴 꼬리를 가진 어른으로 보인다.

내가 변신하기 전에 순이 이모가 달리기를 시작했다는 건 엄밀히 말해 공정하지 않다. 그러나 우리 가족이 강조하는 것 가운데 하나가 적응력의 중요성이었다. 나는 훈련 조건이 불공정하다고 불평했던 때를 떠올렸다. 어머니는 실망한 기색으로 나를 바라본 다음, 전쟁 때는 모든 것이 '불공정'할 수 있다고 설명했다. 적은 상대에게 공정한 기회를 주지 않을 것이므로, 진정한 전사라면 불평하는 대신 그 상황에 맞서야 한다고 말이다. 그때부터 나는 묵묵히 더욱 노력했다.

우체통에 가까워졌을 때, 그 기억을 되살린 나는 기운을 내어 크게 한 번 도약했다. 그럼에도 순이 이모의 도약이 내 도약보다 더 강력했다. 이모는 나보다 일 초 빨리 도착했다. 그러곤 탄력을 받아 우체통 너머까지 넘어갔고, 빙글 돌면서 인간 모습으로 돌아왔다. 나도 이모 뒤를 쫓으며 다시 변신했다.

"이모를 거의 따라잡았어요!"

나는 다른 친척들이라면 이 말을 도전으로 듣겠지만 이모는 그러지 않으리라는 걸 알았다.

"정말 그랬어."

순이 이모가 동의하며 말했다.

"잘했다."

나는 고개를 숙였다. 그 칭찬이 내게 얼마나 큰 의미인지 이모에게 티 내지 않으려고 했다. 다른 가족들은 칭찬에 인색했다. 그래도 나는 내 목표에서 한눈을 팔지 않았다. 나는 발돋움을 해 우체통으로 손을 뻗고 싶었다. 그러나 허락을 기다려야 한다는 걸 알고 있었다. 순이 이모에게도 엄격한 면이 있었다.

"아주 좋아."

이모가 내 참을성을 인정하면서 말했다.

"편지를 받아도 돼."

당장 앞으로 뛰어나가 소포 상자를 집어 든 다음 흔들어 보고 싶었지만, 마음을 억눌러야 했다. 상자는 내가 생각했던 것보다 더 컸다. 너비는 30센티미터 정도밖에 안 되고 깊이는 약 15센티미터였지만, 길이가 내 키의 거의 절반이었다. 순이 이모는 신경 쓰지 않을지 몰라도, 다른 호랑이들은 미심쩍어했을 것이다. 쿵쾅대는 가슴을 안고 나는 속으로 말했다.

'이건 전혀 관계 없는 물건일 거야.'

순이 이모에게 내 희망을, 혹은 내 두려움을 보일 수는 없었다.

때때로 우리는 환 삼촌에게서 비싼 한지에 우아한 서체로 쓰인 짧은 쪽지와 함께 특이한 수집품을 받았다. 가모장님은 그런 수수께끼 같은 작은 소포를 더 자주 받았는데, 나는 그것에 대해 묻거나 호기심을 보여서는 안 되었다. 가모장님은 우리 땅에 나타날 수 있는 어떤 외부인에게도 그 소포들의 존재를 언급해서는 안 된다고 말했다. 지금 이 커다란 소포도 비밀로 지켜야 할 것이다.

나는 앞으로 걸어갔다. 그러고는 여느 때처럼 차분히 우체통 걸쇠를 열었다. 이건 그냥 평범한 걸쇠라고, 내 오랜 꿈으로 향하는 길을 막고 있는 관문 따위가 아니라고 되뇌었다. 걸쇠가 찰칵거리더니 미니어처 탑의 뚜껑 경첩이 휙 열렸다. 우체통 안에는 편지 한 통이 있었다. 나는 최대한 점잖게 그 편지를 집어 들었다. 편지를 들춰 보고 그것이 주황 세빈에게 온 것임을 알았을 때, 그리고 우주군의 봉인과 붉은 잉크 도장을 보았을 때 나는 숨을 헉 들이쉬었다. 나에게 온 편지! 그 편지에 좋은 소식이 있을지 나쁜 소식이 있을지 궁금하다 못해 바짝 긴장이 됐다.

그런데 순이 이모의 반응이 놀라웠다.

"그 안에 다른 거 있는지 살펴볼래?"

이모는 나쁜 소식을 예상하고 있는 것 같았다. 이모에게서 두려움의 냄새가 났다. 나를 옆으로 밀어내고 직접 우체통에 손을 집어넣을 수도 있겠지만 이모는 내가 체면을 지키도록 허락해 주고 있었다.

나는 우체통 안을 들여다보았다. 이모가 옳았다. 나는 내게 온 편지를 발견하고 너무 흥분한 나머지 다른 것을 찾아볼 생각을 못 하고 있었다.

'허.'

두 번째 편지를 꺼냈을 때는 이런 생각밖에 나지 않았다. 그 편지에도 우주군의 붉은 봉인이 있었다. 그러나 내 앞으로 온 편지와 달리, 그 편지는 정식 서체로 주황 호랑이 부족의 가모장님에게 온 것이었다.

그때 나는 알았다. 더 빨리 눈치챘어야 했다. 그 소포 상자에는 칼이 담겨 있었다. 장교의 칼이었다. 환 삼촌이 방문할 때면 언제나 차고 있던 것과 비슷한 칼. 그 칼과 편지가 뜻하는 것은…… 아니, 그럴 리가 없었다.

왜 우주군이 선장의 칼을 돌려보내겠는가. 오직 한 가지 이유밖에 생각나지 않았다. 그가 죽었기 때문이다. 눈이 쓰렸다. 주황 호랑이 부족의 일원이 복무 중에 죽은 경우가 없었던 것은 아니다. 그러나 나는 환 삼촌의 발자취를 따르고 싶었고, 삼촌에게 자랑스러운 존재가 되고 싶었다.

'환 삼촌은 아닐 거야!'

나는 당황하며 생각했다. 우리 집에 올 때마다 내게 칼이건 시나몬 사탕이건 언제나 특별한 것을 가져다준 삼촌. 장교로서 겪은 모험담, 해적을 물리치거나 '천 개의 세계'의 적으로부터 동료를 구하는 모험담을 말해 주던 삼촌.

"이걸 당장 가모장님께 가져다드려야 해."

순이 이모가 말했다. 이모는 엄숙한 표정으로 상자를 바라보며 입술에 힘을 주었다.

환 삼촌이 마지막으로 우리 사유지를 방문했던 때의 기억이 눈앞에 번뜩였다. 빛나는 금빛 술이 달린 남색 우주군 제복을 입은 삼촌은 눈이 부셨다. 삼촌은 옆구리에 총과 칼을 차고 있었다. 삼촌은 내게 가까이서 칼을 보여 주었고, 칼집에서 칼을 뽑았다. 마법 같은 순간이었다.

그 칼은 걸작이었다. 칼집마저 금빛 소용돌이무늬와 자개로 짜 맞춘 모양들로 훌륭하게 장식되어 있었다. 칼자루는 기름을 먹인 가죽으로 감싸여 있었고, 끝에 파란 비단술이 매달려 있었다. 칼날이 뭉툭하다는 것을 발견하고 내가 실망하자, 삼촌이 재미있다는 듯 입꼬리를 올리며 말했다.

"이 칼은 내 명예를 나타낸단다. 이 칼에 날이 서게 하는 것은 금속이 아니라 바로 내 명예야."

나는 알겠다고 했지만 실은 이해하지 못했다. 명예는 아주 좋은 것이지만, 보석 세계로부터 온 침입자나 해적에게 대항할 때 무딘 칼이 무슨 소용이겠는가?

이 순간 나는 상자를 내려다보면서 몸을 떨었다. 상자에 환 삼촌의 칼이 담겨 있을 리가 없었다. 나는 혼잣말을 했다.

"그럴 리가 없어."

"그건 우리가 알아낼 일이 아니야."

순이 이모가 힘차게 말했다. 하지만 이모에게서 다시 매캐한 걱정의 냄새가 났다. 이모는 상자를 손쉽게 들어 올렸다.

"너도 함께 와도 돼. 분명 가모장님은 네 소식도 듣고 싶어 하실 테니까."

우리는 안마당을 통해 엄숙히 걸어가 가모장님이 계신 별당으로 갔다. 바깥에서 보면 별당은 지붕이 뾰족하고 전통적 오방색인 검정, 빨강, 녹색, 노랑, 파랑으로 장식되어 있어서 우체통 탑을 닮았다. 일종의 재미 요소로 넣은 것 같았는데, 가모장님에게 유머 감각이 있다는 것은 상상하기 힘들었다.

우리는 흐드러지게 핀 진달래 덤불 옆에 섰다. 분홍빛 진달래꽃이 탑으로 들어가는 문을 가리고 있었다. 나는 머리를 뒤로 빼고 우리 위에 있는, 완전히 현대식인 창문을 향해 눈을 가늘게 떴다. 창문 뒤에서 그림자 하나가 움직이는 것이 흘끗 보였다. 가모장님은 접근하는 모든 사람을 감시하고 싶어 했다.

"가모장님."

순이 이모가 불렀다.

"가모장님께 온 소포와 우주군에서 온 편지를 갖고 왔습니다."

이모는 아주 공손하게 말했다. 가모장님이 가문의 수장이고, 이곳에서 가장 나이 든 사람이기 때문이다.

진달래의 꽃과 반질반질한 이파리가 바람에 바스락거렸다. 잠시 동안 나는 가모장님이 우리가 왔다는 말을 들었는지 궁금했다. 만약 듣지 못했다고 해도, 가모장님이 알은척할 때까지 우리는 여기서 기다려야 했다. 그것이 가모장님의 방식이었다.

그때 으르렁거리는 기색이 섞인 쉰 목소리가 위에서 들려왔다.

"들어와라, 순이야. 그 아이도 함께 데려오고."

나는 내가 여전히 어린아이인 것처럼 '아이'라고 불리는 게 아주 싫었다. 가족 중 가장 어린 호랑이령인 건 사실이지만 말이다. 그래도 항의하지 않을 정도의 머리는 있었다. 나는 순이 이모를 따라 계단을 올라 현관으로 갔다. 거기서 우리는 둘 다 신발을 벗고 계속 계단을 올라갔다. 그 계단이야말로 진짜 탑 안으로 향하는 길이었다.

가모장님은 수놓은 방석에 등을 똑바로 하고 양반다리를 한 채 앉아 있었다. 가모장님의 길고 흰 머리 속에는 검은 가닥이 딱 하나 있었다. 가모장님의 눈은 노랬는데, 그 눈 덕분에 가모장님은 인간 모습을 할 때조차 지극히 호랑이다워 보였다. 나는 가모장님이 '천 개의 세계' 구식 의복인 한복 외에 다른 옷을 입은 모습을 본 적이 없었다. 저고리는 미묘한 금색 자수가 놓인 빛바랜 주황색이었고, 치마도 똑같이 빛바랜 검은색이었다.

우리는 가모장님에게 깊이 절했다. 나는 순이 이모가 발끝에서 상자를 떨어뜨리지 않고 절을 해내는 모습에 깊은 인상을 받았다.

"그 상자를 이리 가져오렴, 순이야."

가모장님이 으르렁거리는 목소리로 말했다. 순이 이모는 가모장님의 말씀대로 했다.

"열어 봐라."

나이 든 가족이 모두 그렇듯, 순이 이모는 손톱을 날카롭게 해 두고 있었다. 아니면 아마도 손톱을 절반쯤 발톱으로 바꿨을 것이다. 어느 쪽인지 잘 모르겠다. 나를 비롯한 대부분의 호랑이들은 그런 종류의 정교한 변신술을 쓸 수가 없다. 이모는 상자의 테이프를 베고 뚜껑을 열었다.

칼을 알아보았을 때, 나는 숨을 멈추었다.

"이건 환의 것입니다."

순이 이모가 말했다. 가모장님의 눈이 칼로 베듯 날카롭게 내 쪽으로 깜박였다.

"그렇구나."

가모장님은 내 괴로움을 알아차렸다. 하지만 나를 직접 꾸짖는 대신, 순이 이모에게 이렇게 말했다.

"세빈은 자기 체면을 구기고 있어."

가모장님이 나 들으라고 한 소리임을 알고, 나는 즉시 눈길을 내리며 부끄러워 얼굴을 붉혔다.

가모장님은 순이 이모가 준 편지를 열었다. 그리고 눈을 깜박이더니 우리 둘을 바라보며 말했다.

"우주군 사령부가 우리에게 알리고 있다. 주황 호랑이 부족의 환이 반역죄로 기소되었으며 자기 제복의 명예를 더럽혔다고. 환을 체포하기 위해 발부된 영장이 있어. 체포되면 군법 재판에 회부될 거다."

'그럴 리 없어!'

나는 그렇게 외치고 싶었다. 환 삼촌이 죽지 않은 것에는 안도했지만, 이건 더 나빴다. 삼촌은 내게 명예에 대해 가르쳐 준 사람이다. 절대로 반역을 저지르고 도망갔을 리가 없다.

환 삼촌에게 반역자라는 낙인이 찍혔다면, 그건 나에게 무슨 의미일까? 우주군에서 복무하고 싶다는 내 꿈이 환 삼촌의 체포 영장이 도착하면서 날아가 버린 것일까?

2

가모장님은 다른 생각을 하고 있었다.

"우주군은 우리 부족의 명예를 모욕했고 내 대리인을 위협했어. 그들이 이렇게 환을 쫓아내는 걸 내가 참는다면, 다음엔 내 남은 지지자들도 같은 꼴을 당할 거야. 이걸 그대로 보고 있을 수만은 없어."

심장이 멎을 것만 같았다. 내가 우주군에 가면 안 된다는 뜻인 걸까? 생도 프로그램에 들어가는 것일지라도? 다음 순간 그런 생각을 한 나 자신이 반역자처럼 느껴졌다. 해적들, 침략자들과 싸우려는 내 쩨쩨한 개인적 야심보다는 부족의 명예에 더 관심을 기울여야 하지 않을까?

가모장님은 못마땅하다는 듯 헛기침을 했다.

"하순이 이런 일이 벌어지도록 놔뒀다니 믿을 수가 없어. 그 애와 얘길 해 봐야겠다."

나는 숨을 삼켰다. 내 손위뻘인 해군 소장 하순은 가모장님과 먼 친척이었다. 우리 족보에는 다른 세계의 예상치 못한 일족들까지 있었기 때문에, 정확한 친척 관계는 잘 몰랐다. 하순은 우리 친척 중에서 우주군 계급이 가장 높았지만, 부족 내에서는 가모장님보다 지위가 낮았다. 나는 하순이 하는 일을 하고 싶지 않았다. 하순은 탁자에 앉아 전략을 짜고 서류를 작성하는 것 같았다. 나는 언젠가 나의 우주선을, 환 삼촌의 '창백한 번개호' 같은 전함을 갖고 싶었다. 그러나 이제 환 삼촌에게는 배가 없다는 것을 깨달았다. 배신자라는 낙인이 찍힌 선장이 우주선을 갖고 있도록 우주군 사령부가 허락할 리가 없었다. 이런 생각이 들자 아까보다 기분이 더 나빠졌다.

전에는 내가 내 힘으로 생도에 임명된 것이 아니고 친척들 연줄을 쓴 거라고 사람들이 말하면 어쩌나, 하고 때때로 생각했다. 이제 나는 정반대의 문제에 직면했다. 내가 이른바 반역자와 친척 관계라는 것을 안다면, 나를 진지하게 받아들일 사람이 누가 있을까? 이건 계속 숨길 수 있는 일이 아니다. 내가 어느 부족인지 알게 되자마자 사람들은 나와 하순 제독을, 그리고 이제는 환 삼촌을 연결 지을 것이다.

"가족회의를 소집하자."

가모장님이 선언했다. 나는 가슴이 덜컹 내려앉았지만, 가모장님이 이렇게 덧붙이자 마음이 살짝 다시 가벼워졌다.

"그 아이도 참석할 것이다."

'그 아이'라고 불리는 게 처음 있는 일은 아니었지만, 나는 가모장님이 내 이름을 불러 주었으면 하고 바랐다. 가모장님이 나를 '그 아이'라고 부르면 내가 무슨 희한하게 걸어 다니는 조각상이나, 누군가가 행성의 식민화 시절에 의무감으로 남겨 놓은 물건이 된 기분이었다.

내 생각을 짐작한 순이 이모가 공손하게 헛기침을 했다.

"세빈이는 이 자리에 있습니다, 가모장님."

그때 가모장님의 말이 내 마음속을 뚫고 들어왔다. 나는 한 번도 가족회의에 참석한 적이 없었다. 가족회의는 언제나 어른들이 참석하는 자리였다. 가모장님은 나를 '아이'라고 부를지는 몰라도, 마침내 내가 더욱 어른다운 책임을 질 준비가 되었다고, 자신의 운명에 대한 발언권을 가질 준비가 되었다고 생각한 것이다.

회의를 소집하기 위해 가모장님은 탑 안에 둔 종을 울렸다. 종의 음조는 낮았고, 소리도 별로 크지 않았다. 그러나 나는 그 소리가 집 안 전체와 그 너머까지 퍼지는 것을 예전에 몇 번이고 들은 적이 있었다. 인간 가정에서라면 온 가족을 소집할 때 데이터 슬레이트로 호출하는 것이 일반적일 것이다. 그러나 우리 가족 구성원들은 호랑이 모습을 하고 있거나 스파링을 하는 동안, 그게 아니더라도 무시로 자기 슬레이트를 몸에서 떼어 놓고 있었다. 종은 구식이긴 해도 제 역할을 다했다.

종소리가 내 마음속 불길한 느낌을 깨웠다. 어릴 적 나는 어른들이 나에게 닥칠 무시무시한 운명을 논의하고 있는 건 아닐까 자주 궁금해했다. 이런 공포심을 어머니와 니니에게 고백했을 때, 두 분은 내 머리를 헝클어 놓더니 만약 내가 말썽의 근원이라면 나도 알게 될 것이라고 진지하게 말했었다. 그래도 나는 그다지 안심하지 못했었다.

가모장님은 무엇보다 명예를 강조했지만, 나는 속임수로 먹이를 꾀어낸 호랑이 전사들에 대한 전설을 들으며 자랐다. 나를 괴롭힌 전설은 사람들을 잡아먹기 위해 그들의 할머니로 변장한 사악한 호랑이에 관한 이야기였다. 그것은 '천 개의 세계'의 저명하며 엄격하고 용감한 호랑이 전사들에 대한 이야기와 어울리지 않았다. 나는 그 괴리에 대해 감히 물어보지 못했다. 그걸 물으면 곤경에 빠질 거라 느꼈기 때문이다.

순이 이모는 나를 쿡 찔러 백일몽에서 깨우고 문가 자리로 인도했다.

"여기가 네 자리야, 넌 가장 어리니까. 누가 말을 걸기 전에는 말하지 마라."

이모가 경고할 필요도 없었다. 어른 호랑이령들 모임에서 입을 열 생각은 없었다. 나는 봉투를 움켜쥐고 앉았다.

어머니와 니니가 도착하는 데는 오래 걸리지 않았다. 두 분은 근처 정원에서 훈련을 하고 있었던 게 틀림없다. 나는 때때로 그분들이 무엇 때문에 훈련을 하는지 궁금했다. 우리 가족은 언제나 모호한 적에 대해 이야기했다. 마치 그들이 언제라도 쳐들어올 것처럼 말했지만, 나는 그런 일을 한 번도 경험해 본 적이 없었다. 그러나 나는 어떤 만일의 사태라도 대비해야 하는 것이 우리 가족의 의무라는 것을 스스로에게 일깨웠다. 아무리 우리 행성에 습격이 일어날 것 같지 않아도 말이다.

부모님은 깜짝 놀라며 나를 흘끗 스쳐본 다음 가모장님께 절하고 내 앞에 자리 잡았다. 나는 부모님이 지나갈 때 그들을 꼼꼼히 뜯어보았다. 나의 건장한 골격은 우리 어머니에게서 물려받은 것이다. 옅은 호박색 눈과 들창코는 니니를 닮았다. 나는 니니처럼 머리카락을 옆으로 깎았고 앞머리는 늘어뜨렸다. 나는 부모님에게 달려가 안도감을 느끼고 싶었다. 하지만 그러면 부모님은 나를 약하다고 꾸짖을 것이다.

나머지 가족이 느릿느릿 걸어 들어와 가모장님께 존경을 표했다. 명 종조부가 거기 있었다. 그는 우주군에서 한쪽 다리를 잃어버려 의족으로 대체했고, 은퇴하기 전까지 팔 년을 더 복무했다. 어디를 가나 진매 종조부가 그와 함께 다녔다. 그리고 가모장님의 오른팔인 정수 종조모가 있었다. 종조모는 단순한 파란색과 흰색이라는 점만 제외하면 가모장님과 비슷한 한복을 입고 있었다.

이곳에는 나를 포함해 여덟 명의 호랑이령이 있었다. 거의 군중이라고 할 만했다. 우리가 호랑이로 변신했더라면, 탑 안에는 공간이 부족했을 것이다. 부족에는 다른 일원들도 있었지만, 회의에 들어와 앉을 권리가 있는 건 이들뿐이었다. 나는 나의 출석이 예외적인 상황이라는 것을 깨달았다.

"이쯤에서 다 왔다니 괜찮군."

가모장님이 스탠드에 있는 시계를 보며 말했다. 시계의 모습은 좀 속임수였다. 전통적인 물시계를 닮았지만 사발에 어떤 액체도 차 있지 않았고, 시간을 알려 주는 평범한 홀로그램 패널이 있었다. 가모장님이 종을 울린 지 오 분도 채 흐르지 않은 시각이었다.

방에 있는 모든 사람이 뻣뻣하게 굳어 있었다. 나도 반사적으로 굳었다. 가모장님은 그 말을 비난조로 한 것이었다. 더 빠른 소집을 기대했는데, 가족이 기대에 부응하지 못한 거다. 가모장님이 계속 말했다.

"하지만 너희 모두와 의논할 더 중요한 일이 있다."

모두들 믿을 수 없을 정도로 더욱더 뻣뻣해졌다. 나도 차렷 자세의 군인처럼 똑바로 앉았다. 긴장 때문에 등이 아팠다. 나는 참아야 한다고 스스로 되뇌었다.

환 삼촌이 당한 수치에 대해 가모장님이 설명하자 모두 즉시 으르렁거렸다. 특히 환 삼촌과 각별한 사이였던 정수 종조모가 심하게 반발했다.

"환이 강력한 적을 만난 것이 틀림없습니다. 이렇게밖에 설명이 되지 않습니다."

"환은 절대로 가족의 명예를 더럽힐 어떤 일도 하지 않았을 겁니다."

명 종조부가 동의했다. 하지만 입은 혐오감으로 뒤틀렸다. 명 종조부와 환 삼촌은 평소 사이좋게 지내지 못했다.

나도 환 삼촌을 대신한 격분의 으르렁거림이 목구멍 뒤에서 올라오는 바람에, 서둘러 혀를 깨물었다. 그래도 재판이 잘못되었다는 데 가족 모두가 찬성한다는 걸 알자 용기가 치솟았다. 정수 종조모가 말했다.

"분명 우리는 우주군 사령부에 항소할 수 있을 겁니다. 하순 제독도 있고……."

"내가 하순에게 지금 당장 전화하겠다. 반드시 즉각 전화를 받도록 하겠어."

가모장님의 대답에 나는 다시 혀를 깨물었다. 하순은 계급이 높지만 야전 장교가 아니다. 그러니 아마 전화를 받을 수 있을 것이다. 가모장님은 비밀스러운 방법으로 하순이 우주 기지 내부 시스템의 직책을 맡게끔 했었다. 초광속 통신 배달을 거치지 않고 직접 이야기할 수 있을 정도로 하순은 가까운 곳에 배치됐다. 그건 너무 '고압적'이라며 하순이 반대했던 것 같지만, 가모장님의 연줄은 너무나 강력해서 거부할 수가 없었다.

하순은 병참 분야의 일을 했다. 필수 보급품과 함께 병력을 필요한 곳으로 보내는 일이었다. 우리 가족이 전쟁을 찬양한다는 점을 고려하면, 제독이 더 호전적인 역할을 하지 못해 가모장님이 실망스러워할 거라는 게 내 예상이었다. 그러나 오히려 가모장님은 하순의 지위가 자신의 계획에 얼마나 유용한지에 대해 수수께끼 같은 말을 했다. 나로서는, 아무리 병참이 중요하다고 해도 최전선과 실전에서 떨어져 일한다는 게 상상이 안 갔다. 우리 가족은 비록 재미있지는 않다고 해도 병참 일이 얼마나 중요한지를 강조하곤 했다.

정수 종조모가 자기 슬레이트를 살펴보며 말했다.

"제독이 있는 곳은 오전 3시입니다."

목소리에는 감정이 드러나지 않았다.

뭐, 새벽 3시라고! 심지어 우리 가족도 그 시간에는 나를 훈련시키지 않는다. 적어도 자주 있는 일은 아니다. 가모장님이 단호하게 말했다.

"그러면 하순에게 다른 약속이 있을 것 같지는 않군. 내 전화를 받을 수 있겠구나."

가모장님의 소유물이 모두 그렇듯, 그녀의 슬레이트는 전통적인 멋을 내도록 장식되어 있었다. 가모장님은 자기 슬레이트를 청동 거울을 닮은 함에 넣어 두었다. 함은 복과 장수를 비는 여러 상징과 구름 모양 새김 장식으로 마감되었고, 심지어 희미한 푸른빛 녹까지 구현되어 있었다. 진짜 청동 냄새가 아니라 플라스틱 비슷한 냄새가 나긴 했지만.

"주황 호랑이 부족의 하순 제독과 연결해라."

가모장님이 고압적인 목소리로 말하자 방 전체가 침묵에

빠졌다. 그 가운데 슬레이트가 대답했다.

"뜻대로 모시겠습니다, 가모장님."

우리 할머니는 언제나 음성 인터페이스를 더 좋아했다. 순이 이모는 손윗사람들을 방해하지 않도록 내 슬레이트를 진동 모드나 시각 알림 모드로 맞추어 놓으라고 가르쳤다. 그러나 가모장님은 부족의 지배자였다. 상황이 달랐다.

나는 잠자코, 그러나 맹렬히 생각했다. 하순이 해군 소장으로 진급하기 이전 딱 한 번 직접 만난 적이 있었다. 하순은 우리 사유지를 방문해 가모장님과 극적인 언쟁을 벌였었다. 왜 그들이 말다툼을 했는지 잘 알 순 없지만, 둘의 관계는 그때부터 냉랭했다. 그 뒤로 하순은 다시 방문하지 않았다.

슬레이트가 한 번 울렸다. 그리고 다시 울렸다. 계속 울렸다. 가모장님의 표정은 변하지 않았다. 하지만 분노가 커져 가는 걸 냄새로 알 수 있었다. 강한 감정은 어떤 것이든 숨기기 어렵다. 특히 호랑이로 가득 찬 방 안에서는.

그때 홀로그램 이미지가 슬레이트 위로 환히 비쳤다. 나는 하순 제독의 얼굴을 몇 번밖에 본 적이 없었지만, 금세 알아볼 수 있었다. 하순도 우리 집안 특유의 움푹 들어간 눈과 납작코를 가지고 있었다. 호랑이 코. 순이 이모는 납작코를 그렇게 부르는 것을 좋아했다. 나보다 더 짙은 호박색인 하순의 눈은 수면 부족으로 흐리멍덩했다. 하순은 파란 우주군 제복을 입고 나타났는데, 살짝 주름이 져 있었다. 나는 하순이 전화를 반고자 그 옷으로 갈아입었을 거라 추측했다. 그 옷을 입고 잤을 것 같진 않았다. 어떤 이유에서인지 옷깃 절반이 위로 불쑥 튀어나와 있다는 사실 때문에 나는 그이가 더 좋아졌다. 우리 고향에서는 아무도 참아 주지 않는 불완전의 작은 증거.

"주황 가모장님, 어쩐 일로 이런 전화를 받는 기쁨을 주셨습니까?"

하순 제독이 말하자 가모장님의 눈이 가늘어졌다.

"모르는 척하지 마라."

"정확히 말씀해 주셔야 합니다."

하순이 말했다. 그 공손한 화법에도 불구하고, 나는 제독이 몸을 굴려 가모장님에게 배를 내보이진 않는다는 인상을 받았다. 고향에서는 가모장님에게 저항하는 이를 본 적이 없었다.

"명료하게 하기 위해서 말입니다."

"명료하게 하기 위해서."

가모장님의 목소리가 불길하게 낮아졌다.

"우주군이 환 선장을 사소한 잘못에 좀 연루되었다고 반역자니 뭐니…… 그렇게 선언하도록 네가 어떻게 내버려 둘 수 있었는지 묻겠다. 환은 나에게 쓸모가 있어, 하순."

'사소한 잘못?'

나는 그것이 무엇인지 궁금했다. 가모장님이 환 삼촌의 불명예에 놀라지 않는 게 이상했다.

하순은 한쪽 눈썹을 치켜올리며 말했다.

"가모장님, 상황은 가모장님께서 알고 계신 것보다 더 심각합니다."

홀로그램을 통해 하순의 도발을 냄새로 감지할 수는 없었다. 그러나 그이의 목소리에 날이 서 있는 것은 확실히 느껴졌다. 나만 느낀 게 아니었다. 명 종조부도 콧구멍이 치솟았다. 심지어 보통 때는 아주 유쾌한 순이 이모마저 움찔했다. 가모장님이 소리쳤다.

"얼마나 심각하지?"

나는 움츠러들지 않으려고 애썼다.

'가모장님은 가족이야. 나를 해칠 일은 절대 하지 않으실 거야.'

나는 속으로 말했다. 더군다나 나는 가모장님이 비난하는 대상이 아니었다. 어쨌든 그 순간에는.

하순이 냉담하게 말했다.

"저는 환의 기록을 조사한 청문회 소속이 아닙니다. 하지만 가모장님, 심지어 환이 청문회에 나오지 않았는데도, 그들은 환이 대역죄를 저질렀다는 사실을 발견했습니다. 휴가를 부정하게 썼다는 정도의 단순한 사건이 아닙니다."

나는 불신의 비웃음을 억누르느라 숨이 막힐 뻔했다. 아무리 생각해도 환 삼촌은 결코 해이한 사람이 아니었다. 심지어 가족을 방문할 때에도 그랬다. 삼촌이 마지막으로 고향에 왔을 때, 나는 삼촌의 엄격한 훈련을 따라갈 수가 없었다. 삼촌이 나의 초보적인 노력에 미소 지으며 고개를 끄덕여 인정해 주긴 했지만, 그때 나는 더 잘하겠다고 스스로에게 맹세했다. 그러나 유치하게도 지금 나는 내가 얼마나 발전했는지 삼촌에게 보여 줄 기회가 없으리라는 사실에 실망하고 있었다. 우아한 버드나무가 둘러쳐지고 잉어가 가득한 호수 근처 탑에 놀러 다니면서 완벽하게 우려진 차를 홀짝거리는 우리 삼촌이라는 이미지가 얼마나 터무니없는가 하는 생각이 들었다.

순이 이모가 내 비웃음의 냄새를 맡은 것이 분명했다. 이모는 나를 바라보지 않고 내 발가락을 밟았다. 나는 반사적인 비명을 참으며 애써 진정했다.

나만 그 자리에서 얼어붙은 것이 아니었다. 엄격한 위엄의 가면을 계속 쓰고 있었지만, 가모장님에게서는 간신히 억누른 분노의 냄새가 났다. 두 눈은 별의 잉걸불같이 타오르고 있었다. 만약 가모장님이 나를 바라보았다면 나는 그저 공포에 질려 오그라들었을 것이다. 가모장님이 말했다.

"환 선장이 부족에게 불명예를 안길 리가 없다. 진짜 중요한 기준은 그것뿐이야. 그는 내게 오랫동안 잘 봉사했어."

"'전' 선장이죠."

하순이 가모장님의 말을 정정하며 덧붙였다.

"청문회의 결론은 기밀입니다만, 우주군은 환이 가문을 고려해 행동하는 것을 유감스럽게 생각합니다. 그는 마법 물건을 훔치기 위해 자신의 승무원과 배에 대한 의무를 포기했습니다."

"환이 드래곤 펄을 추적했다면 그럴 만한 이유가 있었겠지. 그는 결코 내게 그것에 대해 알리지 않고 움직이지 않았어."

드래곤 펄? 가모장님이 농담을 하시는 거겠지. 드래곤 펄이라면 세계들을 훌륭하게 테라포밍하거나 완전히 파괴할 수 있는 능력으로 알려진, 뛰어난 마법 물건이었다. 그것은 얼마간 사라졌었다. 그러니 우주군 입장에서라면 자기들 선장이 그런 귀한 물건을 확보하길 바라지 않을까?

나는 내심 움찔했다. 가문의 명예는 중요했다. 그러나 우주군의 일원은 자신의 승무원과 지휘 계통에 대해 의무가 있었다. 심지어 하순 같은 제독도 궁극적으로는 진주홀에서 통치하는 의원들의 명령을 따랐다. 설마 가모장님이 분쟁을 유발하는 방식으로 행동하시진 않겠지? 나는 입을 벌려 말참견을 하려다가, 영리하게 굴기로 했다. 이윽고 하순이 말했다.

"오해할 것은 없습니다. 아시다시피 더 이상 세부 사항을 알려 드릴 수는 없지만, 제가 본 것은 환의 유죄를 매우 강력히 시사하고 있습니다."

"주황 부족의 하순, 너는 우주군이 보기에 네 친척이 반역자라는 걸 내게 말하고 있는 것인가?"

"그게 바로 제가 말씀드리려는 것입니다."

"우주군의 관점을 고쳐 놓아라. 환이 당하는 불명예는 부족의 적들을 대담하게 만들 뿐이다."

40

이번에는 내 입이 나를 배신했다.

"가모장님."

내가 불쑥 끼어들었다. 방 안의 모든 사람이 마치 내가 저녁 시간에 어슬렁거리는 토끼라도 되는 양 나를 노려보았다. 등이 따끔거렸다. 가모장님이 경멸하는 어조로 말했다.

"네 의견을 말해 보아라, 아이야."

"제독님이 우리 부족에게 호의를 보이면 적절하지 못할 것입니다."

나는 차분하고 또렷하게 말하려고 신경 썼다. 가슴이 너무 빠르게 뛰었다. 방 안에 있는 모든 사람이 그 소리를 들을 것 같았지만, 내가 할 수 있는 일은 아무것도 없었다.

"공공연히 하는 건 아니지, 그럼. 부족의 일은 바깥 사람들 보라고 하는 게 아니다."

가모장님의 말은 내게 동의한다는 뜻이 아니었다.

"아이요?"

그 순간, 하순이 큰 소리로 물었다. 시야각에 무슨 문제가 있었던 모양이다. 가모장님이 자기 슬레이트를 기울이자 하순은 고개를 끄덕였다.

"아하, 세빈이구나."

부드러워진 표정으로 제독은 한마디 덧붙였다.

"어쨌건 축하한다."

"제…… 제독님?"

나는 놀라서 말을 더듬었다. 그러자 하순이 말했다.

"택배 서비스에서는 편지가 배송되었다고 하던데."

그이의 눈썹 사이에 주름이 졌다.

"착오가 있었나?"

"아뇨, 그 편지는 받았습니다."

나는 모두가 나를 바라보고 있음을 의식하며 말을 이었다.

"아직 열어 볼 기회가 없었습니다."

그렇다. 감히 편지를 열지 못했다. 가모장님의 노여움이 내게 쏟아지는 것을 바라지 않았다.

하지만 너무 늦었다. 호박색으로 불타는 가모장님의 눈은 마치 나를 그 자리에서 재로 만들 준비가 된 것처럼 보였다. 나는 이제 가족회의 참석은 특권이 아니라 시련임을 깨달았다.

"우리에게 그 편지를 읽어 주렴."

가모장님의 말에 나는 고개를 숙였다.

"예, 가모장님."

편지의 서두는 화려했다. '우리의 존경하는 지원자, 주황 호랑이 부족의 세빈'이 나를 가리키는 건지 알아보지 못할 지경이었다. 특히 내 이름이 그렇게 화려한 서체로 쓰여 있고, 주변의 절제된 서체와 대비되어 있으니.

그리고 편지의 나머지는……. 심장이 너무 빨리 뛰다 못해 이제는 가슴에서 터져 나갈 것 같았다.

"우주군 사령부는 당신이 우리의 유서 깊은 기관에 생도로 입대 허가를 받았음을 알립니다. 오리엔테이션과 기본 훈련을 받기 위해 현지 시간 10월 5일 오전 8시 보라색밤 우주 기지의 백송 캠프에 출석하십시오. 그 이후 당신에게 첫 임무가 주어질 것입니다."

편지에는 여행 비용을 부담하는 여행 허가서도 포함되어 있었다. 가모장님이 신랄하게 말했다.

"우주군 사령부가 명예로운 호랑이를 배신자라고 선언하는 동시에 우리 부족 중 하나에게 상을 주다니, 참으로 흥미롭구나."

"우연의 일치입니다. 위원회는 이렇게 훌륭한 후보를 거부하지 않았을 겁니다."

하순 제독이 대꾸했다. 나는 하순이 나에 대해 그런 식으로 이야기하는 것을 듣고 상기되었다. 우리 가족이 칭찬을 하는 것은 자주 있는 일이 아니었다.

"어쨌든, 좋은 일만 가득하길 빕니다."

누군가가 날 선 말을 끼워 넣을 여지를 주지 않고 하순은 연결을 끊었다.

"수상쩍은 '우연의 일치'로 보이는구나."

우리 어머니가 불편한 침묵 속에서 말했다. 그 말이 내 북받치는 기쁨을 억눌러 버렸다. 나는 어머니가 내게 미소 짓거나 축하의 말을 해 주길 바랐다. 하지만 그런 건 어머니의 방식이 아니었고, 나는 체념해야 했다.

"여하튼 우리는 이 기회를 최대한 이용해야 한다."

가모장님이 말했다. 나는 가모장님이 무슨 뜻으로 그런 말을 하는지 이해할 수 없었다. 가모장님의 타오르는 눈길이 다시 내게 돌아왔다.

"너는 이 일을 하기엔 어리지."

가모장님이 골똘히 생각하더니 말을 이었다.

"하지만 너도 부족을 위해 봉사할 수 있어. 더 똑바로 서라."

나는 더 똑바로 섰다. 가모장님이 나를 쓸모 있다고 생각한 것을 영예롭게 느껴야 했다. 하지만 내 뱃속에 맺힌 공포의 덩어리는 더 묵직해질 뿐이었다.

"오른손을 내밀어라."

가모장님의 명에 나는 순순히 따랐다. 질문을 하거나 머뭇거렸다면 모임에서 내쫓겼을 것이다. 가모장님이 내가 반항한다고 생각하기를 바라지 않았다. 가모장님이 중얼거렸다.

"환이 어떻게 그 약한 것들한테 궁지에 몰릴 정도로 부주의할 수 있었는지 모르겠다. 그리고 하순은 부족에서 떨어져 있는 사이에 매우 대담해졌어. 수경 재배로 기른 아주 달콤한 감귤을 자기 파견지에서 보낼 수도 있더구나. 마치 나를 매수할 것처럼. 하지만 하순은 여기를 방문하지 않았지."

나는 그 일이 나와 무슨 상관인지 잘 몰랐기 때문에 입을 다물고 있었다. 그렇지만 나는 티끌 같은 희망을 품고 있기로 했다. 만약 환 삼촌이 죽지 않았다면, 삼촌이 결백을 증명하도록 도울 수 있을 것이다. 무슨 노력이 필요하건 간에.

가모장님은 자기 테이블에 놓아둔, 청동 자루가 달린 칼을 집었다. 나는 몸을 떨었다. 어쩔 수 없었다. 그 칼에서는 희미한 피 냄새가 났다. 가모장님이 말했다.

"너는 모든 일에서 부족에 봉사하겠다고 맹세해라. 서쪽의 백호를 걸고 맹세해."

"서쪽의 백호를 걸고, 저는 모든 일에서 부족에 봉사할 것을 맹세합니다."

나는 우리 가족이 지켜보는 가운데 순순히 되뇌었다. 이것이 엄청나게 진지한 선서라는 사실, 만약 이 선서를 깨면 무시무시한 대가를 치러야 한다는 사실을 알고 있었다. 사신수는 사방위를 지킨다. 서쪽의 백호, 동쪽의 청룡, 남쪽의 주작, 북쪽의 현무. 어렸을 때 나는 삼차원 세계의 한 축인 위아래는 무엇이 맡느냐고 물었다가 그런 무례한 질문은 하지 말라는 말을 들었다.

백호를 화나게 했을 때 어떤 결과가 생길지 생각하는 동안, 가모장님은 위로 올린 내 손바닥에 칼을 내리꽂아 깊은 상처를 남겼다. 피가 솟구쳐 마루에 뚝뚝 떨어졌다. 나는 내가 포식자들 가운데서 피를 흘리고 있다는 사실을 날카롭게 의식했다. 그 포식자들이 나의 가족일지라도.

가모장님이 말했다.

"네 선서를 명심해라. 너는 별들 사이로 나아가서 크고 작은 동료들을 만나고, 전사의 방식을 배울 거다. 하지만 무엇보다도, 너를 이끄는 나침반은 부족의 방식이어야 한다."

3

집을 떠나던 날, 나를 배웅한 이는 둘뿐이었다. 어머니와 순이 이모.

"다른 이들은 이런 감상적인 일을 좋아하지 않아. 특히 니니는. 부족의 명예를 명심하렴. 그럼 다 괜찮을 거다."

어머니는 그렇게 말하고 내 어깨를 두드렸지만, 나는 마음속 한구석으로 어머니가 안아 주었으면 하고 간절히 바랐다. 몇 년 동안 어머니의 포옹을 받은 적이 없었으니까.

"게다가 니니는 돌봐야 할 집안일이 있잖니."

다른 상황이었다면 나는 그 '집안일'이 무엇인지 궁금해 죽을 지경이었을 것이다. 그러나 오늘만큼은 우주군 생도가 되기 위해 길을 떠나고 있다! 내 꿈을 실현한다는 기대 말곤 그어떤 것에도 집중하기 어려웠다.

"손 때문에 거추장스럽지는 않지, 응?"

순이 이모가 붕대를 흘끗 보며 물었다.

"괜찮아요."

나는 이모가 내 상처에 신경 쓰지 않기를 바라며 말했다. 여느 어른들과 마찬가지로 이모도 지금 내 손의 딱지와 같은 자리에 흉터가 있었다. 그러나 호랑이들은 상처가 빨리 낫고, 나는 상처를 지나가는 골칫거리 정도로 생각했다. 의료용 젤을 바를 가치조차 없는 것이 확실했다. 집 안에는 응급 의료 상자가 있었고, 나는 응급 상자의 위치와 사용법에 대한 교육을 받았다. 그러나 내가 그 상자를 이런 사소한 상처에 사용했더라면 우리 가족은 나를 비웃었을 것이다. 게다가 가모장님이 내 손을 벤 목적은 흉터를 남기는 데 있지 않은가.

우리는 집을 찬찬히 둘러보며 지나갔고, 나는 당분간 보지 못할 수 있다는 것을 알았기 때문에 집의 세세한 부분까지 음미했다. 부유한 상인과 탐험가 가족의 집에 있는 멋진 태피스트리나 그림은 우리 집에 없었다. 그러나 낡은 벽에는 고풍스러운 위엄이 깃들어 있었다. 벽은 이제 동물원에서만 볼 수 있는 맹수들이 이 집을 공격했을 당시 남긴 발톱의 거대한 흠집들과 한때 강도들이 습격했을 당시 총에 그을린 자국들을 자랑스럽게 보여 주었다. 나는 비단 두루마리에 그려진 말 탄 궁수와 호랑이 전사에 얽힌 전설을, 그 모든 흔적과 자국에 관한 이야기를 할 수 있었다.

우리는 함께 집에서 나와 등나무가 드리워진 앞문으로 걸어갔다. 나는 코를 찡그렸다. 향기 때문이 아니라, 등나무 다듬는 일을 내가 맡았기 때문이다. 내가 가 버리면 누가 그 일을 맡을까? 물어볼 수도 있었지만, 어머니와 순이 이모에게 내가 떠나기 싫어한다는 인상을 주고 싶지 않았다.

"가족을 명예롭게 해 주렴."

어머니가 무뚝뚝하게 말하고, 마지막으로 내 어깨를 한번 두드린 다음 다시 집을 향해 걸어갔다.

순이 이모가 남았다. 이모는 내 쪽으로 몸을 기울이고 옷깃의 핀*을 고쳐 달아 주었다. 나는 참았다. 집 근처에서는 보통 핀을 달지 않는다. 그러나 나는 낯선 사람들 사이에 섞이게 될 것이고, 내 핀은 사람들에게 내가 논바이너리임을 알려 줄 것이다.

"너한테 행운을 가져다줄 뭔가를 주고 싶었어."

이모가 말하며 작은 은장도를 꺼냈다. 전통적으로 여자들이 스스로를 지키고자 은장도를 사용했지만, 요즘은 아무나 도둑이나 강도를 막는 부적으로 갖고 다닌다.

"네 안전을 위해서."

만약 싸워야 하는 때가 온다면, 이런 작은 칼날보다는 나의 송곳니와 발톱이 더 효과적일 것이다. 은장도는 내 손보다도 길이가 짧았다. 그러나 이 은장도는 순이 이모가 주는, 내가

---

* 그, 그녀, 그이 등 자신의 성별 대명사를 표시하는 명찰.

여행을 앞두고 받는 유일한 선물이었다.

이모는 다른 사람이 근처에 있을 때만 예의를 강조했지만, 나는 이모에게 정식으로 절을 했다.

"고마워요. 잘 간직할게요."

우리는 위를 쳐다보았다. AI가 조종하는 호버카가 정문 앞에서 매끄럽게 속도를 줄였다. 순이 이모가 말했다.

"왔다."

집안의 누군가가 이동 준비를 해 놓았다.

"갈 시간이야."

"안녕히 계세요, 순이 이모."

나는 이모의 얼굴을 마지막으로 바라본 다음 몸을 돌렸다. 그리고 뒤돌아보지 않고 문을 열었다.

용기 행성부터 내가 소집된 보라색밤 우주 기지까지의 여행은 안개 속에서 지나갔다. 나는 우주여행에 쉽게 적응하기 위해 추천받은 약물을 먹고, 항해 기간 동안 규정 안내서를 다시 보았다. 나를 수송해 준 우주선이 마침내 도킹했을 때 비로소 안도감을 느꼈다.

나는 깊이 숨을 들이쉰 다음 도킹 구역을 나왔다. 사람들은 나를 지나쳐 활발하게 걸어가며, 무늬들로 표시된 길을 따라갔다. 순이 이모는 어떤 우주 항구는 시각 장애인이나 색각 장애인을 위해 돋을무늬를 사용한다고 내게 설명해 주었었다.

정말로 두어 사람이 지팡이나 로봇 안내자의 도움을 받아 움직이는 모습이 보였다.

상황이 달랐다면 나는 우주 기지의 광경을 즐겁게 관람했을 것이다. 나는 우주 항구야 모두 다 비슷할 거라고 상상했었다. 그러나 용기 행성의 기지와 이곳은 전혀 달랐다. 내 고향 행성의 우주 항구가 바짝 경계하는 회전 포탑들이 달린 군대 요새를 닮았다면, 보라색밤 우주 기지는 우아하게 숨 쉬는 듯했다. 높은 천장과 채광창부터 이끼 정원과 유리 돔 테라리엄이 있는 벽에 이르기까지, 마치 정원사의 영혼을 지닌 사람이 설계한 것 같았다. 우주 기지가 보안을 게을리할 것이라고는 상상할 수 없었지만, 나는 내가 언제라도 기습당할 수 있다는 걸 본능적으로 느꼈다. 설계자의 우선순위가 무엇인지 알 것 같았다. 그것은 아름다움이었다.

뒤죽박죽 뒤섞인 냄새들이 사방에서 밀려왔다. 인간들과 다른 호랑이들의 냄새는 익숙했다. 그러나 나머지는 이모가 시킨 냄새 훈련으로만 배운 것들이었다. 고블린, 용, 천인 등등. 그리고 군중! 이렇게 많은 사람을 한곳에서 본 적이 한 번도 없었다. 취약한 채로 노출된 기분이었다. 하지만 이런 낯선 사람들 앞에서 약점을 보일 수는 없었다. 그래서 나는 등을 꼿꼿이 하고 얼굴을 가면처럼 딱딱하게 굳혔다.

편지에는 부가적인 지시가 적혀 있었고, 나는 그 지시를 외워 두었다. 나는 우주 기지의 초승달관에 가서 보고하도록 되어 있었다. 내 슬레이트는 현지 네트워크의 관리 프로그램에 인식되지 않았기 때문에, 일단 한 키오스크에 가서 줄을 섰다. 아무도 나를 알아보지 못하는 것에 안도감이 들었다. 양가적인 감정이 내 마음을 물어뜯었다. 나는 내 호랑이 혈통을 자랑스러워하고 싶었다. 나의 호박빛 눈과 건장한 체격을 알아보는 어떤 사람이라도, 내 부족을 특정하지는 못할지언정 내 혈통은 추측할 수 있을 것이다. 그러나 내 가족 관계에 대해 신중하게 굴 생각을 하면 내가 겁쟁이처럼 느껴졌다.

줄은 빠르게 움직였고, 나는 키오스크에 우주 기지의 배치와 초승달관으로 가는 길에 대해 물었다. 우주군의 학바다 소위에게 내가 도착했다는 것을 알리고 싶으냐고 묻는 메시지가 떠올랐다. 나는 그렇다고 답했다. 질문은 그저 예의상으로 묻는 것이었다. 내 대답과 상관없이 소위에게 답변이 전해질 것이다.

"아직 안 끝났습니까?"

뒤에서 짜증 난 목소리가 들렸다. 내가 선 지 오 분도 안 지났지만, 입씨름을 해서 소란을 피우고 싶지는 않았다.

"미안합니다."

나는 그렇게 말하고 내 뒤에 줄을 선 사람에게 키오스크를 양보했다.

나는 한 개의 넓은 줄무늬와 두 개의 좁은 점무늬로 표시된 길을 따라갔다. 이끼와 테라리엄을 비롯한 녹색 화초가 가득했다. 내 위로 우뚝 솟은 실내 대나무 숲이 있었다. 대나무 숲은 복과 장수의 상징을 드러내는 종이 등불들로 둘러싸여 있었다. 복이 구석구석에 전부 흐르도록, 이곳을 만들 때 일류 풍수지리사가 참여했던 것이 틀림없다. 풍수지리사들과 군인들이 배치를 두고 다툰 적은 없었을지 문득 궁금해졌다.

초승달관 입구는, 초승달에서 폭포처럼 떨어지는 희미한 별들을 그린 거대한 그림으로 표시되어 있었다. 못 보고 지나칠 수가 없는 그림이었다. 나는 그 그림을 호기심 어린 눈빛으로 바라본 다음, 검문소로 가서 경비병 앞에 섰다. 경비병이 눈을 가늘게 뜨며 물었다.

"주황 세빈입니까, 백 지입니까?"

흥미로운 일이었다. 나와 동시에 도착하는 누군가 있단 말이야? 그 정도는 예측했어야 했다. 훈련을 받으러 온 사람이 나만 있지는 않을 터였다.

"주황 세빈입니다."

내가 적당히 경의를 표하며 말하자, 경비병은 내 신원을 확인하기 위해 망막 스캔을 하고 내게 서명하라고 했다.

"학 소위가 초승달 8실에서 당신을 기다리고 있습니다. 복도를 따라 내려가서 오른쪽 네 번째 문입니다. 꾸물거리지 마세요."

"고맙습니다, 경비병님."

경비병은 한숨을 쉬었다.

"난 경비병 '님'이 아니에요. 먹고살려고 일하는 거지."

내가 어리둥절한 표정을 짓자, 그녀는 고개를 젓고 말했다.

"언젠가는 알게 될 겁니다."

우주 기지의 나머지 공간과 대조되게, 초승달관의 인테리어는 무미건조할 정도로 소박했다. 벽은 모두 무광 금속이었고, 검은 문은 뭐든 삼킬 듯한 구멍을 연상시켰다. 다행히 문에는 명판이 붙어 있었다. 나는 오른쪽 네 번째 문을 찾아서 그곳이 초승달 8실임을 확인했다. 그때 뒤에서 빠르게 움직이는 발소리가 들렸다. 나는 휙 돌아서서 만일을 대비해 웅크린 싸움 자세로 몸을 낮추었다.

나를 놀라게 한 사람이 제 손을 들어 올렸다. 나는 날카로운 눈으로 그 사람의 옷깃에 있는 핀을 봤다. 키가 작고 홀쭉한 소년이었다. 마른 얼굴에는 새 부리 같은 코가 두드러졌고, 짧게 친 머리카락이 아무렇게나 빗질되어 있었다. 소년은 내게 미소를 짓고 있었고, 다정한 냄새가 났다. 그가 말했다.

"미안, 미안! 넌 다른 생도겠지? 내가 방금 너를 놓쳤다고 경비병님이 말해 줬어."

그는 세차게 헐떡거리고 있었고, 심장이 쿵쾅거리는 소리가 들렸다. 나를 따라잡기 위해 달려온 것이 틀림없었다. 내가 신경 쓰이는 점은 그가 바로 뒤에 올 때까지 알아채지 못했다는 것이었다. 용납할 수 없는 일이었다.

"난 세빈이야."

나는 그를 선배나 지휘관보다는 동료로 여기며 가볍게 인사했다. '주황 호랑이 부족의 세빈'이라고 덧붙일까 고민했지만, 머뭇거리는 바람에 말할 기회는 지나갔다.

"나는 백 지야."

소년이 마주 인사하며 말했다. 그의 미소가 더 번져 웃음이 되었고, 나는 마주 미소 지을 수밖에 없었다.

"가자. 소위님을 기다리게 하지 말자고!"

나는 앞으로 손을 뻗어 문에 노크를 했다. 지도 같이 노크했다. 우리는 함께 문을 똑똑 두드렸다.

"주황 세빈과 백 지겠군. 들어와."

또렷한 목소리가 문 뒤에서 들렸다.

내가 어느 부족인지 알게 된 지의 반응을 보려고 곁눈질로 살폈다. 그러나 지는 눈도 깜박이지 않았다.

문이 미끄러져 열렸다. 지가 먼저 들어갔고, 내가 뒤따라갔다.

두 사람이 앉을 수 있는 커다란 의자가 있는데도 학 소위는 책상 앞에 서 있었다. 학 소위는 체구가 큰 여성이었다. 고블린 혈통의 흔적을 냄새로 알 수 있었는데, 덕분에 소위의 체격이 왜 그렇게 큰지도 설명이 되었다. 고블린들은 힘이 세기로 유명했다. 유명한 고블린 레슬러들은 호랑이와도 대결할 수 있다는 걸 환 삼촌에게 들은 적이 있었다.

"제시간에 왔군."

학 소위는 마치 우리를 질책할 참이었다는 듯 실망한 기색을 드러내며 말했다.

"둘 다 앉아라. 이건 너희가 우주군에서 겪게 될 가장 신나고 전형적인 경험일 거다. 서류 채우기."

지는 신음했다. 나도 똑같은 기분이었지만, 기분을 티 내지 않는 게 좋을 것 같았다. 지가 물었다.

"어떤 서류입니까, 소위님?"

"신상 서류 작업이지. 이걸 망치면 너희를 쫓아낼 거다."

지와 내가 입을 벌리고 멍하니 바라보자 소위가 킥킥거렸다.

"아니, 진심은 아니야. 하지만 잘못 쓰면 여기저기 문제를 일으킬 거고, 행정 관료한테 걸리면 골치 아플 거다."

소위는 지와 나에게 두 개의 슬레이트를 내밀었다.

"난 이 일에 한 시간을 잡아 두었다. 너희가 빨리 끝낼수록, 너희의 지정 침실에서 짐을 푸는 데 더 많은 시간을 쓸 수 있겠지…… 오리엔테이션 첫날은 말할 것도 없고."

"오리엔테이션에서는 무슨 일을 합니까, 소위님?"

나는 내 행운을 시험하듯이 물어보았다. 소위가 내 쪽으로 얼굴을 찌푸리며 말했다.

"평가를 한다."

지는 다시 신음했다.

"문제가 있나, 지?"

"아뇨, 소위님!"

지가 서둘러 말했다.

"저는 그냥 제 시험 성적을 이미 갖고 계실 거라고 생각했습니다."

"오, 파일에 모두 다 있지. 하지만 우주군이 자체 운영하는 군 직업 전공 시험이 있다. 간단히 말해서, 우리는 너희가 해병이 될지 공병이 될지 알고 싶어 한다는 이야기다."

나는 전공 시험을 알고는 있었지만, 그 의미에 대해 깊이 생각해 본 적이 없었다. 환 삼촌은 모든 승무원의 중요성을 자주 강조했다. "기술자들이 지휘부보다 중요하지 않다고 절대로 생각하지 마라." 삼촌의 말은 타당했다. 배가 부서지면, 어떤 명령이든 아무 소용이 없었다.

하지만 만약 내가 지휘부 대신 공병이나 통신병, 혹은 해병으로 지정될 것이라는 결과가 나온다면? 언젠가 내 배를 갖겠다는 꿈을 시험 성적 때문에 포기할 수는 없었다.

이런 생각을 하며, 나는 서류를 붙잡고 앉아 가능한 한 빠르고 정확하게 채워 나갔다. 이름. 쉬운 질문이지만 나 자신을 주황 호랑이 부족의 일원이라고 밝혀야 할 때마다 움찔했다. 심지어 한글이 아니라 옛날식으로 한자 이름을 쓰는 칸도 있었다. 다행히 나는 니니에게 서예를 배우는 시간에 한자 이름을 외워 두었다. 다른 한자는 읽을 수 없었지만 말이다. 내가 실수를 하지는 않았는지 궁금했다. 모든 공부에 최선을 다하긴 했어도 내가 가장 집중했던 부분은 우주선의 전투 이야기였다.

설문지는 나의 혈통에 대해 물었고, 나는 점점 커져 가는 공포를 느끼며 답변했다. 키와 몸무게 같은 신체 치수도 써야 했고, 내게 어떤 알레르기나 식이 제한이 있는지 묻는 건강 항목에도 답변해야 했다. 타당한 질문이었다. 우주군은 인간부터 용, 호랑이, 천인에 이르는 온갖 모집병을 받아들이므로, 준비가 되어 있어야 했다.

지는 여전히 쓰고 있었다. 나는 그의 슬레이트를 슬쩍 엿보았다. 글 쓰는 속도가 느린 그는 '부가적인 정보'를 꼼꼼한 손글씨로 쓰고 있었다. 내가 무시했던 부분이었다. 그는 자기가 인간이지만 부모 한쪽이 고블린이며, 입양되었다고 썼다. 나는 그에게 가족에 관한 어떤 어색한 질문도 하지 말자고 다짐했다. 그를 불편하게 하고 싶지 않았다.

다시 내 슬레이트로 눈길을 돌렸다. 마지막 질문 하나가 남아 있었다. 나는 얼굴을 찌푸리고 골똘히 생각했다.

당신은 왜 우주군에 들어오고 싶습니까? 한 문장으로 답변하시오.

질문이 너무나 직설적이라 오히려 덫처럼 느껴졌다. 나는 우주군에 무엇을 바칠지 물을 거라고 예상했었다. 나를 지휘부에 넣어 달라고 설득하려면 무슨 말을 해야 할지 도무지 알 수 없었다. 게다가 왜 이걸 단 한 문장으로 답변하라는 것일까.

만약 간접적으로라도 환 삼촌에 대해 언급하지 않는다면 그 점이 내게 불리하게 작용할지 궁금했다. 이 설문지를 검토하는 사람이라면 누구라도 나와 삼촌의 관계에 대해 알 것이다. 그렇다면 정면으로 마주하는 것이 최선이다.

나는 터치 펜으로 턱을 두드리다가, 이내 최대한 또렷하고 분명하게 썼다.

저는 호랑이가 명예롭게 복무할 수 있다는 것을 보여 주고 싶습니다.

그 말은 배를 원한다는 뜻이 아니었다. 어쨌든, 아무도 열세 살짜리에게 배의 지휘권을 넘겨주지 않을 것이다. 나는 장기전을 해야 했다. 지금 당장 배를 원하는 것은 아니다. (음⋯⋯ 아마 조금은 원할지도 모르지만.) 나는 나 자신을 증명하고 서열을 천천히 밟아 올라간 다음에 배를 얻고 싶었다. 그래서 내가 부족의 명성을 지키는 것을 우리 가족과 환 삼촌이 자랑스러워하도록 할 것이다.

나는 내 슬레이트를 제출했고, 학 소위는 끙 소리를 내면서 받았다. 소위가 지를 바라보며 말했다.

"팔 분 남았다."

"죄송합니다, 소위님!"

지는 그렇게 말하고 전보다 약간 더 빠르게 끄적였다.

나는 지를 기다려야 한다는 데 짜증이 났다. 하지만 조바심을 내보이는 건 야박한 태도였고, 그냥 이참에 그를 더 자세히 뜯어보기로 했다. 그는 질문마다 이마를 찌푸리며 생각에 잠겨 시간을 들였다. 그러니 아마 빠른 행동이 필요할 때 좋은 동료가 되어 주진 않을 것이다. 하지만 이런 식의 신중함이 장점이 될 만한 상황도 있었다. 환 삼촌은 언제나 자기 승무원들이 무엇을 잘하는지 찾아내야 하며, 그들의 기술과 성향을 최선을 다해 이용해야 한다고 말했다.

환 삼촌이 일러 준 것들에 내가 많이 의존한다는 사실을 알면 소위나 지가 뭐라고 말할까. 그러나 환 삼촌은 내가 개인적으로 아는 유일한 우주선 선장 — 전 선장 — 이었다. 나는 환삼촌이 잠자리 행성에서 침략자 부대를 물리친 이야기부터 쌍용 쌍성계에서 위험한 별의 흐름을 탐험한 이야기까지, 삼촌의 위업을 들으며 자랐다.

환 삼촌은 나의 북극성 역할을 했다. 과거에는 삼촌이 자주 방문하지 않았음에도 삼촌이 얼마나 나의 성장에 영향을 주었는지 이야기하는 것이 자랑스러웠다. 이제 나는 삼촌을 나의 비밀 가이드로 두는 데 만족해야 했다.

지는 딱 사십칠 초 남겨 놓고 자기 슬레이트를 제출했다. 학소위가 비아냥대듯 남은 시간을 밝혔기 때문에 알았다. 지는 고개를 숙이고 소위에게 미소 지을 뿐이었다. 그 무엇도 지의 쾌활한 성격에 흠집을 낸 것 같지 않았다. 나는 그에게서 두어 가지를 배울 수 있었다.

학 소위는 두 서류를 대충 훑어본 뒤 고개를 끄덕였다.

"좋아. 너희 둘 다 훈련관에 들어갈 수 있는 보안 승인이 없으니까, 내가 너희를 데려다줘야 해."

"물론입니다, 소위님. 저희는 현지 네트워크에도 접속할 수 있습니까?"

이렇게 묻는 지를 소위가 조심스럽게 바라보았다.

"왜 그렇게 관심을 두지? 보안 팀에서도 일하고 싶은가? 아니면……."

소위의 눈이 가늘어졌다.

"해킹을 해 보려고?"

"그런 게 아닙니다, 소위님!"

지는 너무 서둘러 말했다.

"통신입니다. 저는 암호 팀에서 일하고 싶습니다."

나는 새로운 존경심을 갖고 지를 바라보았다. 암호 팀에서 일하기 위해서는 수학과 언어를 다 잘해야만 한다. 나는 수학은 잘했지만, 해야만 하는 것 이상으로 더 열심히 하려고 하지는 않았다. 하지만 암호를 다루는 일을 누군들 바라지 않겠는가?

무슨 이유건 간에, 지의 말에 소위는 한숨을 지었다.

"물론 너는 그렇겠지."

소위가 슬레이트를 자기 책상에 집어넣고 돌아와 우리를 사무실 밖으로 안내하려고 하는데, 갑자기 문이 열렸다. 나는 생각했다.

'이거 재미있잖아. 문은 침입자를 막기 위해 잠겨 있어야
하지 않나?'

새로 들어온 사람은 키가 크고 여윈 사람이었다. 그 사람이
단숨에 외쳤다.

"학지금당장와야해!"

4

나는 새로 온 사람을 훔쳐본 다음, 그 뒤를 따라온, 몸집이 작은 사람도 훔쳐보았다. 둘 다 회색 한복을 입었지만, 그들의 정체와 소속을 말해 주는 배지는 보이지 않았다.

소위는 침입자들에게 으르렁거리는 대신 딱 부러지는 차렷 자세를 하고 키가 큰 쪽에 깊이 경례했다. 나도 똑같이 했다. 반면 지는 놀라서 어쩔 줄 모르는 표정으로 그 둘을 바라보았다.

키가 큰 쪽은 중년을 넘어가는 나이로 보였다. 광대뼈가 어찌나 날카로운지 나무도 벨 수 있을 것 같았다. 더 자세히 볼 기회가 생기자, 이 사람이 우아한 한복에 어울리지 않게 못생긴 노란 다용도 부츠를 신고 있다는 것도 알아차렸다.

키가 작은 쪽은 실제론 아주 작지는 않았다. 그 사람이 여성임을 말해 주는 옷깃 핀이 살짝 보였다. 아마도 열여섯 살 정도 된 것 같았지만, 정확히 알기는 어려웠다. 머리카락은 어깨

길이였고, 얼굴은 날카롭고 뾰족했다. 신고 있는 신발은 실용적이기는 했지만, 다용도 부츠만큼 눈에 띄지는 않았다.

"조사관님, 좀 천천히 말씀하시지요."

학 소위가 화난 티를 억누르며 말을 이었다.

"그렇게 빠르게 말씀하시면 아무도 이해하지 못한다는 걸 아실 겁니다."

"지금 당장 와야 해. 너희도 마찬가지야, 세빈과 지 생도."

키 큰 사람이 말했다. 나는 그 사람을 뚫어지게 바라보았다. 신뢰받는 지휘권자의 명령은 따라야 하지만, 낯선 이가 하는 말을 무턱대고 따르는 것은 다른 문제다. 그건 우리 가족이 가르쳐 준 또 하나의 규칙이었다.

"실례합니다, 장교님."

나는 최소한 경칭을 써야 한다고 생각했기 때문에 그렇게 말했다.

"하지만 장교님은 누구십니까?"

학 소위가 창백해졌다. 그러자 키 큰 난입자가 한 손가락을 소위에게 흔들며 말했다.

"나는 특별 조사관 '이'고, 이쪽은 내 조수 '김민'이다. 내가 설명할 텐데, 내 말은……."

그이가 깊이 숨을 들이쉰 다음 말을 이었다.

"내가 가는 길에 설명할 텐데."

그이는 대답을 기다리지 않고 돌아서서 성큼성큼 걸어 나갔다. 민은 익숙하다는 듯 그이를 재빨리 따라갔다.

"자, 뭘 기다리고 있는 거야? 함께 가!"

소위가 소리쳤다. 우리는 서둘러 두 사람 뒤를 쫓아갔다. 이는 이미 큰 걸음으로 복도를 절반이나 내려갔고, 민은 종종걸음으로 이와 보조를 맞췄다. 나는 내 나이치고는 다리가 길었지만, 지와 소위를 뒤에 남겨 두고 싶지 않았다. 그건 적절하지 않을 것 같았다.

학 소위와 지는 뛰어왔기 때문에, 그들이 잘 따라올지 염려할 필요는 없었다. 우리가 이 조사관 바로 뒤에 있을 때, 학 소위가 소리 죽여 속삭였다.

"저 사람이 '바로 그' 특별 조사관 '이'야! 정 의원과 침입자들 사이의 음모를 밝혀낸 사람! 설마 저 사람 이야기를 들어 본 적이 없다고 하지는 않겠지."

나는 들어 본 적이 없었다. 우리 가족은 내가 홀로그램 쇼에서 봐도 되는 것을 엄격하게 제한했다. 어쨌든 대부분의 시간 동안 나는 허드렛일과 훈련을 하느라고 너무 바빴다. 그러나 지는 눈을 커다랗게 뜬 채 힘차게 고개를 끄덕이고 있었다. '천 개의 세계' 일반 조사관들이 다룰 수 없는 범죄를 해결하기 위해 진주홀의 의원들이 특별 조사관을 임명한다는 것은 나도 알고 있었다.

"보통 특별 조사관이 생도들에게 관심을 가집니까?"

내가 물었다. 물어도 되는 질문인 것 같았다.

"그렇지 않지."

소위는 내 호랑이 청각에도 들릴락 말락 한 작은 목소리로 말했다.

"그들은……."

그러나 소위가 말을 끝맺기도 전에 이와 민이 속도를 늦춰 우리가 바짝 따라붙을 수 있게 했다. 학은 입을 꾹 다물었다. 아쉬웠다.

나는 훈련관으로 가는 길에 초승달관의 나머지 공간을 지나치면서 아주 피상적인 인상만 주워 담았다. 직각이 아주 많았고, 복잡한 정원이나 저격수가 자주 나타날 수 있는 높은 창은 없었다. 순이 이모는 드론 표적을 총으로 사냥하는 방식으로 내게 사격술을 가르쳤다. 그래서 나는 조준력과 반사 신경을 발달시킬 수 있었다. 나는 이모에게 레이저 라이플 쓰는 법을 가르쳐 달라고 부탁해 보았지만, 이모는 나의 타고난 장점에 집중하는 것이 최선이라고 말했다. '나의 타고난 장점'이란 접근전과 호랑이 모습일 때의 전투를 뜻했다. 그렇다고 해서 내가 저격수가 잠복할 수 있는 장소에 대해 배우지 않았다는 뜻은 아니다.

우리는 보라색밤 우주 기지의 중심 구역으로 들어갔다. 이 곳은 주 우주 항구의 조화로운 정원이라든지, 단조로운 벽이 있는 초승달관과는 또 모습이 달랐다. 병사들이 입구에서 경비를 서고 있었다. 그러나 특별 조사관 이가 그들에게 배지를 번득이자 우리는 검문 없이 입장 허가를 받았다. 나는 이를 뒤따라갔기 때문에 그 배지의 모습을 볼 수 없었다. 나는 뒤에 있는 군인들이 우리를 홀로그램으로 감시하고 있다는 것을 지나가면서 알아차렸다.

군인들의 예방 조치는 역설적으로 나를 안심시켰다. 아마 그 모습이 고향을 생각나게 했기 때문일 것이다. 우리 사유지에는 보안 임무를 맡는 가족이 언제나 있었다. 물론 부지를 감시하는 카메라와 AI도 있었다. 하지만 가모장님은 순전히 기계에만 맡기기에는 그 일이 너무 중요하다고 늘 말했다. 여기서는 군인들이 이의 배지를 너무 선뜻 받아들인다는 것이 신경 쓰였다.

'바보같이 굴지 마.'

나는 그들을 따라잡기 위해 보폭을 넓히면서 생각했다. 이와 조수 민은 다시 속도를 올렸다.

'분명 우주군은 신뢰성과 충성심에 대해 신원 조사를 했을 거야. 그리고 우리 삼촌에 대한 고발에도 절대 신경 쓰지 마.'

해군 기지의 벽은 하늘색으로 칠해져 있었고, 우주선과 쌍성계 또는 빛나는 나선 성운의 화려한 벽화가 눈에 띄었다. 맥동성* 홀로그램도 있었다. 조금이라도 마음을 여유롭게 놓아둔다면, 별들 사이를 거닌다는 상상도 할 수 있을 만한 곳이

---

* 주기적으로 수축하고 팽창하며 밝기가 변하는 별.

었다.

우리가 또 다른 검문소로 다가갈 때 특별 조사관 이가 말했다.

"도킹 구역으로 가서, 태우러 올 때까지 기다려라."

"조사관님? 저희 훈련은요?"

내가 얼굴을 찡그리며 물었다. 설명해 주겠다고 약속했지만, 우리는 아직 설명을 하나도 듣지 못했다.

"문제가 좀 복잡하다."

이가 그렇게 말하고는 민을 흘깃 바라보았다.

"우리 잠깐 설명할 시간이 있나?"

민은 슬레이트를 살펴보더니 고개를 끄덕였다.

"배는 지연되었습니다. 조사관님이 원하신 대로…… 제 말은, 조사관님이 예측하신 대로요."

이는 주위를 둘러보더니, 우리를 어느 문으로 이끌었다. 바깥쪽 패널의 파란 불빛으로 보아 안에 누가 있지는 않은 것 같았다.

"여기면 되겠다."

나는 의심했다.

'이거 납치인가?'

하지만 터무니없는 생각이었다. 본능이 내게 뭔가 옳지 않다고 외치고 있었지만, 별 이유 없이 과민한 것은 싫었다. 나는 민이 이에게 대답할 때 더듬거리던 것을 알아차렸다. 민이 말하지 않은 것이 무엇인지 궁금했다. 만약 그것이 위협이었다면, 그 위협은 미묘한 것임이 틀림없었다. 나는 누군가가, 특히 세간의 이목을 끄는 특별 조사관이 우리를 해군 기지 한가운데에서 사라지게 할까 봐 걱정했다.

논리적인 설명이 필요했다. 누군가 엿들을 수 있는 복도 한가운데에서 비밀 대화를 하는 것은 현명하지 못하거나 예의 없는 일이다. 민이 먼저 들어가 센서 지팡이로 방을 쓸어 보았다.

"깨끗합니다. 도청기는 없습니다."

그제야 이는 우리 모두에게 들어가라고 손짓했다. 이는 마지막에 들어가 문을 닫았다. 그러고는 문의 패드에 손바닥을 대고 문을 잠갔다. 패드에 붉은색 불이 켜졌다. 이는 "이 정도면 충분히 안전해."라고 하더니 말을 이었다.

"지와 세빈 생도, 보통 자네들은 전함에 발을 들여놓기 전 몇 주 동안 오리엔테이션과 훈련 코스를 겪게 되네. 하지만 지금은 우리가 그렇게 오래 기다려 줄 수 없네."

"하지만 설명을 하는 데 시간을 내주실 수는 있잖습니까?"

지가 이마를 찌푸리며 물었다. 이는 입술을 구부리며 냉소적인 미소를 지었다.

"좋은 지적이야, 생도."

이는 민을 휙 쳐다보았고, 민은 고개를 끄덕였다.

"사실은, 전함 해태호의 재보급이 지연되고 있습니다. 식량이 가득 저장될 때까지 아무도 어느 곳으로도 가지 못합니다.

그러니 짧은 설명을 할 수 있는 시간은 충분합니다."

학 소위가 훅 숨을 내쉬는 소리에, 나는 소위를 곁눈질했다. 소위도 민의 말에 동의했다.

"보급이 부족한 채로 배가 출발하기를 아무도 원하지 않을 것입니다."

말을 마친 소위의 얼굴은 회색으로 변해 있었다.

나는 은하계 변방에서 자랐지만, 우주선을 자주 재보급해 주어야 한다는 것은 알았다. 심지어 음식을 얻기 위해 수경 재배실을 가지고 있는 더 큰 배들도 모든 승무원의 식량을 자체 보급할 수는 없었다. 식량 공급이 떨어진 배는 취약했다. 특히 그 배가 스타 드라이브*에도 피해를 받는다면 말할 나위가 없었다.

이가 말을 계속했다.

"그러니 우리는 그 지연 시간을 잘 이용하는 편이 좋을 거야. 재보급 후에, 해태호는 요새 섹터의 노란돌 콜로니에서 온 비상 호출에 응답하라는 명령을 받았다."

나는 움찔했다.

"국경 분쟁입니까?"

나는 어린 나이부터 '천 개의 세계' 지도를 공부했다. 어렸을 때는 줌 인되거나 줌 아웃된 홀로그램 지도를 보며 여러 섹

---

* 성간 운행을 할 수 있는 구동 장치.

터와 그 섹터들의 전략적 중요성에 대한 시험을 치렀던 적이 있다. 요새 섹터는 '천 개의 세계'에서 가장 위험한 지역 중 하나였다. 그곳은 불사조 제국과 태양 부족이라는, 우리의 적수 둘과 국경을 접하고 있었다. 보라색밤 우주 기지는 요새 섹터 근처의 잉걸불 섹터에 자리 잡고 있었고, 그래서 단단히 방어되고 있었다.

민이 슬레이트를 꺼내 지도를 불러왔다. 지는 그것을 자세히 들여다보았고, 민은 그의 시야를 방해하지 않도록 뒤로 물러섰다. 지도를 보니 적어도 노란돌이 어디 있는지는 알 수 있었다. 그곳은 분명 작은 콜로니일 것이다. '노란돌'이라는 이름으로 보건대, 아마도 광산업을 할 테고. 우리 부모님은 내게 주요 전략적 요충지들을 확실히 가르쳐 줬는데, 노란돌은 한번도 들어 보지 못한 곳이었다. 이가 말했다.

"노란돌을 도우러 갈 위치에 있는 다른 배가 없다. 우주군은 요새 섹터에서 중요한 작전을 하고 있어. 그래서 보통 때 같으면 그곳으로 소집되지 않을 배들이 도와줘야 한다. 가장 가까이 있는 배가 해태호지."

"비상사태란 무엇입니까?"

내가 물었다. '천 개의 세계'의 어떤 별이든 도우러 가는 것은 우주군의 의무다. 그러나 나는 모두를 돕는 것이 언제나 가능하지는 않고, 우주군 사령부에도 우선순위가 있다는 것을 알고 있었다. 이가 답했다.

"자원이다. 민, 그곳 지형 지도를 불러올 수 있나?"

민은 이의 말에 따랐다. 나는 이가 무엇인가를 직접 한 적이 있는지 궁금했다. 하지만 다시 생각해 보니, 특별 조사관 임무의 중요성에 비추어 볼 때 지루한 행정 업무를 전담해 줄 조수를 두는 건 타당할 것 같았다.

지도가 깜박이며 별 모양 종잇조각으로 변했고, 그다음 천천히 회전하는 행성이 클로즈업되었다. 내가 추측한 대로, 다채로운 갈색 협곡과 몇 안 되는 반짝이는 바다가 있는 지형의 노란돌은 확실히 장래성이 없어 보였다. 짙은 그림자를 드리운 인상적인 산맥이 특징인 곳이었다. 이가 말했다.

"노란돌에는 먼지 폭풍이 불지. 운이 좋으면 지표면에 있는 사람들은 날씨 마법을 사용해 최악의 먼지 폭풍에서 빠져나올 수 있지만 말이야. 먼지 폭풍은 이 행성의 가장 흥미로운 특징을 드러나게 했지. 바로 게이트 크리스털이다."

지는 숨을 들이켰다. 나는 이를 악물었다. 게이트 크리스털은 우리의 스타 드라이브에 동력을 공급한다. 성간 여행은 게이트 크리스털의 꾸준한 공급에 달려 있다. 나는 '천 개의 세계'가 그것을 충분히 갖고 있는지 한 번도 걱정한 적이 없었다. 그런 정보는 일반 시민들에게 감춰져 있기 때문이었다. 나는 어물거리며 말했다.

"이 조사관님, 이건 알려지면 안 되는……?"

"자네들은 다른 모든 이와 같은 배에 탈 거야."

이가 말했고, 민은 힘주어 끄덕거렸다.

나는 점점 더 불안해졌다. 배의 선장은 임무의 모든 세부 사항을 승무원들과 공유하지 않고, 훈련 항해 중인 생도들은 이런 것을 알 필요가 없다고 확신했는데……. 안 그런가?

영리하게 굴려면 입을 꼭 다물고 앞으로 일이 어떻게 전개될지 지켜보아야 할 것이다. 그러나 나는 무슨 일이 벌어지고 있는지 알아내야 했다. 내가 말했다.

"저는 두 명의 생도를 데려가는 것이 왜 그렇게 중요한지 모르겠습니다."

지는 마치 '너는 이가 우리를 뒤에 남겨 두고 가길 바라니?'라고 묻는 듯 내게 얼굴을 찌푸렸다.

"너희가 해태호를 타고 항해를 하지 않는다면, 얼마 동안 기지에 박혀 있을 수도 있다."

이는 곤혹스러운 듯이 눈가에 주름을 잡으며 말했다. 그러고는 마치 지의 생각을 듣기라도 한 듯 이렇게 덧붙였다.

"너희도 여기서 몇 달을 기다리고 싶지는 않겠지, 응?"

"물론입니다."

이는 내 질문을 회피했지만, 나는 무심코 말했다. 나는 억지 미소를 지었다. 꾸며 내는 것은 내 강점이 아니었기 때문에, 아마 썩 설득력이 있지는 않았을 것이다. 그러나 이는 내 미소에 만족했다. 한편 민은 내게 눈을 가늘게 뜨고 있었다. 그러나 민은 아무 말도 하지 않았고, 나는 민의 의심을 덜기 위해 어떻게 해야 할지 고민했다.

"자, 이제 너희들 고민은 해결되었지. 해태호가 노란돌을 방어하러 가는 건 반드시 해야 하는 일이야. 노란돌이 그냥 허덕이는 광업 콜로니였을 때, 불사조 제국과 태양 부족 침입자들은 그곳을 그냥 놓아두었다. 하지만 이제는, 그들이 행동하기 전에 우리가 가야 해."

"노란돌이 당면한 위협은 정확히 무엇입니까?" 지가 물었다.

"대단히 불운하게도, 태양 표면의 폭발 때문에 그들의 마법 보호막이 파괴되었다. 그래서 그들은 수경 재배지의 삼분의 일을 잃었지. 이것이 해태호가 완전히 보급을 받고, 어떤 침입자도 격퇴할 준비가 되어 있어야 하는 이유다."

나는 이에게 대꾸할 자신이 없어서 고개만 끄덕였다. 이는 모든 질문에 대한 대답을 갖고 있었다. 내 상관들은 모든 것을 앞서 생각하고 있는 것 같았다. 어쨌든 군사적인 비상사태 때문에 평상시 훈련이 실행될 수 없다면, 생도들을 위험한 상황에 참여시키는 것도 어느 정도 타당했다. 우주군이 그렇게 하지 않는다면, 젊은 피가 바닥날 수도 있을 것이다. 나 역시 곧장 행동에 뛰어들어도 상관없었다.

그러나 다른 한편으로, 나는 이 상황이 마음에 들지 않았다. 나는 이가 정보를 주며 지와 나를 신뢰했다는 것에 우쭐해야 했다. 하지만 이는 성급해 보였고, 나는 그것이 신경 쓰였다. 어쩌면 주황 호랑이 부족에서 자란 방식 때문에 내가 보안 문제에 더 민감한지도 몰랐다. 아무튼 지는 잘못된 것이 없다고 생각하는 듯했다. 그리고 민은 계속 생각하는 듯한 눈으로 나를 바라보고 있었다. 내 반응이 별나다는 점을 깨달은 것 같았다.

민의 슬레이트가 울렸다. 민은 슬레이트를 슬쩍 보더니 입술을 오므린 다음 이에게 말했다.

"재보급이 완료된 것 같아요."

이의 지위에도 불구하고 민은 이에게 별로 공손하지 않다. 나는 받아들일 수 없었지만, 이가 그것 때문에 민을 꾸짖지 않는다면 내가 할 수 있는 일은 없었다. 이가 자기 조수를 어떻게 다루는지는 내가 상관할 바 아니었다.

하지만 내가 규칙대로 해야겠다고 결심한 일이 한 가지 있었다. 이는 일을 빠르게 마구 해치우는 것을 좋아하는 것 같았다. 나의 새 선장도 그런 식일지 모른다. 그렇지 않기를 바라지만, 어떤 일에도 대비해야 했다.

"그러면, 저는 입대 맹세를 하고 싶습니다."

내가 말했다. 엄밀히 말해서 입대 맹세를 하기 전까지 나는 공식적으로 우주군의 일원이 아니었고, 지도 마찬가지였다.

"정말 이럴 시간이 있나요?"

민이 큰 소리로 날카롭게 물었다.

나는 민을 싫어하기로 마음을 굳혔다. 조사관의 조수가 우주군 의식을 대수롭지 않게 여기는 것은 그리 예상 밖의 일이 아니었다. 하지만 민의 의견은 문제가 되지 않았다. 그 의식은 나에게 중요했다. 이가 다시 그 속사포처럼 빠른 목소리로 말했다.

"배에서 누군가 너희에게 맹세를 시켜 줄 거야."

"하지만……."

나는 항의했다. 이건 비정상적이라고 느꼈다. 나는 행동 규칙과 모병 안내서를 읽었다. 심지어 부분 부분을 외우기까지 했다. 하지만 그중 어디에서도 내가 완전히 다른 부처, 즉 국내 보안부에서 온 특별 조사관에게 명령을 받으면 어떻게 해야 하는지 말해 주지 않았다.

나는 입대 전 며칠 동안 안내서를 읽은 나 자신이 아주 똑똑하다고 생각했다. 만약 우주군이 날 받아 준다면 도움이 될 거라고 확신했다. 이제는 안내서 행간의 여백도 중요할 수 있다는 사실을 깨달았다.

이와 민은 여전히 나를 바라보고 있었다.

"알겠습니다."

나는 그렇게 말했지만, 마음속으로는 진짜로 무슨 일이 벌어지고 있는지 알아내겠다고 다짐했다.

5

그다음 시간은 흐릿하게 지나갔다. 나중에 되돌아보면서, 준비 과정이 그렇게 오래 걸렸다는 것에 놀랐다. 고향에서 부모님은 우리가 사유지를 당장 비워야 할 경우를 대비해 챙겨 놓은 작은 가방을 언제나 갖고 있었다.

"위험을 눈치채지 못하는 게 응급 상황이지."

니니는 이렇게 말하기를 좋아했다. 나중에 내가 더 나이를 먹자, 니니는 내게 우리 사유지의 비축량을 보여 주고 응급 물품을 직접 꾸리는 법을 가르쳐 주었다. 뭔가 잘못되면 나는 십오 분 만에 모든 것을 가방에 싸고 출발할 수 있었다. 만약 사태가 정말로 심각할 때는 십 분 안에.

심지어 우주군 안에서도, 다른 사람들은 이런 수준의 준비가 몸에 배어 있지 않은 것 같았다. 나는 우리 가족이 이상한 건지 궁금했다. 그렇지 않기를 바랐다. 나는 우주군에 나 자신을 증명해야 한다는 점을 언제나 명심하고 있었다. 그 반대가 아니라.

'내가 너무 속단하고 있어.'

나는 낡은 테이블에서 또 한 묶음의 서류를 작성하면서 생각했다. 왜 우리가 첫 번째 서류 묶음을 작성할 때 이것을 같이 해치워 버릴 수 없었을까. 해태호의 도킹 구역으로 가는 길에 우리를 가로막은 시무룩한 얼굴의 남자 중위는 지와 내가 아직 해군 신분증이 없으므로 제대로 된 서류 없이는 승선할 수 없다고 주장했다. 이는 경비병을 찍어 누르기 위해 고위 장교를 찾아 허둥지둥하고 싶어 하지 않았다.

거리낌이 별로 없는 성격인 지는 중위에게 물어보았다.

"우리가 이 서류를 아까 작성하지 못했던 이유가 있습니까, 중위님? 어떤 질문은 우리가 이미 써 냈던 서류에 있는 것과 똑같습니다."

중위는 한숨을 쉬었다.

"규칙은 규칙이다, 벌레 알."

"무슨 말씀이십니까?"

지는 당황한 것 같았다. 중위가 입술을 오므렸다.

"기억해 둬라. 우주군에는 세 종류의 사람이 있다. 장교, 부사관, 그리고 벌레. 너는 어느 쪽인 것 같으냐?"

이는 오래된 농담에 질린다는 듯이 고개를 흔들었다.

"너는 아직 입대 맹세도 안 했다, 지. 따라서 벌레 알이지.

하여간, 그 서류 작성은 서둘러라."

중위가 내 쪽 테이블에 터치 펜을 두드리며 말했다. 나는 움찔대지 않으려고 애썼다.

"다 됐습니다."

나는 중위에게 내 슬레이트를 건넸다. 중위가 슬레이트를 훑어볼 때, 그가 환 삼촌과 나의 관계에 대해 뭐라고 하지 않을까 싶어 긴장이 됐다.

우리가 서류 작성을 끝내자, 중위는 빠르게 타이핑을 한 다음 고개를 끄덕였다.

"축하한다. 너희는 보안 점검을 통과했다."

중위는 전혀 축하하지 않는 듯한 말투로 말했다. 그다음 중위는 우리에게 신분증 사진을 찍는 자세를 취하게 했다. 책상이 몇 번 삑삑거리더니, 우리 카드를 뱉어 냈다. 그는 카드를 우리에게 건넸다.

나는 애써 웃음을 참았다. 신분증에 적혀 있는 내 새로운 신분, '생도'. 아니, 일단 그건 내가 입대 선서를 한 후의 신분일 거라고 생각했다. 지금 상황은 아주 비정상적이었다.

중위가 말을 계속했다.

"배의 저장고에서 제복을 줄 거다. 두 벌을 내려보냈는데, 하지만 아무도 너희 몸 사이즈를 살펴볼 생각을 하지 않아서, 어…… 하나는 칠 척 거인이 입으라고 만든 것 같아 보이고 다른 하나는, 음…… 인간형의 최소 키 규격에 미달하는 누군가를 위해 만들어진 데다가 구멍이 뚫려 있어서, 너희 몸에 맞을 옷들이 아니야."

민은 심각한 표정을 지었다.

"이건 보고할 만한 사안입니다."

중위는 민의 면전에 대놓고 웃었다.

"저기요, 당신 국내 보안부 사람들은 당신들의 멋진 옷을 입고 돌아다녀도 됩니다."

나는 무심결에 이의 우스꽝스러운 다용도 부츠를 훑어보았다.

"그리고 온갖 멋진 기계 장난감들을 갖고 있을 수도 있지요. 하지만 사법권은 없어요."

중위에게서 짜증의 냄새가 났다. 그 냄새는 여기서 이와 민이 더 높은 권력을 가지고 있다는 것을 암시했다. 중위는 인정하기 싫겠지만 말이다. 이가 중얼거렸다.

"자, 민, 우리 동료를 성가시게 하지 마."

그 말은 중위가 뿜는 짜증의 냄새를 더 강하게 만들었을 뿐이다. 하지만 중위에게도 분쟁을 일으키지 않을 정도의 센스는 있었다.

서류 작업이 처리되자, 우리는 마침내 중위의 호위를 받으며 해태호의 도킹 구역으로 향했다. 뒤에는 학 소위가 따라왔다. 이는 더 많은 경비병에게 자기 배지를 번쩍였고, 그때마다 똑같은 결과를 얻었다.

"기다리고 있었습니다, 조사관님. 그곳에서 하는 조사가 잘 되길 바랍니다."

경비병 한 명이 이에게 말했다. 이는 호의적으로 미소 지었다.

"매우 고맙네. 남이 빌어 주는 복은 절대 거절하지 않지."

나는 해군 기지에 얼마나 많은 도킹 구역이 있는지 알 수 없었고, 이건 묻지 않는 편이 낫겠다고 느꼈다. 우리는 목적지에 닿을 때까지 담으로 에워싸인 통로들을 지나갔는데, 하늘색으로 칠해진 담은 복숭아꽃 같은 복의 상징으로 장식되어 있었다. 나의 새 신분증을 마지막으로 한 번 검사한 뒤에, 경비병은 우리가 지나가도 된다고 허락했다.

나는 내가 전함을 볼 마음의 준비가, 심지어 상륙해 있는 전함이라면 더욱 볼 준비가 되어 있다고 생각했었다. 하지만 틀렸다. 순전히 전함의 크기만으로도 나는 숨이 멎었다.

해태호는 거대했다. 온통 검은색과 은색이었고, 공격적인 자세로 보였다. 옆에 그려져 있는 것은 우주선과 이름이 같은 동물인 해태, 그러니까 사자의 몸에 비늘이 있고 이마에 뿔이 하나 돋아 있는 생물이었다. 해태는 사람들을 재앙, 특히 불 때문에 일어나는 재앙으로부터 보호하며 법과 질서를 수호한다고 여겨졌다. '해태'는 우주선에 복을 가져다주는 이름이었다.

나는 여러 전함의 등급을 자세히 조사하고 전함의 외양을 암기하면서 오랜 시간을 보냈다. 삼각형 윤곽을 지닌 해태호는 우주 기동뿐만 아니라 대기권 비행도 할 수 있는 황조롱이급에 속하는 것이 틀림없었다. 나는 미사일 포트와 포탑까지 있는 해태호의 무장에 감명을 받았다. 누군가 내게 입대 선서를 시켜 준다면, 나는 바로 이 배의 승무원이 될 것이다.

'언젠가 나도 선장이 될 테야.'

나는 스스로에게 맹세했다. 아마 이렇게 인상적인 배는 아니더라도, 어느 배에선가 시작해야 할 것이다.

"저 주파수 변환기들을 봐."

민이 내 백일몽에 끼어들며 지와 나에게 말했다.

"저것들은 공중과 궤도의 감시에서 기지를 보호하도록 도와주지."

주파주 변환기를 더 일찍 알아차리지 못한 것이 분할 지경이었다. 누군가가 그것들을 일정한 간격으로 도킹 구역 주변에 설치해 놓았다. 내가 물었다.

"넌 기술을 잘 아니?"

민에 대한 정보를 얻고 싶었다. 만약 내가 미래에 민과 함께 일해야 한다면, 민의 능력을 알고 싶었다. 일단 우리가 항해를 하게 되면 민을 훨씬 더 자주 보게 될 것 같았다.

민은 능글맞게 웃었고, 나는 민이 더 싫어졌다.

"그건 일의 일부인걸. 나는 기술을 잘 다뤄. 하지만 승무원 중에는 그걸 처리할 자격이 있는 사람이 많을 거야. 안 그래?"

"그렇지."

나는 할 수 있는 한 붙임성 있게 말했다. 민은 내게 코를 찡긋했다.

해태호의 승선 경사로는 열려 있었다. 소위 제복을 입은 사람이 우리에게 서두르라며 손을 흔들고 있었다. 아마 승선을 책임지는 갑판 장교 같았다.

이는 옆에서 걷고 있는 민과 함께 서둘러 앞서갔다. 나는 우리가 승선 수속을 밟을 때 이의 배지를 자세히 볼 수 있으면 하고 바랐다. 지와 나는 신분증을 움켜쥐고 맨 뒤에 섰다.

학 소위가 갑판 장교와 몇 마디 나누는 동안 나는 남몰래 갑판 장교의 냄새를 맡았다. 장교는 지처럼 인간이었다. 그렇지만 장교를 과소평가할 수는 없었다. 무엇보다도 갑판 장교는 옆구리에 총을 차고 있었다. 나는 장교가 총을 사용할 줄 알 거라고 확신했다.

갑판 장교가 이와 민을 보더니 말했다.

"신분증 부탁드립니다."

이번에야말로 이의 배지를 훔쳐볼 수 있었다. 뒤에서 얼핏 보긴 했었지만. 그것은 가장자리가 금빛으로 번쩍이는 원형 배지였다. 아마 나의 호기심을 눈치챘는지, 이가 배지를 기울였다. 내 눈이 커졌다. 이는 국내 보안부 소속일 뿐만 아니라, 특수 임무 팀의 일원이었다. 민도 비슷한 배지를 갖고 있었는데, 가장자리가 금빛이 아니었다. 아마 민의 서열이 더 낮기 때문일 것이다.

나는 쿡 찌르는 듯한 질투심을 억눌렀다. 나는 국내 보안부에서 일하는 데 아무 관심이 없었다. 무엇보다도, 그런 방식으로는 우주선을 얻을 수 없다. 하지만 민은 아주 어려 보였다. 나보다 겨우 몇 살 더 많을 것이다. 그런데 민은 이미 중요한 임무에 나선 특별 조사관과 함께 다니고 있다. 내가 채소를 썰거나 갑판을 문질러 닦아야 하는 반면에.

'안달하지 말자.'

나는 스스로를 꾸짖었다. 모든 승무원에게, 심지어 선장 지망생에게도 배의 작동과 유지 보수에 익숙해지는 것은 중요했다. 게다가 나는 힘든 일에 익숙했다. 배의 작동과 유지 보수에 익숙해지려면 힘든 일을 겪어야 한다고 나는 확신했다.

다음은 우리 차례였다. 지는 갑판 장교에게 서툴게 경례했고, 나는 머릿속에서 지를 지적하지 않으려고 애썼다. 우리 가족은 내게 이마에 손을 정확한 각도로 붙이면서 경례하는 법을 가르쳐 주었다. 지는 그런 조기 훈련의 혜택을 받지 못한 것이 분명했다. 다른 사람이 지에게 경례하는 법을 가르쳐 주지 않는다면, 내가 그를 살짝 데려가 가르쳐 줘야겠다.

갑판 장교가 지의 신분증을 검사했다. 신분증에 찍힌 지의 미소는 얼빠져 보였지만, 장교는 그저 웃기만 하며 이렇게 말했다.

"신분증 사진에 찍힌 모습은 우리 모두 끔찍하지. 너는 잘 나왔네. 그리고 너는?"

나는 검사받기 위해 내 신분증을 내밀었다. 장교는 내 이름을 보면서 입술을 움직이다가 눈썹을 치켜올렸다.

"너 혹시 친척 관계가……?"

나는 침묵 속에서 장교를 똑바로 노려보고 싶었지만 눈을 내리깔았다. 장교를 노려보았다면 여러 면에서 부적절했을 것이다. 나는 생도가 될 사람이고, 그녀는 소위였다. 그녀는 자기 일을 하고 있었다. 그리고 서열 문제를 차치하더라도, 열세 살인 나는 분명 그녀에게 후배였다.

학 소위는 장교의 눈길을 끌더니 자기 머리를 아주 살짝 흔들었다. 나는 왜 학이 개입했는지 잘 몰랐지만, 말없이 그녀에게 감사했다. 분명히 학은 나와 환 삼촌의 관계를 이미 알고 있었다. 적어도 학은 이전에 그것을 문제 삼지 않았다.

"분명 선장은 알겠지."

갑판 장교는 신분증을 살짝 노려보며 중얼거렸다. 그러더니 경사로 쪽으로 손을 저었다.

"너희도 올라가라."

나는 경사로를 걸어 올라가면서 요동치는 심장을 가라앉힐 수가 없었다. 품위를 갖추려고 했으나 아마 잘 안 됐을 것이다. 지는 심지어 노력도 하지 않았다. 지가 경사로에서 배의 갑판으로 가로질러 올라가면서 약간 깡충거렸다. 학 소위는 즐거워하는 표정을 지은 채 우리와 함께 왔다. 그녀가 말했다.

"바로 그거다, 생도. 그 반짝이고 신나는 감정이 지속되는 동안을 즐겨라."

"무슨 말씀이십니까, 소위님?"

지가 눈을 커다랗게 뜨고 에어로크를 둘러보면서 물었다. 에어로크는 스무 명 정도를 수용할 수 있었다. 구석구석 빛이 나는 곳이었다.

학 소위는 킥킥거렸다.

"곧 알게 될 거다. 아, 특별 조사관님. 저보다 더 높은 계급의 사람이 조사관님과 조수분을 특별 구역으로 안내할 것입니다."

소위가 목소리를 높였다.

"이 중위님! 우리가 기다리던 특별한 손님을 모셨습니다. 중위님!"

'잠깐만.'

나는 생각했다. 이는 해태호가 재보급 문제 때문에 지연되었다고 말하지 않았나? 뭔가 앞뒤가 안 맞았다. 하지만 이번에는, 내 생각을 마음속에만 간직했다.

학 소위가 부른 중위가 나타났다.

"특별 조사관님, 매우 영광입니다."

중위는 아부하듯이 절하면서 말했다.

"저희는 조사관님이 가장 호화로운 객실을 사용하실 수 있도록 했습니다. 그리고……"

이와 민이 중위를 따라가면서 그녀의 목소리가 작아졌다.

이상하게도, 중위의 과장된 경의 때문에 내가 아까 느꼈던 질투의 통증이 덜어졌다. 어쨌든 나는 해태호에서 떠받들어지는 '손님'이 되고 싶지 않았다. 아무리 하급자일지라도 일하는 승무원이 되고 싶었다.

"너희 둘은 나와 함께 가자."

학 소위가 힘차게 말했다.

"첫 번째로 해야 할 일은 너희에게 제대로 된 제복을 입히는 거다. 기지에 있던 제복이 쓸모없게 된 건 유감이다."

학은 미궁 같은 복도 속에서 능숙하게 길을 골라 걸었다. 복도는 네 명이 나란히 걷기 충분할 정도로 넓었다. 우리는 학 뒤에서 줄을 맞춰 걸었다.

"우리는 병참 장교를 만나러 가야 해."

학이 덧붙였다. 인터폰에서 목소리가 울려 나왔다.

"모두, 이륙 준비."

학은 우리에게 계속 움직이라고 했다. 확실히 해태호는 내가 여기로 타고 온 운송 수단보다 더 고급이었다. 반중력 시스템이 있어서 이륙 때문에 안전띠를 맬 필요가 없었다. 나는 바닥판을 통해 윙윙거리는 진동이 점점 세졌다가 안정되는 것을 느꼈지만, 선체가 움직이는 것은 느끼지 못했다.

길을 가면서 나는 재빨리 주위를 둘러보았다. 배는 갓 만든 칼처럼 번쩍거렸다. 갑판에는 어떤 흠도 보이지 않았다. 모든 것이 꼼꼼하게 윤이 나 있었다. 좋은 징조였다. 심지어 내가 곧 그렇게 꼼꼼히 광내는 일에 참여하게 될지라도 좋은 징조였다. 하지만 차단벽들은 소박했다. 우주 기지에 있던 장식 따위는 하나도 없이, 통로들을 표시하는 숫자와 글자만 있었다.

나는 우리가 가는 길을 외웠지만, 평소 풍경과 냄새를 외우는 방식이 나를 많이 도와주지 못할 것 같았다. 나는 우리가 나중에 교육을 받았으면 했다. 어쨌든, 선배 승무원들이 한 쌍의 생도를 온갖 곳에 데려다주지는 않을 것이다.

다른 승무원들이 우리를 지나쳐 갔다. 같은 방향으로 걸어가고 있다가 교차로에서 헤어지거나, 우리가 방금 온 방향으로 가는 듯했다. 나는 낯선 사람들 때문에 주의를 흩뜨리는 대신 우리가 가는 길에 계속 집중하려고 애썼다. 처음의 매혹적인 느낌이 사라지자 점점 더 내가 적의 영토에 버려진 듯한 느낌이 들었기 때문이다.

비합리적인 반응은 아니었지만, 어쨌든 그렇게 느끼는 나 자신이 싫었다. 그렇다, 갑판 장교는 나와 삼촌의 관계를 알아챘다. 하지만 학 소위 덕분에 그녀는 우리 관계에 대해 입을 열지 않았던 거다. 그리고 지는 뭐가 잘못됐는지 전혀 알아채지 못했다.

'선장은 알 거야.'

나는 생각했다. 선장이 누군지도 모르지만.

학 소위는 병참 장교 사무실에 다다랐다. 병참 장교 양은 모병 포스터에 어울리는, 좋은 자세를 하고 있는 여성이었다. 우리가 경례한 후, 학은 지와 나를 가리키고 수어로 설명을 시작했다. 나는 아주 간단한 수어 두어 개를 알아보았다. 긴급, 옷. 정부의 공식 뉴스 채널에는 수어 통역이 포함되어 있었고, 나는 호기심으로 몇 개의 단어를 찾아본 적이 있었다. 내가 순이 이모에게 배우고 있었던 군사 전술 수어와 비교하기 위해서였다. 나는 수어가 이 배에서도 널리 사용되고 있는지 궁금했다. 환 삼촌의 전함에서는 수어가 사용된다는 이야기를 들어본 적이 없었다.

병참 장교는 학에게 수어로 대답한 다음, 지와 나를 가리켰다. 지와 나는 잠시 머뭇거리다가 걸어 나섰다.

"장교님."

나는 그녀가 내 입술을 읽을 수 있도록 마주 보고 말했다. 내가 독순술에 대해 아는 것은 모두 명 종조부에게서 배운 것이다. 종조부는 첩보 활동을 할 때 편리할 거라며 가르쳐 주었다. 나는 독순술을 배워 두는 게 나쁘지 않을 거라고 생각했다.

양은 미소를 지으며 고개를 젓고 자기 눈을 가리켰다.

"너희는 평소처럼 말해도 돼."

양은 소리 내어 말하는 동시에 수어로 말했다.

"학은 그냥 과시하고 있는 거야. 내 콘택트렌즈는 모든 것을 내가 읽을 수 있는 텍스트로 바꿔 줘. 이런 방식을 통해서만 나는 우주에 갈 수 있는 거지. 맞아, 너희 둘의 신체 치수가 필요해."

우리의 치수를 잰 다음, 병참 장교는 뒤쪽으로 사라졌다. 지가 학에게 작은 목소리로 물었다.

"저희는 수어도 배우게 됩니까?"

"시간 여유가 있고 배울 의향이 있다면, 배워 두는 게 좋아. 우리 어머니들은 청각 장애인이라서, 나는 수어를 배우며 자랐어. 나는 그래서 내가 이 배에 발령받은 거라고 생각해. 양이 자기 언어로 이야기할 사람을 둘 수 있도록."

병참 장교가 두 개의 완전 군장 가방을 갖고 나타났다.

"이건 맞을 거야. 이제 너희는 나가 봐. 나는 재고를 다시 확인해야겠다."

"감사합니다, 장교님."

우리의 식량과 무기와 옷을 공급하는 사람이 짜증 나지 않도록, 병참 장교 양에게 곧바로 말했다. 생도들에게 실탄 무기 훈련에 참여할 기회가 주어질 거라곤 생각하지 않았다. 그러나 호랑이는 꿈을 꿀 수 있다. 양은 다시 미소 짓고 우리에게 가 보라며 손을 저었다.

"너희가 옷을 갈아입을 수 있도록 침실로 가는 길을 알려 주겠다. 그다음에는 선배 생도들이 안내해 줄 거다."

학이 말했다. 지는 기운을 차렸다.

"침실에는 생도가 몇 명 들어갑니까, 장교님?"

학 소위가 우리를 데리고 가며 말했다.

"지금 당장은 딱 두 명 더 있다. 남규와 유나. 너희는 그들을 좋아하게 될 거야."

"당연히 그럴 거예요."

지가 자신 있게 말하는 바람에 나는 미소 지었다. 지는 모든 사람과 친구가 되는 종류의 사람이었다. 나도 다른 생도들과 잘 지내기를 바랐다.

"생도 침실은 삼 층에 있다."

학이 평범하게 덧붙였다.

"거기 가려면 엘리베이터를 타야 할 거다."

학은 홀 아래쪽에 있는 엘리베이터를 가리켰고, 우리는 걸음 속도를 높였다.

"어디선가 지도를 받겠죠, 장교님?"

내가 물었다. 나는 배의 전체적인 배치를 어림하려고 했으나, 지금까지 주로 내가 받은 인상은 '정말 크구나.'뿐이었다. 나는 기억력이 좋았다. 하지만 이곳엔 특이한 바위와 별난 나무, 혹은 다른 호랑이들이 나를 돕기 위해 남겨 놓은 냄새 표시나 흔적 같은 단서가 없었다. 학이 말했다.

"그래, 선배 생도들이 너희에게 가르쳐 줄 거다. 그건 너희의 교육 자료에 있어. 그리고……."

인터폰에서 갑자기 경보가 울렸고, 지는 깜짝 놀라 뛰었다. 낮고 엄격한 목소리가 들려왔다.

"우리 배는 게이트에 들어갈 준비를 하고 있다. 모두 게이트 통과를 준비하라."

학이 말했다.

"긴장 풀어라, 애야. 해태호는 여느 황조롱이급 전함보다 더 현대적이란다. 이건 겨우 작년에 조선소에서 나왔어. 구식 배와도 다르고, 의자에 앉아 안전띠를 매야 했던 더 옛날 배하고도 달라. 너희는 게이트 효과를 거의 느끼지도 못할 거다."

지가 얼굴을 푹 숙였다. 나도 비슷한 표정이었다. 우주 기지로 오는 도중의 그다지 유쾌하지 않았던 경험에도 불구하고, 우리는 게이트 통과가 평범한 경험이 되기를 바라지 않았다. 처음으로 배치된 전함에서 겪는 게이트 통과가 특별하기를 바랐다. 학 소위는 우리를 불쌍히 여겼다.

"이 분 정도 지연된다고 나쁠 건 없겠지."

엘리베이터로 곧장 가는 대신, 학은 우리를 창문으로 데려갔다.

어깨가 넓은 우주인 하나가 이미 그곳에 있었다. 아마도 비번인 것 같았다. 학이 친절하게 말했다.

"비켜 주겠어, 응? 게이트 초짜들이야."

어깨가 넓은 우주인은 한숨을 쉬었다.

"물론입니다, 장교님. 게이트 초짜들을 절대 실망시키면 안 되죠."

느긋하게 옆으로 비키면서, 그이는 우리에게 윙크를 했다.

지와 나는 창문에 코를 눌러 댔다. 승무원들 앞에서 품위를 잃고 싶지 않았지만, 이것은 나의 단 한 번뿐인 첫 게이트 통과가 아닌가!

우리는 아마 최종 목적지에 도달하기 위해서 게이트를 몇 번 통과해야 할 것이다. 각 행성계의 게이트는 몇 개의 근처 게이트와 연결되어 있었다. 그래서 한 장소에서 다른 장소로 가는 것은 점 잇기 놀이와 같았다.

내가 처음 알아차린 것은 우리가 이미 우주에 있다는 사실이었다. 이륙이 너무나 매끄러워, 기지에서 우주로 온 것을 알아채지도 못했다. 해태호가 우주 기지에서 이륙할 때 마법 기술이 가속을 매끈하게 한 것 같았다. 우리는 이미 대기권 너머로 멀어져 있었기 때문에 지표면에서 보이는 흐릿함이나 반짝임 없이 별들이 차갑고 맑게 빛났다.

검은 들판 속에서 반짝이는 보석 같은 별들 위로 무지갯빛 광채가 쏟아졌다. 숨 쉬는 것도 잊을 지경이었다. 광채는 진주와 자개처럼 아름다웠고, 상상할 수도 없는 보물처럼 눈부셨다. 하지만 그것은 내 가슴속 깊고 불길한 예감을 깨우기도 했다. 마치 그 광채가 이름 없는 위험을 숨긴 것 같았다.

"좋아."

학의 목소리에서 부드러운 기미가 느껴졌다. 학도 그 광경에 무감하지 않았다.

그렇지만, 우리는 아직 입대 선서를 하지 않았다.

'아마 이건 불길한 징조일 거야.'

나는 생각했다. 하지만 당시에는 가볍게 생각했을 뿐이었다.

6

배가 게이트 공간 속으로 들어가는 항해를 마칠 때 지와 나는 사라져 가는 빛의 반짝임을 보면서 여전히 입을 딱 벌리고 있었다. 영원히 창문에 머물러 그 정지 상태의 회색 공간을 보기만 해도 좋을 것 같았다. 물론 그 회색 공간이 살아 있는 유기체들에게 얼마나 치명적인지는 알고 있었다. 이 배에도 외부 수리를 맡는 로봇 조수들이 있을 터였다.

보통 때 같으면 항해 중에 배를 수리해야 할 가능성에 대해 염려하지 않았을 것이다. 그러나 특별 조사관 이가 우리의 목적지인 노란돌에 도사리고 있는 문제를 이야기한 만큼 지금은 예사로운 상황이 아니었다. 나는 배의 장교가 아니지만, 그 작전이 매끄럽게 진행되리라고 생각할 정도로 바보는 아니었다.

학 소위가 손목의 통신기에서 나온 말을 듣고 얼굴을 찌푸리며 알렸다.

"너희 둘이 옷을 갈아입고 입대 선서를 할 때가 왔다. 가자."

나는 아무것도 없는 으스스한 회색 공간이 펼쳐져 있는 창을 마지막으로 한 번 바라본 다음, 학 소위를 따라갔다. 낯설지만 이상하게도 매혹적인 공간이었다. 우리가 우주 기지를 떠나 길을 가고 있다는, 우리가 우주에 있다는 것을 상기시켜 주는 듯했다.

나는 내가 배의 재순환된 공기에 익숙해지고 있을 거라고 생각했다. 이론적으로 에코 필터는 공기를 신선하고 순수하게 유지한다. 그러나 나는 땀과 기름기, 심지어 식물 이파리의 냄새까지도 맡을 수 있었다. 식물 이파리 냄새는 수경 재배실에서 나오고 있는 것이 틀림없었다. 이 정도 크기의 배에서는 신선한 채소를 조금씩 키우고 있었다. 겨우 일주일밖에 떨어져 있지 않았는데도, 고향을 향한 그리움이 갑자기 파도처럼 밀려와 나를 적셨다.

생도 침실은 3층에 있었다. 학은 위압적으로 문에 노크를 한 다음, 대답을 기다리지 않고 열쇠로 열었다. 학이 걸어 들어가며 물었다.

"여기 누구 있나?"

얼굴이 약간 누렇고 긴 머리를 핀으로 묶어 둥글게 고정한 여자아이가 스케치북을 내려놓고 서둘러 일어났다. 스케치북에는 공포스러운 촉수 괴물을 양손의 총으로 제압하고 있는 한 소녀가 그려져 있었다. 슬쩍 보니 아주 잘 그린 그림이었다.

"저뿐입니다, 장교님."

그 여자아이가 차렷 자세로 서서 경례를 하며 말했다. 나는 제복의 대명사 핀 바로 옆에 달린 이름표를 보고, 이 아이가 유나임을 알았다.

"남규는 레크리에이션 룸에 갔습니다. 언제 올지는 모르겠습니다."

유나는 천인의 혈통을 암시하는 기이한 밤공기 냄새를 풍겼다. 그 방에서 풍기는 다른 냄새는 흙과 깊은 물을 생각나게 했다. 아마 남규는 깊은 곳에 사는 거대한 뱀인 이무기일 것이다. 강한 이무기들은 때때로 승천해 용이 된다. 어느 쪽이건, 이무기와 용은 모두 복을 가져온다.

나는 유나와 함께 앉고 싶었다. 나하고 계급과 나이가 같고, 여기에 얼마간 있었던 사람. 유나와 함께 해태호와 해태호 승무원들에 대해 이야기하고 싶었다. 다른 건 몰라도, 유나는 노란돌 상황에 대한 정보가 얼마나 널리 퍼져 있는지, 그리고 다른 사람들이 우리 가족에 대해 어떻게 반응할 건지 내게 어느 정도 가르쳐 줄 수 있을 것이다. 하지만 학 앞에서 그녀에게 질문할 수는 없고, 지도 나를 의심쩍은 눈으로 볼 것이다. 아마 나중에 유나에게 정보를 좀 캐물을 수 있을 것이다.

방은 갑갑했다. 양쪽에 이층 침대가 두 개 있고, 작은 책상 두 개가 갑판에 박혀 있었다. 유나가 앉아 있던 책상에는 한 번도 보거나 냄새 맡은 적이 없는 종류의 가시 달린 식물의 화분이 놓여 있었다. 다른 책상에는 인체 해부 모형이 놓여 있었는데, 장기와 경맥에 작은 글자로 이름표가 붙어 있었고, 특이하게도 머리는 뒤를 향하고 있었다. 거기서는 이무기 냄새가 났다. 나는 자리를 비운 남규의 엽기적인 유머 감각이 궁금했다. 네 사람에게 두 개의 책상이라. 우리가 책상을 함께 써야 할 거라는 생각이 들었다.

"좋아."

학은 내 생각을 알아채지 못하고 말했다. 그녀는 내 군장 가방을 가리켰다.

"옷을 빨리 갈아입어라. 너희가 입대 선서를 빨리할수록, 전함을 기동하는 데 필요한 일들을 빨리 도울 수 있다."

지는 누군가 말을 걸 때마다 늘 하던 대로 환히 미소 지었다.

"비밀 메시지를 해독하는 업무 같은 일입니까, 장교님?"

유나는 눈을 깜박거렸다. 학은 웃었지만, 기분 나빠 하는 웃음은 아니었다.

"갑판을 문지르거나 포에 기름을 바르는 업무에 가까울걸, 얘야."

"아마 갑판에 비밀 메시지가 새겨져 있을 겁니다."

지가 심지어 더 큰 희망에 차서 말했다. 그 말에 학은 더 웃을 뿐이었다.

"채원 선장님의 배에 그런 게 있을 리 없지! 누구든지 귀중

한 배의 외관을 훼손하는 걸 발견하면, 선장님은 수경 재배실 식물에 그놈의 시체를 먹이로 줘 버릴걸."

그들이 친밀한 분위기로 투닥거리는 동안, 나는 탈의 커튼 뒤로 몸을 숙이고 옷을 갈아입었다. 버튼과 지퍼를 잠그는데 계속 손이 떨렸다. 내 제복이라니! 게다가 제대로 맞는 제복이었다. 병참 장교 양은 자기 일을 제대로 하고 있었다.

물론 이 옷은 남색 생도 제복일 뿐이고, 장교 제복에 달리는 금술 같은 건 없었다. 이 옷을 입으면 내 위치는 승무원 계급 맨 아래에 지정될 것이다. 하지만 바로 그 점이 중요했다. 모든 사람이 내가 승무원임을, 이곳에 속한 사람임을 알아볼 테니 말이다.

'뭐가 문제야?'

나는 스스로에게 물었다. 어쨌든 나는 가족에도 속해 있었다. 주황 호랑이 부족은 아주 굳게 단결되어 있어서, 가족 밖의 어떤 사람과도 나는 교류해 본 적이 없었다. 아마도 그게 문제일 것이다. 이곳에서 나는 낯선 이들에게 둘러싸여 있다. 그리고 동료라고 느낄 만큼 그들을 잘 아는 건 아니다.

나는 셔츠의 마지막 버튼을 채웠다. 그다음 이름표와 '그이'라고 적힌 대명사 핀을 제자리에 달았다. 사람들이 내가 누군지 알기 위해 나의 냄새가 아니라 이름표와 핀을 확인한다는 사실에 어리벙벙해졌다.

"너희 둘 좀 보자."

지와 내가 옷을 갈아입고 난 뒤 학이 말했다. 학의 검사를 기다리며 나는 가만히 서 있었다. 뒤집힌 옷깃이나 닳은 신발 때문에 꾸지람을 들을 수 있다는 건 알고 있었다. 문득 하순의 뒤집힌 옷깃이 떠올랐다. 아무도 소장을 질책할 순 없겠지! 학은 내가 놓친 뭔가를 보고 입술을 꼭 다물었다. 뱃속이 공포로 꼭 조여드는 기분이었다. 하지만 학이 지적한 건 한쪽 바짓단이 위로 접혀 올라갔다는 것뿐이었다. 예기치 못한 학의 온화한 말에 안도감이 찾아왔다.

지는 셔츠 단추를 잘못 끼워서 다시 끼우라는 지시를 받았다. 얼굴이 빨개지긴 했으나 봐 줄 만했다. 유나는 웃지 않으려 애쓰고 있었다. 나는 유나가 똑같은 일을 여러 번 겪었다고 장담할 수 있었다. 유나는 허둥지둥하는 지의 모습을 빠르게 스케치했고, 내 모습도 스케치했다.

"절대 말썽에 말려들지 마라."

학이 유나에게 말했다. 유나는 서둘러 고개를 끄덕이면서, 손으로 그림을 가렸다. 지와 나에게는 학이 이렇게 말했다.

"너희를 채원 선장님께 데려갈 때가 왔다. 선장님은 제일 신참인 승무원을 만나고 싶을 거다."

나는 긴장해야 하는지 확신하지 못한 채 눈을 깜박였다.

학 소위는 우리를 밖으로 안내하면서 내 표정을 알아차렸다. 그녀가 말했다.

"선장님은 모두 협동하자는 주의야. 비상시에는 가장 낮은 계급의 승무원도 모든 사람의 생존에 아주 중요할 수 있어. 선장님은 모두 준비가 되어 있어야 한다고 생각해."

그 말은 듣기 좋았다. 하지만 현실에서 내 항해 훈련은 배의 작동 방식을 배우고, 채소를 다지고, 수경 재배실에 곰팡이가 슬지 않았나 점검하는 데 시간이 다 갈 거라고 나는 확신했다. 그런 일에 자원하고 싶지는 않았지만, 내 의무가 어떤 것인진 나도 알았다. 채원 선장과의 만남을 감사하게 여겨야 할 것이다. 그 만남이 마지막 만남이 될 수도 있으니까.

나는 선장을 직접 만나 좋은 인상을 주어야 한다는 생각에 긴장하면서도 주변을 계속 날카롭게 살폈다. 순이 이모는 자랑스러워할 것이다. 나는 지가 얼마나 세상 근심 하나 없이 어슬렁거리고 있는지 알아차렸다. 그가 언제나 이러는지는 알 수 없었다. 다른 생도들도 그처럼 속 편하게 살고 있는지도 몰랐다.

'지는 배우게 될 거야.'

나는 속으로 말했다. 어쨌든, 우주군이 우리에게 원하는 건 지속적인 경각심이 아닐까? 아무리 내가 지를 좋아해도 그를 판단하지 않을 도리가 없었다. 만약 뭔가 잘못된다면, 나는 그와 다른 동료 선원들에게 의지해야 할 것이다. 물론 그들도 내게 의지해야겠지.

"절반 왔다."

학이 우리에게 들으라고 말했다. 나는 듣는 둥 마는 둥 했다. 나는 딱 멈춰 서서 코를 있는 힘껏 벌름거렸다. 3미터 정도 간격이 벌어져서야 다른 사람들은 내가 따라가고 있지 않다는 걸 알아차렸다.

"세빈?"

마치 딴 세상 소리 같은 것이 들려왔다. 나는 대답했어야 했다. 그건 학 소위의 목소리였다. 그녀는 장교였고, 나보다 연장자였다.

하지만 문제는 그게 아니었다. 내가 무슨 냄새를 맡았는지 이제 알 것 같았다. 환 삼촌의 냄새 표시. 나는 그 표시 바로 앞에 서 있었다. 최근까지도 삼촌은 이 벽을 만진 적이 있었다.

호랑이들은 고양이처럼 자기 영역을 고유한 냄새로 표시한다. 주황 호랑이 부족 사유지 전역에는 가모장님이 의례적으로 한 달에 한 번씩 냄새를 남기는 나무들이 있다. 그 나무들이 우리 사유지의 범위를 정한다. 냄새는 생각보다 오래간다. 심지어 폭풍이 불어도 안 없어진다. 그것은 우리 호랑이 마법의 효과라고, 순이 이모가 전에 내게 말해 주었다.

하지만 환 삼촌이 탈주자이자 반역자 혐의를 받고 있다면, 삼촌은 해태호에서 무엇을 하고 있는 것일까? 게다가 왜 다른 선장의 배에 냄새를 남겼을까? 삼촌이 채원 선장의 권력에 도전한다는 생각만으로도 머리털이 쭈뼛 서려고 했다.

'삼촌은 내가 필요한 게 틀림없어.'

머릿속에서 목소리가 속삭였다. 그 순간 나는 깨달았다. 이 냄새 표시는 채원 선장에 대한 도전이 아니라 우리 부족의 다른 호랑이들을 향한 신호다. 삼촌은 도움을 받고자 나를 부르고 있었다.

"세빈!"

학이 소리쳤다. 나는 그녀를 쳐다보았다. 분명 얼굴이 하얘지고, 몸속 모든 피가 증발해 버렸을 것이다.

학은 이제 멈추어 돌아서서 나를 노려보고 있었다.

"세빈 '생도'."

그녀가 말했다. 우리 둘 다 그 강조의 의미를 알고 있었다.

"지금은 나쁜 인상을 줄 때가 아니야."

나는 소나무와 잉걸불 향이 나는 환 삼촌의 냄새를 생각하고 있었다. 게이트를 통해 여행하다 보면 때때로 환영을 겪게된다는 말을 들은 적이 있었다. 게이트 병은 아주 흔해서 그병에 쓰는 약도 있었다. 약이 완전히 믿을 만하지는 못하지만.

다시 정신을 차렸다. 나는 우리 삼촌을 알았다. 불가능한 일같아도 삼촌이 여기 있었다는 것을 알았다. 삼촌은 내게 신호를 보내고 있었다. 그리고…….

"장교님, 이 배에 있을 권한이 없는 사람이 있습니다."

나는 마지못해 말했다. 말하면서 배 속이 꼬이고 손 위의 흉터가 갑자기 아파 왔다. 나는 부족에 맹세를 했다. 환 삼촌은 가족이었다. 나는 혈족에게 충성해야 했다.

"생도, 우리는 자네의 허황된 생각에 쓸 시간이 없어. 보안

팀이 밀항자를 다 잡아냈을 거야. 그리고 지금 당장은 확실히 아무도 여기 없어."

학이 쏘아보며 말했다. 나는 비참하게 주저앉았다가 앞사람들을 따라잡기 위해 걸음을 서둘렀다. 학이 내 보고를 더 진지하게 받아들여야 하지 않을까? 그녀는 인간의 후각만 갖고 있을 뿐이다. 그녀는 더 날카로운 감각을 지닌 선원 동료들에게 익숙해져야 한다.

"야, 너 괜찮아?"

지가 내게 입만 움직여 말했다. 나는 마음이 무거웠지만 그에게 미소 지었다.

"괜찮을 거야."

나도 입만 움직여 대답했다. 학 대신 채원 선장에게 경고할 수도 있을 것이다. 선장이 나를 진지하게 받아들일 수도 있다. 삼촌이 이미 선장에게 가지 않았다면.

우리는 선장실로 향하는 마지막 복도를 계속 걸어 내려갔다. 지는 내게 걱정 어린 눈길을 보냈다. 하지만 나는 그에게 주의를 쏟을 겨를이 없었다. 우리 삼촌의 존재가 무엇을 뜻하는 걸까? 삼촌은 내게서 무얼 원할까?

별안간 희망에 숨이 멎었다. 삼촌은 아마 치욕스러운 탈주자가 아니었을 것이다. 어쩌면 이건 모두 어떤 비밀 계획의 일부일지 모른다. 남들 눈에 어떻게 비칠지는 몰라도, 유능한 선장을 어떤 특수 임무에 참여시키기 위해 우주군 사령부가 그를 눈에 띄지 않게 수송하고 싶어 하는 건 아닐까. 완전히 터무니없는 생각은 아니다.

'상상력을 아무렇게나 펼치지 마.'

나는 생각했다. 그래도 한결 침착해졌다. 분명 어떤 합리적인 설명이 있을 것이다. 학 소위는 알지만 지금 당장은 내게 말할 수 없는 거라든가, 아니면 그녀는 모르고 내가 나중에 알게 되는 거라든가. 일단은 어느 정도 인내해야만 했다.

우리가 도착했을 때, 선장실은 다른 모든 출입구 가운데서 단연 눈에 띄었다. 선장실 출입구는 우주군 로고와 꽃 한 송이, 창 한 자루로 장식되어 있었고 그 아래 족자에는 힘찬 서예로 '해태호의 채원 선장'이라고 쓰여 있었다. 선장이 글씨를 직접 썼을까, 아니면 다른 사람에게 맡겼을까 궁금했다. 학이 공손한 목소리로 말했다.

"선장님, 학 소위입니다. 새 생도들과 함께 왔습니다. 갑작스럽게 출발했기 때문에, 이 생도들에게 입대 선서를 시킬 사람이 없었습니다."

매끄럽고 높은 음조의 목소리가 말했다.

"들어와."

출입구가 미끄러져 열렸다. 학은 우리를 안으로 안내했고, 공들여서 완벽한 경례를 보여 주었다. 지와 나는 학을 따라 경례했다.

처음 눈에 들어온 것은 선장이 아니라 선장실 전체에서 느꺼지는 압도적인 차분한 감각이었다. 책장들은 벽에 고정되어 있었는데, 여러 가지 다육 식물이 놓여 있었다. 어떤 것들은 분홍빛의 통통한 이파리들이 달려 있어 내 고향의 진달래나 개나리, 코스모스와는 너무나 달랐다. 풍수지리의 달인이 책상과 식물의 자리부터, 대칭적으로 늘어선 명판들과 벽을 장식한 훈장들까지 모든 것을 배치한 것이 분명했다. 모두 개별적으로는 선장에게, 전체적으로는 배에 복을 가져오도록 배치되어 있었다. 단 한 가지 부적절한 것이 있다면 조잡하고 밝게 색칠된, 마치 여행 기념품 같은 우주 항구 깃발들이었다.

채원 선장은 각진 턱을 지닌 건장한 여성이었다. 인간 냄새가 나긴 했지만, 호랑이 혈통의 흔적도 있었다. 선장은 흔들리지 않는 자신감으로 확고했다. 그 자신감에 절로 신뢰가 생기는 듯했다. 회색 머리카락의 선장이 일어서서 우리에게 인사했을 때, 나는 고대 전사의 조각상에서나 볼 법한 완벽한 자세에 감명을 받았다. 선장의 허리에는 칼집에 꽂힌 칼이 매달려 있었다. 나는 우주군이 고향에 보낸 칼과 환 삼촌의 일을 다시 생각했다.

"환영한다, 생도들. 너희를 우주군 전함 해태호에 맞아들이게 되어 기쁘다. 해태호는 육 개월 동안 너희의 집이 될 것이다. 더 길어질지도 모르지. 나는 채원 선장이다."

선장은 잠시 멈추어 우리 둘을 훑어본 다음 고개를 끄덕였다. 나는 작은 한숨을 가까스로 참다가 내뱉었다.

"이제 너희가 우주군 복무 선서를 할 때가 왔다."

선장이 말을 이었다.

"명심해라. 너희가 전에 어떤 맹세나 약속을 했든, 이 선서
는 그것을 대체한다. 가족에 대한 충성도, 너희 고향 행성에
대한 충성도 중요하다. 그러나 우주군의 일원으로서, 너희의
가장 중요한 의무는 가족이나 고향에 대한 것이 아니라, '천
개의 세계' 전체에 대한 것이다."

나는 경우에 맞게 눈을 계속 내리깔고 있었지만, 선장이 하
는 말의 무게에 도취되었다. 나는 언제나 '천 개의 세계'의 이
익보다 개인적인 명예나 가족의 명예라는 측면에서 생각했었
다. 나는 환 삼촌이 입대 선서를 했을 때 어떻게 느꼈을지, 그
리고 누가 삼촌의 맹세를 받았을지 궁금했다. 삼촌은 내게 한
번도 그런 이야기를 해 주지 않았다. 어쨌든 앞으로 삼촌에게
물어볼 기회가 있을 것이다.

선장이 자기 칼을 뽑았다. 천장의 불빛 속에서 금속이 번쩍
였다. 나는 고리 모양의 칼자루 끝에 매혹되어 정신없이 바라
보았다. 당연히 전에도 그런 것들을 본 적이 있었다. 우리 집
안 어른들은 모두 칼을 가지고 있었다. 하지만 그것들은 인간
모습으로 싸워야 할 때라든지 총알이 다 떨어졌을 때에 대비
한 실전용 무기들이었다.

반면에 선장의 칼은 분명 의식용이었다. 만약 선장이 그것
으로 누군가의 머리를 때린다면 무기로 사용할 수도 있을 터

였다. 하지만 환 삼촌의 칼처럼 선장의 칼에도 날이 없었다. 게다가 선장의 칼은 너무나 무거워, 전투에서 제대로 휘두르려면 고블린이나 호랑이의 힘을 가진 자가 필요할 것 같았다.

선장은 칼을 아주 솜씨 좋게 다루더니 명령조로 말했다.

"백 지 생도."

지가 경례하자 선장이 그에게 칼을 내밀었다.

"네 손을 칼끝에 대라."

지는 그렇게 했고, 칼끝은 그의 손바닥에 피를 내지 않은 채 움푹 들어갔다. 그 칼이 전시용이라는 또 하나의 표시였다. 명예 또한 무기가 될 수 있겠지만 말이다. 이런 생각을 하자 다시 괴로워졌다.

선장은 다시 말을 시작했다.

"'천 개의 세계'에 용기와 명예로 봉사하겠다고 맹세해라. 이 세계 사람들을 최선의 능력으로 지키겠다고 맹세해라. 지휘 계통을 존중하고 너의 상급자에게 충성을 다해 봉사하겠다고 맹세해라."

"맹세합니다."

숨 막힌 듯한 목소리였다. 지는 한 번 더 크게 말했다.

"맹세합니다, 선장님."

채원 선장이 게 눈 감추듯 손목을 휘릭 움직였다. 지는 꺅 소리를 질렀고, 피가 갑판 위로 뚝뚝 떨어졌다. 나는 지의 두려움과 함께 피에서 나는 냄새를 맡을 수 있었다.

"이것이 너에게 상기시켜 주기를. 명예는 단순해 보일 수 있지만, 언제나 대가를 요구한다는 것을. 그 대가가 무엇이건, 너는 지불할 준비가 되어 있어야 한다."

선장이 말했다. 그녀가 손을 다시 돌리자, 파란 불길이 치솟아 칼에 묻은 피의 흔적을 휩쌌다. 조금 전까지만 해도 나는 칼이 날카롭지 않다고 장담했었다. 그러나 확실히 내가 틀렸다.

선장이 내 쪽을 보았다. 나는 칼에 베일 때를 대비해 마음을 단단히 먹었다. 그러나 선장이 다시 입을 열기 전에, 뭔가 부딪치는 소리가 들렸다. 그 소리는 배의 골조를 통해 천둥처럼 울렸다. 소리가 어찌나 깊은지 귀로 듣는 것보다 몸을 통해 울리는 것이 더 잘 느껴졌다. 폭발일까?

전등 불빛이 몇 번 깜박이더니 아예 꺼져 버렸다. 우리는 어둠 속에 내던져졌다.

잠시 동안 미친 듯이 울리는 나의 심장 소리만 들리다가, 다른 불빛이 확 타오르듯 들어왔다. 그 불빛은 희미했지만 눈에 거슬렸다. 아마도 예비 발전기로 켜진 불빛 같았다. 공중을 꿰뚫는 경보음에 귀가 멀 지경이었다.

"선장님."

나는 말을 하려고 했다. 손에 난 상처가 쑤셨다.

선장은 더 이상 지나 나에게 주의를 기울이고 있지 않았다. 그녀가 학에게 말했다.

"생도들을 데리고 여기서 나가. 나는 함교로 가야겠다."

선장은 우리를 지나 성큼성큼 걸어갔다. 아직 나는 한 마디도 못 했는데, 환 삼촌의 냄새 표시에 대해 말해 주지 못했는데 말이다.

좋은 첫인상 남기기라면 이쯤 해 두기로 하자.

7

창백해진 학 소위가 우리를 선장실에서 내몰며 말했다.

"다른 생도들과 함께 숨어 있어라."

호랑이 모습이었다면 지금쯤 내 털이 모두 곤두섰을 것이다. 인간인 지금, 이 상황은 불쾌하고 꺼끌꺼끌한 느낌으로 다가왔다. 피부가 털로 변하기 직전이었다. 나는 호랑이일 때 큰 몸집과 단단한 가죽과 타고난 무기로 보호받기 때문에 더 안전하다고 느낀다. 나도 학이 가진 것과 같은 총을 애타게 갖고 싶었다.

"어서 와라."

학 소위의 말에 나는 보폭을 늘렸다. 학은 마음만 먹으면 매우 빠르게 걸을 수 있었다. 지는 학을 따라잡기 위해 거의 뛰어가다시피 했다.

또 한 번 쿵 소리가 배 전체를 울렸다. 불빛이 또 깜박였다.

불이 다시 들어오나 보다 하고 생각한 바로 그때, 전등이 부지불식간에 끼익하며 어둠 속으로 꺼져 버렸다. 지에게서 공포의 악취가 났다. 그를 탓할 순 없었다. 나도 이 상황을 낙관적으로 느낄 수가 없었다.

하지만 내가 할 일은 학 소위의 지시를 따르는 것이었다. 그래야 학 소위가 소임을 다하고 본래 임무로 돌아갈 수 있을 터였다. 아마 다른 생도들이 내게 무엇을 해야 할지 자세히 알려줄 것이다. 오리엔테이션이 지루할 줄로만 알았지 이런 일이 있을 거라고는 전혀 생각하지 못했다.

우리가 복도를 내려가 T자형 삼거리에서 막 왼쪽으로 돌았을 때, 뒤에서 방어벽이 쾅 닫혔다. 동시에 홀의 다른 쪽 끝에서 방어벽이 또 내려왔다. 우리는 갇혔다.

'이건 이상한데.'

세정제와 문질러 닦은 금속의 압도적인 냄새에도 불구하고, 각각의 복도에서는 저마다 독특한 냄새가 났다. 우리가 온 길을 제대로 기억하지 못했지만, 약간의 녹차 쿠키 향과 유나의 식물에서 나는 쓸쓸한 냄새를 맡고 이 통로가 생도 침실이 있는 통로구나 하고 알 수 있었다. 지가 소리 죽여 말했다.

"음, 이건 전혀 불길하지 않아."

그러자 학이 확연히 난처해하며 말했다.

"그런 말은 혼자 간직해 둬라, 생도. 우리를 격리하기 전에 추가 경보를 울렸어야 했어……."

나는 소위가 뭔가를 뒤지며 찾는 소리를 들었다. 이윽고 소위가 손전등을 켰다. 다시 볼 수 있게 되자 안도감이 들었다. 나는 소위를 보며 물었다.

"왜 복도에 방어벽을 쳤을까요, 장교님?"

"몇 가지 경우가 있을 수 있지."

침실을 향해 계속 가면서 소위가 말했다.

"탑승자들을 위한 보안 조치일 수도 있어. 우리가 게이트를 통과하는 동안에는 있을 수 없는 일이지만 말이야. 아니면 선체 파괴 사태에 대비한 긴급 조치일 수도 있지. 하지만 이것도, 우리가 이동 중인 동안에는 아무도 우리를 공격할 수 없어야 해. 그리고 선장님은 안내 방송을 하지 않았어……."

나는 선장이 함교로 가기 위해 얼마나 황망하게 우리를 떠났는지 기억했다. 만약 선장이 너무 바빠서 승무원들에게 안내 방송을 할 기회조차 없었다면……. 나는 몸을 떨었다. 그것이 암시하는 바가 마음에 들지 않았다.

"들어가겠다."

학이 알리며 열쇠로 문을 열었다.

이번에는 두 생도가 일어서서 경례했다. 유나는 이미 본 적이 있다. 눈이 가늘고 손에 흙이 묻은, 호리호리한 아이가 남규일 것이다. 그이는 손전등을 들고 있었다.

유나가 말했다.

"학 소위님, 무, 무슨 일이 일어나고 있는 겁니까? 저희는 경보를 들었지만 안내 방송을 계속 기다리고 있었습니다. 그런데 아무 방송도 나오지 않았고, 저희는 임무 장소로 보고하러 가야 하는지 아니면…….”

학은 줄줄 이어지는 유나의 말을 엄한 표정으로 끊었다.

“너희가 할 일은 앞으로 있을 지시를 기다리는 것이다.”

“이들이 새 생도들입니까, 장교님?”

남규가 소리 내어 말했다. 그이는 나를 머뭇거리며 쳐다보았다. 나는 미소 지었다. 하지만 내가 느끼기에도 딱딱한 미소였다. 긴장을 풀기에는 나부터가 이 상황이 너무 초조했다.

지와 나는 자기소개를 했다. 남규에게서는 여전히 경계하는 냄새가 났고, 나는 왜 그런지 궁금했다. 우리는 시간을 두고 그 문제를 해결해야 할 것이다. 만약 그럴 기회가 있다면 말이다.

“그러면 무슨 말을 들을 때까지 저희는 침실에 머물러 있어야 합니까, 장교님?”

확실하게 해 두기 위해 내가 물었다. 나는 작전에 끼어들고 싶어 몸이 근질근질했다. 하지만 명령은 명령이었다.

“그래.”

학이 말했다. 나는 유나가 숨죽여 신음하는 소리를 들었고, 소위의 청력이 나만큼 예민하지 않기를 바랐다.

“만약 비상사태가 벌어지면, 한결 중위님과 연락을 해서 지시를 받아라. 그런 일이 아니면 그대로 있어라. 나는 연락을 할 수 있도록 방어벽을 지나가기 위해 오버라이드*를 사용해야겠다……."

학이 발뒤꿈치로 빙글 돌아 나가는 모습을 나는 침울하게 지켜보았다. 그다음 우리는 서로를 보았다. 경보음은 계속 약하게 울리고 있었다. 인정하기는 싫었지만, 그 소리에 이미 나는 머리가 아팠다.

"우리가 가만있는 동안 뭔가 할 수 있는 일이 있을까? 너희는 평소 이 시간에 뭐 해?"

내가 물었다. 나는 빈둥거리는 것이 싫었다.

"너는 순 일만 생각하는구나, 안 그래?"

남규가 대꾸했다. 하지만 그이의 반감은 누그러져 있었다. 그래서 나도 안심했다. 그이는 내게 다정한 태도로 고개를 끄덕였다.

"보통 지금 우리는 수업을 받지. 우리는 게이트 드라이브의 기본적인 기능에 대해 배우고 있었어. 나는 의학 과정을 밟고 있고. 그래서 내 친구 창자 씨와 함께 공부하고 있지."

남규는 인체 해부 모형을 친근하게 쓰다듬었다.

"하지만 우리는 모두 기초 과정을 알도록 되어 있어."

"나는 '무기'를 하고 싶어."

유나가 끼어들어 말했다.

....
* 시스템에 우선적으로 접근할 수 있는 장치.

"나는 반사 신경이 좋아. 그리고 조준에 필요한 수학을 잘해. 하지만 그쪽 경쟁이 아주 심하다는 걸 알아. 우리 부모님은 나더러 총 쏘는 게임을 하는 데 시간을 허비할 바엔 거기서 뭐라도 배우라고 말했어."

유나의 눈이 말 그대로 푸른빛으로 빛났다. 나는 그녀가 부분적으로 천인이라는 사실을 기억하고 있었다.

"나는 우주복이 없어도 진공에서 살아남을 수 있어서, 우주선 밖에서 하는 일도 훈련을 받았어. 아직 그 일을 할 기회는 없었지만."

"여기."

남규가 마지못해 지와 내게 말했다.

"너희 둘이 쓸 침대를 알려 줄게. 유나는 왼쪽 아래 침대를 써. 나는 오른쪽 아래를 쓰고. 원하는 쪽이 있어?"

"난 왼쪽이 좋아."

지가 말해 놓고 나를 슬쩍 보았다.

"넌 괜찮아, 세빈?"

"물론 괜찮아."

배가 공격당하고 있거나, 제대로 작동하지 않고 있거나, 하여간 무슨 일을 겪고 있는 지금, 침대 정하기 같은 평범한 일을 의논하고 있으려니 기분이 이상했다. 하지만 한편으론 이런 일상적인 업무가 안정감을 주는 것 같았다. 어쩌면 이건 내가 상상했던 평화로운 해태호 소개 절차는 아닐지도 모른다.

그러나 이런 일 덕분에 내가 이 배에 소속되었다는 느낌을 받을 수 있었다.

침대는 내가 고향에서 깔고 자던 평범한 매트보다 나쁘지 않았다. 나는 이 방에서 많은 시간을 보낼 거라고 생각하지 않았다. 어쨌든, 곧 그러지 않게 될 것이다. 심지어 내가 이런 생각을 할 때에도, 지는 부츠를 벗고 책상에 앉았다.

"이런 일이 자주 일어나?"

보조 전등이 아까보다 더 희미하게 다시 들어올 때 지가 물었다. 남규는 손전등을 껐다.

"배터리를 아껴야 해."

남규는 창자 씨를 다시 쓰다듬으면서 말했다. 나는 남규가 겉으로 보이는 모습보다 더 초조하다는 것을 냄새로 깨달았다.

"우주군 생활이 그렇지, 뭐."

유나가 존경스러울 만큼 태연한 태도로 말했다. 하지만 이내 덧붙인 말은 실망스러웠다.

"게이트 통과를 하는 동안 손상을 입은 적은 한 번도 없어. 그런 일은 드물대."

"얼마나 드물다는데?"

내가 묻자 유나는 머뭇거렸다.

"내가 전문가는 아니지만, 우리가 게이트 우주에 있는 동안에는 바깥에서 아무도 우리를 공격할 수 없어. 그 말은 파괴 공작이나 유지 보수 실패일 가능성이 있다는 뜻이지."

초조한 웃음소리가 방 안에 물결쳤다. 아무도 첫 번째 가능성에 대해 생각하고 싶어 하지 않았다. 그러나 두 번째 가능성은 크지 않았다. 내가 물었다.

"이 임무를 맡기 전에 해태호는 수리하기 위해 정박했지?"

"일상적인 유지 보수일 뿐이었어."

남규가 답했다. 그이의 입이 시큰둥하게 찡그러졌다.

"그러니까, 어떤 기술자가 일을 망쳐 버렸다는 것도 불가능한 가설은 아니야. 만약 그런 경우라면, 조사해서 진실이 밝혀질 거야. 하지만 출발하기 전에 배 전체를 청소했으니까, 그전에 뭔가 잘못되었다는 걸 알아차리지 않았겠어?"

지는 다리를 덜렁거리며 책상을 차고 있었다. 내가 자려고 할 때도 저런다면 몹시 짜증 날 것 같았다. 지가 물었다.

"우리 배의 네트워크에 연동해 사용할 수 있는 슬레이트가 있어?"

남규는 눈썹을 치켜올리더니, 한쪽 벽장으로 가서 두 개의 슬레이트를 꺼냈다. 남규는 지와 나에게 슬레이트를 하나씩 건넸다.

우리는 지가 무엇을 하려는지 보려고 모여들었다.

"함교에서 무슨 일이 벌어지고 있는지 보자."

유나가 열심히 몸을 안쪽으로 기대며 제안했다. 유나의 눈이 다시 빛나고 있었다. 유나는 흥분할 때마다 눈이 푸른빛으로 빛나는 모양이었다.

양심이 찌르르 울렸다. 내가 물었다.

"그거 좋은 생각일까? 우리는 우리가 필요해질 경우를 대비해 경계 태세를 유지하고 있어야 해."

말을 마친 순간 내 말이 얼마나 우습게 들릴지 깨달았다. 유나가 고개를 홱 젖히며 비웃었다.

"그럴 것 같지 않은데. 저 위에는 숙련된 선배 승무원들이 있어. 우리가 무슨 도움이 될 수 있겠어?"

남규가 부드럽게 말했다.

"유나, 네 눈. 계속 그러고 있으면 넌 내기에 질 거야. 그러면 내 세탁 일을 대신 해야 할걸."

유나는 한숨을 쉬었다.

"계속 잊어버린단 말이야. 빛이 내 위치를 노출하지 않도록 콘택트렌즈를 끼어야겠어!"

유나는 자기 배낭을 뒤져 렌즈 케이스를 꺼냈다. 그녀가 어두운 콘택트렌즈를 끼자, 정말로 빛이 약해졌다.

"적이 배에 타고 있을 것 같지는 않은데."

내가 말했다. 내 말이 사실이기를 바랐다.

지의 입에 주름이 잡혔다. 하지만 그는 재빨리 원래 표정을 찾고 말했다.

"음, 이 상황이 어떤지 파악해서 도움이 될 수 있을 거야. 그렇게 하면 지금 무슨 일이 벌어지고 있든 간에 우리는 들키지 않을 거야."

"네 말이 맞아."

내가 말했다. 배의 컴퓨터를 해킹한다는 것이 불안하긴 했지만, 지가 해킹을 얼마나 잘할지 누가 알겠는가? 우리는 함교 승무원들이 비상사태에 집중하는 것을 방해하고 싶지 않았다. 그러나 여기서 아무것도 하지 않으면서 가만히 갇혀 있어야 한다는 것도 마음에 들지 않았다. 나는 지를 도와야겠다고 생각했다.

나는 내 슬레이트에 배의 지도를 띄우고 자세히 들여다보았다. 두통이 있긴 했으나 최대한 열심히 지도를 외웠다. 나는 이미지화하는 기술을 배우도록 도와준 순이 이모에게 감사했다. 물론 머릿속에 남기기에는 냄새를 맡는 편이 훨씬 더 쉬웠지만.

"나 들어갔어!"

얼마 동안 맹렬히 타이핑을 하던 지가 알렸다. 우리는 다 같이 슬레이트를 보러 모여들었다. 유나가 웃으면서 말했다.

"우리 니니는 비디오 게임에 시간을 덜 쓰고 윗몸 일으키기를 해야 한다고 말했어. 나는 언제나 그이에게 말했지. 왜 둘 다 하면 안 돼요? 비디오 게임은 공부로 하고, 윗몸 일으키기는 재미로 하고. 내 생각은 그런데."

함교에 펼쳐진 장면을 보면서 우리의 분위기는 암울해졌다. 카메라는 선장의 의자 정중앙에 초점이 맞춰져 있었다. 보통 이러면 안심해야 할 것이다……. 그러나 의자는 비어 있었다. 켜졌다 꺼졌다 하는 붉은 불빛 속에서, 나는 선장이 쓰러진 모습을 흘낏 보았다. 아직 살아 있는지는 알 수 없었다.

얼떨떨한 순간이 지나고 지가 말했다.

"음, 이건 좋은 징조일 리가 없어."

굉장히 절제한 표현이었다. 내가 물었다.

"함교에서 아무 말도 안 들린 게 당연하네. 부관이 누구지?"

"부관은 애 중령이야. 선장이 쓰러졌으면 그이가 지휘를 해야 해."

유나가 말했다. 선장이 그냥 쓰러진 것이 아니라 죽었을 가능성은 고려하고 싶어 하지 않는다는 게 느껴졌다. 솔직히, 나도 그러고 싶지 않았다.

"카메라를 주위로 옮겨 볼 수 있니? 아니면 다른 카메라로 옮겨 본다든가?"

더 현실적인 남규가 지에게 물었다.

"물론이야."

지가 대답했다. 카메라가 휙 돌더니 어지럽게 빙글거리다가 천천히 느려졌다. 움찔한 나는 두통이 더 심해질까 봐 다른 곳을 보았다. 지가 덧붙였다.

"기다려. 파노라마를 보여 줄 수 있어."

내가 말했다.

"우린 한결 중위님과 학 소위님에게 알려야 해. 인터폰이 꺼진 것 같으니까, 두 분에게 이 정보가 필요할 수도 있어."

지는 꿈지럭거렸다.

"함교 카메라를 해킹했으니 곤란해질 텐데."

"배의 안전이 먼저야. 나머지는 나중에 해결할 수 있어."

내 지적에 남규는 한숨을 크게 내쉬고 창자 씨를 조금 더 만지작거렸다.

"무슨 생각 해, 유나?"

유나는 나를 바라본 다음 단호히 고개를 끄덕였다.

"세빈 말이 맞아. 이건 우리끼리만 알고 있기에는 너무 큰일이야. 최악의 경우 우리는 장교님들에게 가벼운 나무람을 듣고, 장교님들이 큰 적을 처리하는 동안 보드게임이나 하게될 거야. 왜냐하면, 알지? 우리가 위급 상황 때 할 수 있는 건 주사위를 던지는 일 따위뿐이니까."

"맞는 말 같군."

남규가 말했다. 지도 마지못해하는 것이 뻔했지만 고개를 끄덕였다.

"누가 제일 나이가 많지?"

우리는 나이를 비교해 보았다. 남규가 제일 위였고, 그다음이 나, 그다음 유나, 마지막이 지였다. 위계질서는 누가 가장 오래 복무했는지에 의거해야 한다. 그러면 남규와 유나가 상급자다. 그러나 우리는 서열이 모두 똑같기 때문에, 대신 나이에 따라야 한다. 나이를 알게 되어 다행이었다.

"어쨌든 너나 유나가 보고하는 게 좋을 거야. 지와 나는 신

입이라서 알아보지 못할 테니까."

내가 말했다. 안타깝게도, 내가 아직 입대 선서조차 하지 않았다는 사실이 떠올랐다. 지금 당장 문제가 될 것 같진 않았지만.

"그래." 하고는 남규가 배의 컴퓨터 시스템에 대고 말했다.

"남규 생도가 한결 중위를 호출합니다."

나는 남규가 배의 컴퓨터에 말할 때 어느 정도의 격식을 갖추는지에 주목했다. 우주군의 격식은 친척들에게 한 번도 물어보지 않았고 환 삼촌도 언급한 적이 없었다. 우리 사유지의 시스템에 말해야 할 때는 적당히 예의 바른 격식을 갖췄다. 그러나 우주군의 관례는 다를 수도 있다는 걸 미처 생각해 보지 못했다.

"한결 중위는 자리에 안 계십니다."

컴퓨터가 매끄러운 목소리로 대답했다. 남규의 눈썹 사이에 주름이 졌다.

"중위님은 어디 계시지요?"

"한결 중위는 자리에 안 계십니다."

컴퓨터가 되풀이했다.

"중위님은 괜찮으십니까?"

"남규 생도, 당신은 그 정보에 접근할 권한이 없습니다."

목덜미가 쭈뼛했다. 내가 물었다.

"학 소위님은 어때?"

"그래, 소위님에 대해서 물어봐. 조금 전에 소위님을 봤잖아."

유나가 찬성했다. 남규는 유나의 말대로 했다.

"학 소위는 자리에 안 계십니다."

컴퓨터는 똑같이 매끄러운 어조로 말했다. 불길함이 느껴졌다.

"소위님의 상태는 어떻습니까?"

"남규 생도, 당신은 그 정보에 접근할 권한이 없습니다."

남규는 화가 나서 창자 씨를 집어 들고는 그 머리를 빙빙 돌렸다.

"권한이 있건 없건, 우리는 누군가와 연락을 취해야 합니다."

컴퓨터는 그 말에도 쓸모 있는 답을 하지 않았다.

나는 맹렬히 생각했다. 시스템에서 어떤 정보를 끌어내야 했다. 유나가 신경질적으로 웃으며 말했다.

"우리가 연락할 수 있는 사람이 있을까? 함교는 전혀 도움이 안 된다는 걸 알잖아."

또 한 번 갑판을 통해 진동이 전해졌다. 비상등도 더 흐려졌다. 우리는 서로를 쳐다보았다. 이들처럼 내 얼굴도 창백할 거라고 확신했다. 붉은 불빛이 쏟아져 얼굴들을 소름 끼치는 가면으로 바꾸어 놓았다. 유나는 초조해했다.

"아무것도 안 하고 있을 수만은 없어. 지, 쓸모 있는 것 좀 안 보이니? 함교에 누구 움직이는 사람 없어?"

지가 슬레이트를 보더니 눈살을 찌푸리며 말했다.

"더 잘 보려고 노력 중이야. 하지만 노이즈가 많아."

나는 남규에게 제안했다.

"네가 아는 사람들 목록을 다 살펴보자."

안 그래도 흐느적거리던 남규는 점점 더 기진맥진하는 것 같았지만, 고개를 끄덕였다. 그이는 컴퓨터에 속사포 같은 목소리로 묻기 시작했고, 매번 컴퓨터가 '자리에 안 계십니다.'를 걱정스럽게 되풀이할 때마다 질문을 중단했다. 나는 그 이름들을 최선을 다해 외웠다. 이름이 아주 많았고, 어떤 냄새나 얼굴과 연관 짓지 못하는 마당이라 이름을 외우기가 더 어려웠다. 하지만 나는 그 이름들이 나중에 쓸모 있을 수도 있다고 생각했다.

"어, 얘들아?"

지의 떨리는 목소리에 내 집중력이 깨졌다. 남규는 지를 무시하고 컴퓨터에 계속 이야기했다.

"이런 말 하긴 싫지만, 비디오 방송이 방금 끊겼어."

"무슨 말이야, 끊겼다니?"

유나가 날카롭게 묻다가, 지의 슬레이트에 뜬 것을 보고 얼굴이 핼쑥해졌다.

나는 머리를 들이밀어 더 잘 보려고 했다. 지의 말이 맞았다. 하지만 그게 다가 아니었다. 비디오 방송이 사라진 자리에 텍스트 화면이 나오고 있었다.

침입자 경보

침입자 경보

모든 승무원은 침입자를 격퇴할 준비를 하라

"우리는 침입자가 아니야!"

지는 그렇게 말하긴 했지만, 그에게서는 죄책감의 냄새가 났다.

"이건 우리를 말하는 것 같지 않아. 누군가가 보라색밤 우주 기지나 그 전의 장소에서 탄 게 분명해. 그리고 어떻게 했는지는 몰라도 탐지되지 않았던 거야." 나는 지를 안심시켰다.

유나가 얼굴을 찡그리며 말했다.

"그럼 우리는 다른 누군가와 연락해야 해. 우린 여기 무방비 상태로 있어. 심지어 나머지 승무원들처럼 실전용 무기를 갖고 있는 것도 아니야."

"하지만 우리는 안전해……. 그렇지?"

지가 천천히 말했다. 그는 나를 훑어보다가 다시 유나에게로 눈길을 돌렸다.

"우리 일은 안전하게 있는 게 아니야. 뭔가 하는 게 우리 일이지."

유나가 말했다. 그녀에게서는 조바심의 냄새가 흘러나왔다.

"학 소위님은 그런 말을 하지 않았어!"

나는 지와 유나가 말다툼을 하는 것을 바라지 않았다. 그래

126

서 그들 대화에 끼어들었다.

"지, 시스템은 침입자들이 어디 있는지 알까? 아니면 그들이 누군지 알까?"

지는 슬레이트 쪽으로 다시 몸을 굽혔지만, 안색이 더 창백해질 뿐이었다.

"시스템이 정지됐어."

"뭐라고?"

연락 목록을 훑는 걸 마친 남규가 날카롭게 물었다.

"비디오 시스템이 정지됐어."

"학교 비디오가 정지됐단 말이야?"

"아니, 모든 곳이 정지됐어. 심지어 이 방 바깥 복도 비디오에도 접근할 수가 없어."

"그러면…… 누구든지 바깥을 돌아다닐 수 있는데 우리는 누군지 모른다는 거네."

유나가 지의 말뜻을 헤아리며 덧붙였다. 지가 움찔했다.

"네가 그런 식으로 말하니까……."

"그럴 것 같지는 않아."

내가 또 끼어들었다. 지가 기죽는 건 바라지 않았다. 나는 지를 안심시키기로 했다.

"우리는 여기 오는 동안 다른 사람을 아무도 보지 못했어. 그다음에 방어벽이 쳐졌지."

"권한이 있는 사람들만 방어벽을 지나갈 수 있어."

남규가 덧붙였다. 나는 고개를 끄덕이며 말했다.

"지금 복도에 있을 수 있는 사람은……."

내가 차분하고 이성적으로 생각을 이어 가던 도중, 별안간 바로 바깥에서 쿵 소리가 났다. 나를 비롯해 모두 펄쩍 뛰었다.

"누구 무슨 무기 없어?"

내가 속삭였다. 설사 침입을 당할지언정 싸워 보지도 못하고 쓰러지고 싶지는 않았다.

유나에게서 죄책감의 냄새가 흘러나왔다.

"엄밀히 말해서, 그러면 안 되지만, 하지만……."

"너한테는 그게 필요할 거야. 뭘 가지고 있든 간에, 준비해."

내가 말했다.

나는 다른 사람들에게서 물러나 자리를 확보한 다음, 호랑이 모습으로 물 흐르듯이 변했다. 뒤죽박죽 섞인 변신의 순간에 나는 다른 사람들이 외치는 소리를 듣고 그들의 공포를 냄새로 맡았다. 나는 그들에게 안심하라고 말했다. 하지만 이내 그들이 내 말을 으르렁거림으로 알아들을 수 있겠다고 생각했다.

다시 쿵 소리가 났다. 곧이어 출입구가 끼익 소리와 함께 열렸고, 그 바람에 우리 모두는 공포에 떨었다.

8

나는 출입구 쪽으로 펄쩍 뛰었다.

아니, 사실은 세 사람이나 있어 그러질 못했다. 높아진 흥분 상태에서 좁은 선실을 고려하지 못했던 거다. 그렇다, 나는 앞으로 달려들었다. 지, 남규, 유나가 서둘러 양옆으로 납작하게 붙었지만, 나는 그들에게 걸려 넘어졌다. 몰래 숨겨 놓은 무기로 무장하려던 유나가 내 앞에 끼어들었고, 순간 우리는 우스꽝스럽게 뒤엉키고 말았다.

출입구가 다 열리고, 누군가 들어왔다. 나는 냄새로 그자가 누구인지 알아보았다. 민이었다. 민은 여전히 회색 한복을 입고 있었다. 우리를 위아래로 훑던 민의 눈이 휘둥그레졌다.

나는 적대감 때문이라기보다는 당황해서 민에게 으르렁거렸다. 하지만 다음 순간 지에게서 풍기는 생생한 공포의 냄새에, 그렇게 한 것을 후회했다. 나는 내 동료들을 좀 더 배려해야 했다. 지에게 사과하고 싶었다.

민은 총을 뽑아 내게 겨누며 외쳤다.

"생도들을 놔둬!"

앗! 민이 내 가죽을 태우는 것은 싫었다! 다른 사람들이 어리둥절해서 눈을 껌벅이는 동안, 나는 인간 모습으로 돌아왔다. 다행히도 호랑이 마법이 내 생도 제복을 돌려놓아 주었다. 나는 호랑이 마법이 제복을 제대로 인식해 줄지 확신하지 못한 참이었다.

"미안, 지. 너를 무섭게 할 생각은 아니었어."

나는 웅얼거렸다. 열기가 얼굴에 확 몰렸다.

"괜찮아."

지가 말했다. 그의 미소는 불안했지만 부드러웠다.

민은 총을 내리지 않고 조심스럽게 물었다.

"세빈이야?"

"응."

나는 다른 사람들에게 덧붙였다.

"예고 없이 변신한 건 미안해. 우리가 공격받은 줄 알았어."

민은 얼굴을 찌푸렸다.

"네 생각은 옳았어. 폭발이 몇 번 있었는데 그건 아마…….
다들 어디 있어?"

내가 반문했다.

"넌 여기서 뭐 하고 있어? 왜 이와 함께 있지 않아?"

"내가 먼저 물었어."

대화가 더 험악해지기 전에 지가 끼어들었다.

"상황을 알고 싶었어. 우리가 아는 것이라곤……."

지는 번쩍이는 붉은 불빛 쪽으로 웅변하듯 손짓을 했다.

"네 상관은 어디 있어?"

지의 물음에 민이 얼굴을 더욱 찌푸렸다.

"이 조사관님은 함교로 불려갔어. 떠나기 전에 조사관님은 내게 너희 모두를 살펴보라고 말했어."

"지, 카메라 꺼지기 전에 함교에서 이 조사관님 모습을 봤니?"

내가 물었다. 지는 고개를 저었다.

"제대로 보기에는 너무 어두웠어. 내가 놓쳤나 봐."

지가 자신 없는 목소리로 말했다. 마침내 민은 총을 내렸지만, 총집에 집어넣지는 않았다.

"카메라라니, 무슨 말이야?"

지는 내게 '우리 이제 골치 아프게 됐다'는 눈길을 보냈다. 나는 그를 안심시키듯이 고개를 끄덕였다. 지가 말했다.

"우리는 배의 보안 시스템에 해킹해 들어갔어."

민이 눈썹을 치켜올리자, 지는 변명하듯 덧붙였다.

"우리는 아무하고도 연락할 수가 없었어. 이제 어떻게 할지 결정하기 전에, 무슨 일이 일어나고 있는지부터 알아내는 게 좋을 것 같았어."

나는 지가 민에게 변명하는 것이 싫었다. 그래도 우리는 우리 배를 해킹해서는 안 되었다. 나는 지가 어디서 그런 기술을 배웠는지 궁금했지만, 민 앞에서는 묻지 않기로 했다. 내가 말했다.

"아마 특별 조사관님은 무슨 일이 벌어지고 있는지 알 거야."

"특별 조사관?"

남규가 되물었다. 어느새 남규는 창자 씨를 내려놓고, 그 머리를 바로 세워 두었다.

"네 말은, 우리가 이륙하기 전에 특별 조사관이 배에 타기를 기다리고 있었다는 게 진짜란 말이야?"

남규에게서 짙은 의심의 냄새가 났다.

"난 조사관이 파괴 공작원이 아닌가 의심스러운데."

"이 조사관님은 절대로……."

민이 흥분해 말하다가 자제했다.

"내 말 들어 봐. 내가 조사관님에게 전화해서 지시를 받아볼게. 왜 게이트 공간에 있는 동안 배가 공격을 받았는지, 조사관님은 분명히 어떤 단서를 갖고 있을 거야."

이번에야말로 민은 총을 총집에 넣었다. 그녀가 데이터 슬레이트로 전화를 거는 동안, 나는 조사관이 공작원일 가능성을 가늠해 보았다. 하지만 도무지 이나 다른 사람이 자기가 탄 배를 위험하게 파괴하고 싶어 할 이유를 생각해 낼 수가 없었다. 분명 파괴 공작원은 사라진 지 오래였다.

그때 환 삼촌의 냄새 표시가 기억나는 바람에 배 속이 뒤틀렸다. 그 이야기를 지금 꺼내야 할까? 아니면 그 이야기를 보고할 만한 지휘권자를 찾을 때까지 기다릴까?

이어진 민의 말은 두 번째 선택지는 고려의 대상이 아님을 분명하게 알려 주었다.

"조사관님과 연락할 수가 없어. 조사관님을 찾아야 해."

민은 긴장하며 말했다.

"잠깐 기다려. 만약 함교 승무원들이 끌려갔다면, 혼자 돌아다니는 것도 안전하지 않을 거야. 우리는 뭉쳐 있어야 해."

내가 말했다. 민의 목소리가 날카로워졌다.

"내 의무는 특별 조사관님을 보좌하는 거야."

"애초에 왜 특별 조사관이 우리 배에 타고 있는 거야?"

유나는 알고 싶어 했다. 우리가 움직여야 할 시점에 대화가 어긋나고 있었다.

"조사관님을 찾아내고 나서 물어보면 돼."

내가 말했다. 아마 우리는 더 많은 정보를 얻을 수 있을 것이다. 나는 이 조사관이 지와 나에게 요새 섹터에서의 임무에 대해 한 말을 공유해야 할지 잘 알 수가 없었다. 다른 생도들도 이미 알고 있지 않을까? 아무튼, 그 정보를 알리는 건 내 몫이 아니었다.

"선장님이 먼저야. 우리는 선장님이 아직 살아 있는지 알아야 해."

남규가 말했다.

"의료 훈련을 어디까지 받았어?"

내가 물었다. 남규는 양손을 내밀고 쓸쓸하게 미소 지으며 답했다.

"치료자의 손길이야. 나는 우리 할아버지한테 기를 조정하는 법을 배웠어."

기는 모든 것에 생기를 불어넣는 생명과 복의 숨결이다.

"그리고 언제나 기본 응급 키트를 가지고 다녀. 나는 1급 응급 구조사 자격이 있어."

"그 으스스한 인형에 네가 한 온갖 연습을 생각하면 넌 진짜 사람도 고칠 수 있어야 해."

유나가 농담을 했다.

"조사관님은 우리를 도울 수 있을 거야."

민이 주장했다.

"이봐, 특별 조사관님은 함교로 갔어, 맞지? 우리는 제일 먼저 거기로 갈 거야. 어쨌든 조사관님과 선장님은 같은 장소에 있을 거야. 갈등할 것 없어."

내 말에 민은 머뭇거리다가 고개를 끄덕였다. 긴장한 입매였다.

"좋아."

유나가 민에게 물었다.

"너 저거 가져온 곳에 총 더 없어? 아니면 개인 방패나?"

"미안. 저 총 하나뿐이야."

민의 대답에 유나는 얼굴을 찡그렸다.

"그럼 나는 이걸로 버텨야겠네."

유나는 자기 군용 가방을 뒤져서 특대형 손전등같이 생긴 것을 찾아냈다. 지가 물었다.

"그건 뭐야?"

"섬광 권총이야. 안구 보호 장치가 없는 사람들 눈을 멀게 하기에 좋아. 영구적인 손상을 입히지는 않지만 말이야. 난 내 천인 혈통 덕분에 빛에 면역이 있어. 밝은 빛으로는 날 괴롭히지 못해."

내가 말했다.

"그거 좋다. 하지만 우린 움직이는 게 좋겠어."

"내가 진짜 총을 가지고 있으니까 앞장설게. 세빈, 너는 호랑이니까 감각이 좋을 거야. 네가 후미를 지켜야 해."

민의 말에 아무도 반론하지 않았다. 총을 집어넣은 지 얼마 안 돼서 민은 다시 총을 꺼냈다. 지는 슬레이트를 부적처럼 움켜쥐고 무리 한가운데서 보호받는 곳에 자리를 잡았다. 유나는 지의 왼쪽에, 남규는 오른쪽에 섰다. 나는 뒤쪽에 섰다.

나는 호랑이 모습으로 다시 변신해야 하는지 고민했다. 그러나 우리가 마주칠 승무원 누구라도 놀라게 하고 싶진 않았다. 승무원이 인간 모습을 유지하고 있어야 한다는 건 상식이었다. 배는 초자연인들 본연의 각기 다른 크기와 형상에 맞게 설계되어 있지 않았다. 게다가, 만약 우리가 위협을 맞닥뜨린 다고 해도 내가 변신하는 데는 잠깐이면 충분했다.

나는 우리가 정보도 없이 위험한 상황으로 들어가고 있다 는 사실이 싫었다. 지가 비디오 방송을 더 오래 연결할 수만 있었어도 좋았을 텐데! 비디오 방송이 중단된 것도 석연치 않 았다. 시스템에 어떤 바이러스가 있었던 걸까? 더 나쁜 경우 라면, 침입자가 아직 배에 타고 있어서 우리의 정보 수집을 적 극적으로 막은 것일까?

나만 이런 생각을 한 것은 아니었다. 함교를 향해 걸어가는 도중 민이 작은 목소리로 말했다.

"지, 컴퓨터 시스템을 계속 모니터링할 수 있니? 어떤 유저 가 활동하고 있는지 볼 수 있도록?"

지가 초조해하며 말했다.

"그럼. 하지만 침입자들이 내가 정보를 캐고 다니는 걸 볼 위험이 있어."

"그건 운에 맡겨야 해."

나는 민이 지휘권을 가져가는 게 싫었다. 민은 우리 배 소속 이 아니었다. 하지만 지휘권을 두고 시비를 거는 건 쩨쩨한 일 이다. 나도 민과 똑같이 말했을 테니.

우리에게는 당면한 문제가 있었다. 침실을 떠나는 것까진 쉬 웠다. 그러나 함교로 가는 길은 아까 쾅 내려온 문에 막혀 있 었고, 우리에게는 학 소위가 말했던 접근 암호가 없었다. 민은 뒤에 있는 나를 볼 수 없었지만, 나는 민을 바라보며 물었다.

"민, 어떻게 방어벽을 통과했어?"

만약 민이 그 방법을 다시 쓸 수 있다면…….

"나는 저 선실에 배정됐어."

그런 행운은 없었다. 민이 홀 아래쪽을 가리키며 대답했다. 우리 선실에서 출입구 세 개만큼 떨어진 곳이었다.

"멀리 올 필요가 없었어. 이 조사관님은 그 옆 선실이었지. 하지만 조사관님은 방어벽이 내려가기 전에 불려갔어."

"너는 특별 손님이 쓰는 방을 받지 않았어? 저 선실들은 보통…… 음…… 생도들이 쓰는 거야."

유나의 물음에 민은 어깨를 으쓱했다.

"조사관님의 요청이었어. 나는 이유를 묻지 않았지."

'아마 이 조사관은 우리를 감시하고 싶었을 거야.'

머릿속에서 누군가 속삭이는 것 같았다. 하지만 왜? 해태호의 특별 임무에 대해 내가 아는 것이라곤 특별 조사관이 내게 말해 준 것밖에 없었다. 이 조사관이 우리를 믿지 않았다면, 애초에 입을 다물 수도 있었다.

아마 그보다 더 복잡한 게임이 진행되고 있는 것이리라. 그러나 나는 이 생각을 속으로만 간직했다. 더 많은 증거가 생기기 전까지, 의심증에 잡아먹힐 필요는 없었다. 내가 말했다.

"지, 방어벽 반대편에 뭐가 있는지 알 수 있니? 우린 너한테 의지하고 있어."

지가 미소 지었다. 평소 그가 띠고 있던 활기가 어느 정도 회복되었다.

"너보다 앞서 그 생각을 하고 있었어. 하지만 불행히도……."

지는 우리에게 자기 슬레이트를 보여 주었다.

아까와 똑같은 이야기였다. 비디오 방송만 작동하지 않을 뿐 아니라, 경고 메시지까지 여전히 번쩍이고 있었다.

"그러면 저 반대편에 숨 막히는 진공이 있는데 우리는 모를 수도 있다는 말이지. 나한테는 재미있는 일이지만 너희한테는 그리 좋은 일이 아닌걸."

유나가 무게 중심을 이쪽 발에서 저쪽 발로 옮기며 말했다.

"뭔가 의심스러운데……."

남규가 자신 없는 목소리로 말했다.

그때쯤 우리는 방어벽에 도달했다. 남규는 방어벽에 열심히 귀를 기울이다가 고개를 흔들었다.

"아무것도 안 들려."

"세빈, 네가 해 볼래? 너는 청력이 좋잖아."

민이 말했다. 나는 고개를 끄덕이고 남규 옆에 자리를 잡았다. 희미한 발소리가 들렸다. 아주 작은 소리여서 열심히 집중하지 않았더라면 들리지 않았을 것이다.

"저쪽에 누군가 있어."

"내가 전파를 방해하기 전에 그 사람에게 신호를 보내야 해."

지가 제안했다. 나는 고개를 저었다.

"그 사람이 우리 소리를 들을 수 있을지 모르겠어. 게다가, 만약 그 사람이 적이라면?"

"그건 어쨌든 효과가 없을 거야."

남규가 냉담하게 말했다.

"방어벽은 무거운 공격을 막아 내도록 설계되었거든. 목이 쉬도록 소리를 지르거나, 아니면 방어벽에 몸을 부딪쳐 댈 수는 있을 거야. 그러면 내가 담당해야 할 환자가 하나 더 늘겠지. 하지만 우리는 어떻게 해서든 건너편으로 가야 해. 지, 그러니까 네가 시작하는 게 좋겠어."

"사촌과 함께 견습생 노릇을 하는 게 날 곤란에 빠뜨리리라는 걸 언제나 알고 있었어."

지가 투덜거렸다. 나는 지의 가족에 대해 호기심이 일었다. 지의 가족은 비합법적인 분야의 일을 하는 것 같아 보였다. 그러나 지금 당장은 지의 집중을 흩뜨리고 싶지 않았다. 지가 말했다.

"만일을 대비해서 뒤로 물러서."

'무슨 만일?'

나는 묻고 싶었다. 지는 긴박하게 자기 슬레이트를 두드렸다. 방어벽이 신음 소리를 내더니 천장으로 들어가기 시작했다. 내가 처음 들은 것은 경고의 외침이었다. 민이 넓어지는 간격에 총을 겨누었다.

공기가 소용돌이쳐 복도로 들어왔다. 건너편에 있는 사람의 냄새가 난 다음 그 사람의 발만 보였다. 내가 냄새를 먼저 알아보았는지, 독특한 노란 다용도 부츠를 먼저 알아보았는지 모르겠다. 그 사람은 이 조사관이었고 총을 갖고 있었다. 민의 것보다 더 날렵한 모델이었고, 민을 향해 겨누어져 있었다.

"쏘지 마요! 저예요, 특별 조사관님."

민이 외쳤다. 이는 민을 살펴보더니, 나머지 우리를 한눈에 바라보며 약간 책망하듯 물었다.

"그리고 네 친구들이야?"

나는 지금까지 우리에게 지시를 내릴 수 있는 어떤 사람과도 연락할 수 없었다고 이에게 짧게 설명했다. 이가 단호히 고개를 끄덕이며 말했다.

"그럼 우리가 서로 잘 만난 거군. 그리고 너희가 방어벽을 조작할 수 있다는 걸 알았고."

"그건 제가 한 거예요."

지의 얼굴이 붉어졌다. 특별 조사관이 지를 꾸짖지 않아서 나는 마음이 놓였다. 내가 물었다.

"증원 병력을 더 찾아야 할까요?"

"시간이 없어. 게다가, 내가 알기로는 아무도 없어. 다른 선실들은 비었어. 내가 오기 전에 누군가가 여기를 휩쓸고 지나갔어."

이가 말했다. 이는 자기 뒤쪽을 가리켰고, 우리는 사람들이 쓰러져 있는 모습을 보았다.

140

"당직을 서던 승무원 여러 명이 폭발에 쓰러졌어. 누구인지 몰라도 폭발을 일으킨 사람은 빠르고, 단호하고, 가차 없었어. 나는 비번인 승무원들과 연락을 시도했지만, 아무와도 연락할 수 없었어."

남규는 창백해졌다. 남규는 누구든 책임자와 연락하려던 자신의 노력과 자기에게 그럴 권한이 없다고 답한 컴퓨터의 고집을 짧게 설명했다. 이는 암울한 분위기 속에서 이해하며 고개를 끄덕였다. 내가 물었다.

"해태호의 승무원은 몇 명이나 됩니까?"

"이 정도 크기의 전함에는 보통 사백 명이 타지. 다만, 해태호에는 인원이 약간 부족해. 그래도 우리는 그렇게 많은 사람들과 대결하고 이길 수 있는 적을 조심해야 해."

지는 땀을 뻘뻘 흘리고, 유나는 얼굴을 찌푸리고, 남규는 입술을 계속 물어뜯고 있었다. 심지어 보통 때 침착하던 이마저 흔들리는 것 같았다. 유일하게 동요하지 않는 것 같은 사람은 민이었다. 나는 민이 상황을 심각하게 받아들이고 있기를 바랐다. 나는 이 첫 번째 임무가 내 마지막 임무가 될지도 모른다는 사실에 직면하고 있었다.

우리는 우리를 함교로 데려가 줄 엘리베이터로 향했다. 나는 칸막이벽이나 갑판에서 그을린 자국을 보거나 쓰러진 승무원과 마주칠 때마다 움찔했다. 그리고 남규가 쓰러진 승무원들을 살펴보기 위해 멈추고 싶어 하는 것을 알 수 있었다.

환 삼촌은 내게 결코 자기 사람을 뒤에 남기지 말라고 가르쳤었다. 하지만 우리는 지금 그러고 있었다. 내가 이에게 쓰러진 승무원들에 대해 물었을 때, 이런 답변을 들었다.

"지금 당장은 시간이 없어. 그들을 돕는 최선의 방법은 배의 지배권을 되찾는 일이야."

엘리베이터는 폐쇄되었다. 나는 엘리베이터를 다시 움직이게 하자고 지를 쳐다보았고, 그는 고개를 끄덕이며 중얼거렸다.

"이건 나쁜 생각일 수도 있어. 우리는 매복 속으로 뛰어들고 있는지도 몰라."

"함교를 무방비로 남겨 둘 수는 없어."

내가 말했다. 이는 내게 시선을 던졌다. 그에게서 놀람의 냄새가 났다. 마치 그의 어떤 예상을 내가 뒤집은 것 같았다.

"세빈 생도의 말이 맞아."

"거의 다 됐습니다."

지가 데이터 슬레이트를 두드리면서 말했다. 몇 초 후 엘리베이터가 열렸다.

우리는 엘리베이터로 들어갔다. 좁은 공간, 여섯 사람, 그리고 깜박이는 붉은 불빛의 조합은 짧은 이동 거리를 악몽처럼 만들었다. 불빛이 흐려질 때마다, 나는 배고픈 유령들이 어둠 속에서 나타나 우리를 삼키는 상상을 했다. 그러나 최소한 우리는 유령들과 싸울 필요는 없었다.

그래도 몸이 떨리는 것을 멈출 수가 없었다. 이곳의 공기는 내 예상보다 차가웠고, 배의 나머지 부분보다도 차가웠다. 나는 이 서늘함이 무슨 의미일까 생각했다.

나는 내 생각을 소리 내어 말했어야 했다. 왜냐하면 민이 날카롭게 내 쪽을 바라보았기 때문이다.

"무슨 문제라도?"

그녀가 물었다. 나는 고개를 저었다.

"중요한 건 아냐."

엘리베이터가 떨리자 민의 시선이 옮겨 갔다. 엘리베이터가 멈추었다. 유나가 날카롭게 말했다.

"날 놀리나? 고장 날 때가 없어서 이럴 때…… 조종판을 쏴서 해결할 수 없다는 게 안타까운데."

"여기 아무도 기계공은 아니겠지." 내가 침울하게 말했다.

"내가 기계공이야."

민의 말에 나는 깜짝 놀랐다.

"내가 조종판을 좀 볼게. 분명 수동 오버라이드가 있을 거야."

민이 조종판에 접근할 수 있도록 우리는 비켜 줬다. 그녀는 도구 세트를 꺼내서, 조종판의 나사를 뺀 다음 일에 착수했다.

"엘리베이터 고장은 우연의 일치일 수도 있어요."

민이 철사를 만지작거릴 때 지가 말했다. 그의 얼굴은 걱정으로 엉망이었다. 이가 말했다.

"지금 당장은 우연의 일치라고 생각해야 할지 잘 모르겠다."

우리는 서로를 쳐다보았다. 내가 천천히 말했다.

"어쩌면 누군가 우리가 함교에 가지 못하도록 막으려고 하고 있는지도 모릅니다. 그렇다면 함교에 빨리 가는 것이 더 중요하겠지요."

"최선을 다하고 있어."

민이 이를 갈며 말했다. 불편한 침묵이 흐른 후, 그녀가 덧붙였다.

"기계적인 고장이 아닌 것 같아요. 누군가 조종 시스템을 해킹했어요."

"그걸 조종판에서 전부 알 수 있어?" 지가 물었다.

"나만의 방식이 있어."

나는 민의 얼굴을 볼 수 없었다. 하지만 그녀는 뭔가를 숨기고 있었다. 그것이 우리들을 곤란하게 하지 않기를 바랐다. 이가 민을 추궁하지 않아서, 지금으로서는 민의 방식을 받아들여야 했다. 지가 말했다.

"그럼 이게 나한테 달렸단 말이네."

나는 발톱으로 파헤치고 엘리베이터 밖으로 나가고 싶어 몸이 근질근질했다. 폐쇄된 공간에 있는 게 문제는 아니지만, 덫에 걸리거나 우리에 갇히는 것은 다르다. 우리가 이 안에 갇혀 있는 한 순간 한 순간이 상황의 차이를 만들 수 있다.

'더 나쁠 수도 있었잖아.'

나는 속으로 말했다. 적어도 우리는 우주복이나 우리를 보호할 대체 공기 없이 가스에 중독되지는 않았다. 유나에게는 면역이 있긴 하지만 말이다. 나는 해태호에 침입자의 가스 공격에 대해서 대책이 갖추어져 있는지 알 수 없었다. 선장에게 기회가 있었다면 대책을 작동시켰을 것이라고 추측은 하고 있었다.

"게임만 하지 말고 컴퓨터를 배웠더라면 좋았을걸."

유나가 지의 어깨 너머로 들여다보면서 말했다.

"지에게 자리 좀 줘."

내가 말했다. 지는 내게 감사의 눈길을 보냈다. 유나는 할 수 있는 한 뒤로 물러섰고, 유나와 내가 충돌했다. 나는 신음을 참았다. 유나의 잘못이 아니었다.

"좋아. 이번엔 되어야 해……."

지가 말하는 순간 갑자기 엘리베이터의 모든 불빛이, 심지어 붉은 섬광까지도 깜박이다 꺼졌다. 엘리베이터가 위로 가속하는 것이 느껴졌다.

"이런 일이 일어날 게 아닌데."

지가 숨 가쁘게 말했다.

"전진이긴 하군."

민이 말했다. 남규는 손전등을 켰다.

"우리를 위해 눈에 불을 켤 필요는 없어, 유나."

남규는 놀리듯이 말했다. 유나는 남규를 팔꿈치로 찔렀지만, 미소를 짓고 있었다.

그 순간 나는 희미한 불빛에 말로 다 할 수 없을 정도로 감사하고 있었다. 나는 고향에서 별빛과 달빛으로 밤에 잘 볼 수 있었다. 하지만 완전한 어둠 속에서는 볼 수 없었다. 모든 고양이들은 어느 정도의 빛을 필요로 한다. 나는 훌륭한 후각과 청각으로 주위 환경을 인식하기는 하지만, 여전히 내 시력을 소중하게 생각했다.

엘리베이터가 덜컥하고 멈추었다.

"여기가 함교 층이야?"

유나가 작은 목소리로 물었다. 지는 슬레이트에서 뭔가를 살폈다.

"응."

지가 말했다. 하지만 그는 내 마음에 찰 정도로 자신 있어 보이지는 않았다.

"카메라는 여전히 꺼져 있어?"

내가 물었다. 만약 함교도 어둠으로 뒤덮여 있다면, 카메라는 우리에게 도움이 되지 않을 것이다.

"으응."

지의 대답을 들은 나는 이렇게 말했다.

"특별 조사관님. 우리가 문을 열 때 제가 먼저 가겠습니다. 저는 호랑이 모습으로 변해서 나머지를 지킬 수 있을 뿐만 아니라, 바깥에 뭐가 있는지 알 수 있습니다. 민, 유나, 너희는 나를 무기로 엄호해 줘. 유나, 만약 필요하면 섬광 권총을 쏘는 걸 주저하지 마. 나는 냄새로 길을 찾을 수 있어."

민이 말했다. "좋은 것 같은데."

이가 말했다. "괜찮은 계획이군."

지가 말했다. "하는 데까지 해 보자."

엘리베이터 문이 열렸다.

9

나는 재빨리 앞으로 뛰어나가면서 호랑이 모습으로 변했
다. 엘리베이터에서 풀려나서 움직일 수 있게 되자 마음이 놓
였다. 나의 인간 부분은 조심하라고, 움직임이 언제나 가장 쓸
모 있는 행동은 아니라고 상기시켰다. 그러나 나는 신경 쓸 겨
를이 없었다.

엘리베이터의 비상등과는 달리, 함교의 비상등은 여전히
빛나고 있었다. 이것도 안심이 되는 부분이었다. 그 등에 드러
난 장면을 제외하면.

지가 아까 찾아낸 비디오 방송은 내가 무엇을 예상해야 할
지 대략 알려 주었다. 나는 채원 선장의 쓰러진 모습을 알아보
았지만, 냄새로는 선장이 죽었는지 그냥 의식만 잃었는지 알
수 없었다. 나머지 함교 승무원들도 쓰러져 있었다. 호랑이일
때는 셈을 하기가 더 어려웠다. 함교에서 얼마나 많은 사람들

이 근무하는지 몰랐지만, 아마 열두어 명 정도가 의식을 잃고 누워 있는 것 같았다.

그때, 기습을 당했다.

"세빈, 조심해!"

민이 외쳤다. 그녀는 쏜살같이 달려드는 물체에 총을 쏘았다. 하지만 민의 붉은 불길은 빗나갔다.

나는 포효하며 목표를 향해 뛰어올랐다. 호랑이일 때 나는 거의 8미터를 수평으로 뛸 수 있었다. 이런 식으로 뛰면 쓰러진 사람들의 몸을 돌아서 가지 않아도 되겠다는 생각이 떠올랐다.

하지만 적도 호랑이였다. 그리고 나보다 훨씬 크고, 흰색이었다. 혹시 이놈은……?

총의 불길이 더 많이 내 앞에서 타올랐다. 거의 전부 빗나갔다. 우리의 적수는 인간 같지 않은 빠른 반사 신경을 가지고 있었다. 나처럼 초인적인 반사 신경이었다. 나보다 뛰어났다. 민은 적을 잘 겨누고 발사해 머리 옆쪽을 그을렸다.

나는 침입자를 빙빙 돌며 으르렁거렸다. 갑자기 나는 강하고 낯익은 냄새의 습격을 받았다. 환 삼촌의 냄새였다. 그것도 그냥 보통 때 냄새가 아니라, 자신의 영역에서 권위를 드러내는 호랑이의 냄새였다.

환 삼촌도 빙글빙글 돌면서 나에 대한 직접적인 공격을 자제하고 있었다. 마치 나를 다치게 하는 것을 원하지 않는 듯했다.

"세빈! 너는 나와 함께해야 한다."

삼촌은 호랑이 언어로 으르렁거렸다. 그 말을 다른 사람들은 이해할 수 없을 것이다.

"와라!"

내 앞발의 상처가 아프기 시작했다. 가모장님에게 했던 맹세를 상기시키는 상처. 나는 웅크린 자세를 취하고 혼란 속에서 신음하다가 인간 모습을 되찾았다. 내가 속삭였다.

"삼촌?"

불그스름한 불빛 속에서, 하얀 호랑이는 불기운을 띤 것처럼 보였다. 그 광경에 경외감을 느꼈다. 적들을 굴복시키며 자신감에 차 있는, 전성기 호랑이의 모습이었다. 그 적들이 내 동료들이긴 하지만 말이다.

"조심해!"

이번에 경고를 날린 것은 유나였다. 그녀가 총을 발사하면서 타는 듯한 불빛이 번쩍였다. 아마도 유나만 제외하고 모두 순간 눈이 멀었을 것이다.

자줏빛 잔상밖에는 아무것도 보이지 않았다. 나는 유나에게 약속한 대로 냄새와 공기의 흐름에 의지해 위치를 추적했다. 환 삼촌도 똑같이 하고 있을 터였다.

환 삼촌이 이 조사관을 궁지에 몰아 심각한 위험에 빠뜨렸다는 것을 나는 너무 늦게 깨달았다. 이는 총을 휘둘렀다. 그이가 방아쇠를 당길 때마다 흐느끼는 듯한 소리가 들렸다. 그러나 총의 불길은 환 삼촌을 화나게만 만드는 것 같았다. 소리로 듣건대 조사관은 숨을 곳을 찾아 재빨리 움직였지만, 발을 헛디뎌 바닥에 뻗어 버렸다. 환 삼촌은 포효하며 이를 덥석 물려고 했다. 나는 환 삼촌의 강력한 턱에서 침이 떨어지는 것을 냄새로 알 수 있었다.

이번만은, 내 삶을 이끌어 온 규율이 어떻게 해야 할지 말해 주지 않았다. 그러나 이가 우적우적 씹히도록 내버려 둘 수 없다는 것은 알았다. 심지어 그렇게 씹는 사람이 우리 삼촌일지라도 말이다. 나는 혼란을 떨쳐 버리고, 다시 호랑이로 변했다.

"삼촌, 그러면 안 돼요!"

나는 호랑이의 언어로 외쳤다. 나는 환 삼촌과 이 사이에 끼어들었다.

환 삼촌은 맹렬히 포효했다. 내 귀가 오그라들었다. 그러나 물러날 수 없었다. 나도 마주 포효했다.

"나중에 사정이 좋아지면 다시 돌아오마. 너도 곧 이해하게 될 거다, 세빈."

환 삼촌이 말했다. 그의 발걸음이 멀어졌다.

나는 인간 모습을 되찾았다. 아직 모든 것이 흐릿하고 자줏빛 잔상으로 둘러싸여 있었지만, 시력이 돌아오기 시작했다. 귀를 찢을 듯 울부짖는 경보음 때문에 생각을 집중하기가 힘들었다. 나는 다른 사람들이 환 삼촌을 쫓아가는 대신 내 주위에 모여 있다는 것을 알아차리지 못했다.

나는 흐릿한 눈을 지에게 깜박였지만 지는 내 시선을 피했다. 나는 조사관에게도 눈을 깜박였다. 이와 민은 둘 다 내게 총을 겨누었다. 유나는 얼굴을 찌푸리고 있었다. 내가 물었다.

"무슨 일이 벌어지고 있는 거야?"

"네가 설명해야 할 것이 있다. 남규, 세빈은 우리가 맡고 있겠다. 가서 선장과 나머지 함교 승무원들을 살펴봐라." 이가 싸늘하게 말했다.

"알겠습니다."

남규가 말했다. 그이는 채원 선장 옆으로 달려가며 응급함을 뒤졌다.

나는 남규가 일하는 것을 지켜보고 싶었다. 선장이 죽었을까 봐 두려웠다. 그것도 우리 삼촌의 손에 말이다. 삼촌이 정말로 우주군이 말한 대로 변절자였을까? 그동안 명예로운 복무를 했는데도?

이 질문은 뒤로 밀어 놓아야 할 것이다. 우선 나는 왜 내 동료들이 내게서 돌아섰는지 알아내야 했다. 나는 정말로 어리둥절해서 물었다.

"뭘 설명합니까?"

"너는 파괴 공작원을 알아봤어, 안 그래? 난 다 봤어. 넌 그 다른 호랑이에게 말을 하고 있었잖아. 넌 그 호랑이를 알고 있었어." 유나가 비난조로 말했다.

"이건 심각한 일이야. 아주 심각해. 세빈, 변명할 말이 있니?"

이가 숨을 들이키며 말했다. 나는 다른 사람의 머리로 생각해 보려 했다. 내가 아주 큰 곤란에 빠졌다는 것이 분명해지고 있었다. 그들은 내가 사랑하는 삼촌을 여기서 뜻밖에 만나서 느낀 혼란을 공모로 착각한 것이 분명했다.

"저는 그를 알아봤어요."

나는 천천히 말했다. 하지만 이 말이 나를 더 좋지 않은 상황에 처하게 만들 뿐이라는 것을 알고 있었다.

이가 뚫어져라 내 눈을 쳐다보았다. 민은 나를 쏘아보고 있었고, 유나도 같은 표정을 지었다. 지는 마치 내가 부끄럽다는 듯이 내 쪽을 바라보지 않으려고 계속 피했다.

"선장…… 그러니까, 주황 호랑이 부족의 환이었습니다."

나는 말했다. 이가 아직 비난하는 표정을 짓고 있었기 때문에, 유나의 눈은 콘택트렌즈 너머에서 빛나고 있었기 때문에, 나는 덧붙였다.

"저희 삼촌 말이에요."

"파괴 공작원이자 승무원을 공격한 자를 돕는 것은 군사 법정에 회부되는 범죄임을 알겠지."

이가 엄격한 얼굴로 말했다. 나는 핼쑥해졌다.

"어떤 사람과 친척이라는 것 자체가 범죄는 아닙니다!"

이들이 상황을 오해하고 있는 건 아닐까? 환 삼촌은 함교에 있는 채원 선장을 도우러 왔고 우리가 침입자라고 생각해 공격했을 수도 있다. 삼촌이 어떻게 배에 탔는지 나는 여전히 몰랐다. 그러나 삼촌이 여기서 설명하지는 못한다고 해도, 설명할 거리를 갖고 있다는 것을 나는 알았다. 내가 내놓을 수 있는 것이 온전한 가설뿐이라는 것은 안타까운 일이다. 그리고 나를 대하는 태도를 볼 때, 이들은 내 가설에 흥미를 느끼지 않을 것이다. 혹은 우리 삼촌을 둘러싼 사정을 의심해 보지도 않을 것이다.

"아마 아니겠지."

이는 그렇게 말했지만, 그 말투를 듣곤 다르게 생각할 수밖에 없었다.

"특별 조사관님, 방해해서 죄송합니다만……."

남규가 걱정되는 목소리로 불렀다. 이의 총구는 내게 고정되어 있었다. 이는 고개를 끄덕여 남규의 말을 듣고 있다는 것을 알렸다. 민은 약간 얼굴을 찌푸리고 있었다. 그녀의 눈은 이쪽저쪽으로 쏜살같이 움직였다. 마치 어떤 것이 가장 큰 위협인지 결정할 수 없는 것 같았다. 훈련을 덜 받고 총으로 무장하지도 않은 지와 유나는 남규를 바라보았다.

경련이 일어난 듯 얼굴에서 머리카락을 빗어 넘기며, 남규는 말을 계속했다.

"채원 선장님은 살아 계십니다. 하지만 의료 처치가 더 필요합니다. 일종의 약물에 쓰러지신 것 같습니다. 아니면 기에 충격을 받으신 것 같습니다. 팔도 부러지셨습니다. 의무실이

온전하다면, 치료 유닛 속에서 지내실 필요가 있습니다."

"그건 다행이군. 선장은 회복해야 해. 다른 사람들은?"

이가 말했다. 나는 해이해진 틈을 이용해 뛰어올라 달아날 수도 있었다. 하지만 그러면 다른 사람들의 눈에 나의 죄를 확인해 줄 뿐이다. 그럼에도 나는 매우 큰 유혹을 느꼈다. 나는 적 취급을 받는 것이 싫었다. 이후에 올지도 모르는 사태를 생각하면 더욱 마음에 들지 않았다. 그들이 나를 감금실에 넣을까?

삼촌과 이야기해서 삼촌이 내게서 원하는 것이 무엇인지 알아낼 시간이 있었다면 얼마나 좋았을까. 삼촌을 전함에서 만나는 것은 내 꿈이었다. 하지만 삼촌은 우리를 공격했다. 나는 삼촌이 함교의 아수라장에 책임이 있을 가능성이 두려웠다. 지금의 상황들은 행복한 만남일 수 있었던 순간을 무서운 순간으로 바꾸어 놓았다.

남규가 함교를 돌아다닐 때, 다른 사람들의 불안감과 함께 나의 초조한 땀 냄새를 맡을 수 있었다. 침실에서 보여 주었던 소름 끼치는 유머 감각과 달리, 남규는 조용하고 철두철미하게 일했다. 나는 남규가 나를 초조하게 하지 말고 서둘러 일해 주기를 바랐다. 남규는 지금 이곳에서 가장 중요한 일을 하고 있었다.

'제발 살아 있어요.'

나는 승무원들을 위해 빌었다. 채원 선장과 부관 애 중령 외에 승무원들의 이름을 하나도 모른다는 사실이 나를 괴롭혔다. 선장과 만나다가 방해받은 일 외에는, 나는 다른 승무원들에게 제대로 된 소개를 하지 못했다.

"내 불운이 또 시작이군."

민이 소리 죽여 중얼거렸다. 너무나 작은 소리라 그녀의 말을 제대로 들었는지 알 수가 없었다. 차가운 바람 한 줄기가 그녀에게서 뿜어져 나왔다.

확실히 그녀만의 불운은 아니겠지? 이 전함에는 나의 불운을 포함해 많은 불운이 돌아다니고 있었다. 만약 민이 저주받은 것이라면?

'그럴 리가 없어.'

나는 생각했다. 특별 조사관이 저주받은 사람과 함께 여행할 정도로 바보 같을 리가 없다. 불운이 여러 가지 이유로 누군가를 따라다닐 수 있다는 것밖에는 나는 저주에 대해 잘 알지 못한다. 제대로 조상에게 제사를 지내지 못하고, 무당을 화나게 하고, 귀신과 충돌하고, 풍수지리를 잘못 쓰고…… 이런 모든 가능성이 있는데도 행운을 누린다는 것은 놀라운 일이었다.

마침내 남규는 한 차례 다 돌아보고 보고했다.

"모두 살아 있습니다. 변절자 환은 그래야 우리의 자비를 얻을 수 있다고 생각한 것 같습니다. 아니면 그는 복수심에 불타는 귀신들에게 신들릴 위험을 무릅쓰고 싶지 않았던 것 같습니다."

나는 안심해서 축 늘어졌다. 남규가 환 삼촌이 승무원들을 죽였다고 말할까 봐 두려워하고 있었다. 귀신이 있건 없건, 삼촌은 결코 그런 짓을 하지 않았을 것이다. 사태는 여전히 삼촌과 나에게 나쁜 것 같았지만, 적어도 아무도 살인죄를 선고받지는 않을 것이다.

'넌 알고 있잖아.'

내 머릿속에서 괴롭히는 목소리가 끼어들었다. 우리는 배 위의 다른 곳에서 무슨 일이 벌어졌는지 아직 모른다. 나는 아까 우리가 지나친 쓰러진 승무원들을 기억했다. 어떤 공격인지는 몰라도 해태호가 제 기능을 못 하게 만든 공격 때문에 그들은 엄청난 타격을 받았다.

'그들이 죽었을 리가 없어.'

나는 그 생각에 매달렸다. 확실히 그렇게 많이 죽었다면 냄새로 느껴졌을 것이다. 그렇지만…… 나는 배 전체에 울렸던 진동을 떠올렸다. 많은 사람이 다쳤을 수도 있었다.

"우린 나눠져야 할 거야."

이는 보통 때의 빠른 말씨를 다시 쓰며 말했다. 나는 억지로 집중했다. 한 마디도 놓칠 수 없었다. 이가 말을 이었다.

"함교 승무원들이 의료 처치를 받게 하는 게 우리의 두 번째 우선순위야."

"겨우 두 번째라고요?"

남규가 물었다. 이는 남규를 뚱하게 바라보았다.

"배 위에 잡히지 않은 도망자가 있고, 아마 그와 함께 많은 적들이 있을 거다. 지금 이 순간 다른 피해가 나고 있을지 누가 알겠나? 배에는 지휘할 사람이 필요하다. 불행히도 내가 아닌 다른 사람이지. 왜냐하면 난 우주군이 아니니까. 우리가 찾아야 하는 건……."

"그건 말도 안 됩니다! 이 상황 전체가 터무니없어요!"

지가 이의 말을 자르며 외쳤다. 지가 내게 말하는 것이 아닌데도 나는 지의 폭발에 곤두섰다. 규율은 우주군의 핵심이다! 우리 가족은 이 점에 매우 확실했다. 그래서 우리 가족은 그렇게 엄격한 가정 규칙으로 나를 훈육해 가며 복무 준비를 시켰던 것이다.

"그렇지만 배 위에 너희들밖에 남지 않았다는 확실한 정보를 얻지 않는 한, 우리는 지휘할 사람을 찾아야 한다."

이가 말했다. 나는 그 말이 담고 있는 함의에 핼쑥해졌다. 거기까지 앞일을 내다보지 못한 나를 마음속으로 자책했다. 그만큼 긴박한 비상사태에 대해서도 생각해 놓았어야 했다. 그러나 우리에게 지휘권이 넘어오려면 배 위의 모든 사람들이 쓰러져야 했다. 나는 적 하나가 혼자서 그렇게 많은 사람을 쓰러뜨린다는 것을 상상할 수 없었다. 적은 여러 명인 게 틀림없었다.

"민 요원."

나는 이 조사관의 말에 깜짝 놀라면서, 민이 겉보기엔 어리지만 생도인 우리보다 지위가 높다는 것을 불쾌한 기분으로 기억했다.

"세빈 생도를 감금실로 데려가 진실을 알아내라. 우리들은 학교의 일들을 살피겠다."

"특별 조사관님, 저희를 들여보낼 보안 직원이 감금실에 있습니까? 보통 감금실로 가려면 장교의 허가가 필요합니다."

민은 규정을 잘 알고 있었다. 나는 이가 민에게 지원 병력을 붙이지 않고 나를 맡기는 것에 놀랐다. 민이 우리에게 아직 보여 주지 않은 능력이 있는지 궁금했다.

"너라면 들어갈 수 있을 거야. 가라."

이가 의미심장한 표정을 지으며 말했다.

"넌 나와 함께 가자."

이와 다른 사람들이 재빨리 행동에 나서자 민이 내게 말했다.

"너만?"

의심을 숨길 생각 없이 물었다.

"총은 호랑이 모습의 너를 즉시 죽일 수는 없을지 모르지. 하지만 아프긴 할 거야. 나는 널 해치고 싶지는 않아. 어서 와."

민이 말했다. 나는 민의 말에 집중하려고 하면서 그녀에게 눈을 깜박였다. 시야 가장자리에서 별이 소용돌이치는 느낌이 들었다. 갑자기 민이 내게 하는 말이 타당하게 생각됐다. 민은 내 친구였다. 그렇지 않은가? 맞잖아?

내 머리 한구석에서 불편한 목소리가 불만에 차서 웅얼거리다가 조용해졌다. 나는 민이 나에게 도움이 된다는 것을 의심할 이유가 없었다. 내가 민에게 협력하는 한, 우리는 이 문제를 해결할 것이다.

뒤에서 지가 묻는 소리가 들렸다.

"민이 안전하다고 확신하십니까? 민 요원의 유능함에 의문을 품는 건 아닙니다만……."

"그녀의 평범한 외모에 속지 말게. 민은 특별한 능력을 가지고 있어……."

이가 대답했다. 나는 이의 나머지 말을 듣지 못했다.

나는 그 능력이 무엇일까 궁금했다. 하지만 그때 민은 나를 함교 밖으로 몰고 나가 엘리베이터 쪽으로 갔다.

"네가 들을 필요 없는 말이야."

민이 달래듯이 말했다. 나는 잠잠해졌다. 만약 민이 중요하지 않다고 말한다면, 나는 걱정할 필요가 없었다. 순순히, 마치 무아지경에 빠지듯이, 나는 그녀를 따라 이동했다. 나는 내가 미소 짓고 있다는 것을 느꼈다. 왜 그런지 모르겠지만, 더는 이의 말이 신경 쓰이지 않았다. 어쨌든 민은 그 말이 중요하지 않다고 얘기했다.

"얼마나 많은 승무원들이 움직이지 못하고 있는지 믿을 수가 없어."

엘리베이터에서 나오면서 민이 혼잣말을 했다.

"환은 침입자 방지 시스템을 해킹해서 근무 중인 승무원들이 가스로 의식을 잃게 한 게 틀림없어. 이 무슨 아이러니야."

우리가 다가가자 방어벽이 올라갔다. 지가 우리를 지켜보고 있는 것이 분명했다. 나는 이 사실을 말했고, 민은 날카롭게 나를 쳐다보더니 고개를 끄덕였다.

"피하게 하기 위해서야. 선장…… 내 말은, 변절자 환도 접근 코드를 해킹하는 법을 아는 게 분명하니까."

민이 나를 바라보면서 말했다. 마치 내가 이 상황에 어떤 실마리를 줄 수도 있다는 듯이 생각하는 것 같았다. 나는 민의 말실수를 알아차리고 무심결에 말했다.

"너, 우리 삼촌을 알아?"

아마 민은 삼촌의 결백을 증명하는 일을 도와줄 것이다.

'터무니없어. 왜 그녀가 도와주겠어?'

내 의식의 냉철한 부분이 비웃었다. 하지만 그녀가 도와줄 수도 있을 것 같았다.

민의 눈 주위 근육이 긴장했다. 작은 움직임이었지만, 나는 그녀의 반응을 주의하고 있었기 때문에 즉각 알아보았다.

"그건 신경 쓰지 마."

민이 약간 날을 세워서 말했다. 나는 계속 조금 긴장해 있었다. 나는 삼촌 문제를 신경 쓰고 있었다. 그러나 민은 확실히 삼촌 문제에 대해 이야기하고 싶어 하지 않았다. 그래서 나는 그녀를 압박하지 않았다.

하지만 우리가 방해받지 않고 모든 복도를 지나왔다는 것은 알아차리지 못할 수가 없었다. 때로는 어느 쪽 출입구 뒤에서 희미한 소란을 들었다. 승무원들이 숨어 있는 것 같았다. 소리쳐서 정보를 물어볼까 하는 유혹을 느꼈지만, 민은 그런 일을 할 기미 없이 성큼성큼 계속 갔다. 그래서 나는 입을 다물었다.

'민에게는 그럴듯한 설명이 있을 거야.'

나는 민과 동행하는 게 위험하다고 말하는 나의 냉소적인 생각에 대고 말했다.

'그냥 민을 믿어야 해.'

감금실에 다다르자 으스스하게 비어 있는 배의 막다른 골목이 나타났다. 두 명의 보안 장교가 의식을 잃고 푹 쓰러져 있었다. 나는 누군가 예상치 않게 회복할 경우를 대비해 민을 보호하기 위해 나설 뻔했다. 그러나 민은 내게 뒤에 있으라고 손짓했다. 민이 중얼거렸다.

"내가 할 일을 할 때야."

'민을 믿어.'

주위를 둘러보았다. 모든 감방이 비어 있었다. 나는 해태호의 징계 조치 기록이 어떤지 몰랐지만, 감금실이 마지막 수단으로 사용된다고 생각하고 싶었다.

'누군가 반역죄로 고발될 때처럼.'

짜증 나는 머릿속 목소리가 한마디 해 주었다.

민은 슬레이트로 전화를 했다.

"특별 조사관님, 지에게 감금실 감방 하나를 열게 해 주시 겠습니까?"

잠시 침묵. 그다음에 이가 "열릴 거다."라고 대답했다.

정말로 문 하나가 열렸다. 감방은 매력적으로 보였다. 민은 나를 그곳으로 이끌었다.

"들어가. 너를 보호하기 위해서야."

"나를 보호하기 위해서야."

나는 민의 말을 되풀이했다. 어쩔 수가 없었다. 나는 다시 미소 짓고 있었다. 창살은 흉포한 적을 비롯한 모든 것으로부 터 나를 안전하게 지켜 줄 것이다.

나는 감방 안으로 걸어 들어간 다음 돌아서서 민을 마주 보 았다. 민이 무슨 생각을 하는지 궁금했다.

문이 불길한 짤깍 소리와 함께 닫혔다. 민은 창살 맞은편에 서 나를 노려보았다. 이번에는 목소리에 다정함의 흔적이 없 었다.

"자, 세빈. 넌 반역자 환 선장에 대해 네가 아는 걸 모두 말 하게 될 거야."

10

나는 민을 빤히 보았다. 내 입술이 다시 굽어져 미소를 띤 모양새가 되었다.

"무슨 말이야?"

민을 방해하려던 것이 아니었다. 그녀가 무엇을 원하고 있는지 알 필요가 있었다. 그래야 그녀에게 가능한 한 완벽하게 대답할 수가 있었다.

"그는 내 삼촌이야. 나는 환 삼촌을 내가 새끼일 때부터 알았어."

민은 입술을 깨물었고, 그녀에게선 초조함의 냄새가 났다.

"나는 해태호에 파괴 공작을 하려는 그의 음모를 말하는 거야."

"거기에 대해서는 아무것도 몰라."

나는 항의했다. 민의 눈썹이 처지자 나는 서둘러 덧붙였다.

"난 삼촌이 변절했다고 믿을 수가 없어."

민은 내게 눈을 가늘게 떴다.

"진실을 말하고 있는 거야?"

"물론이야."

민이 나를 의심했다는 것에 상처를 받으며 말했다. 내가 왜 민에게 거짓말을 하겠는가? 나는 내가 협력하고 싶어 한다고 민을 설득해야 했다.

"난 채원 선장님에게 경고하려고 했어. 하지만……."

민은 날카롭게 숨을 들이마셨다.

"선장님에게 무엇을 경고하려고 했는데?"

나는 민이 내 말에 흥미로워하는 것에 기뻐하며 똑바로 섰다.

"내가 입대 선서를 하기 전이었어."

내가 말했다. 상처가 아팠지만 무시했다.

"우리는 경보가 울리는 바람에 방해를 받았어."

민의 끄덕임은 말을 계속하라는 뜻이었다.

"그 전에, 나는 어느 복도에서 우리 삼촌의 냄새를 맡았어. 나는 선장님이 모를 경우를 대비해서 알려야 한다고 생각했어. 하지만 선장님에게 말할 기회를 잡지 못했지."

민은 더 강한 의심의 냄새를 풍겼지만, 이유를 알 수 없었다. 어쨌든 나는 솔직하려고 최선을 다하고 있었다.

"그 일을 다른 사람에게 말할 생각은 하지 않았어?"

"무슨 일이 벌어지고 있는지 몰랐어. 게이트 이동 중에 이상한 환영에 시달리는 경우가 있다고 들었어. 난 이번이 겨우 두 번째 우주선에 타 보는 거야. 내 상상력이 꾸며 낸 환영이 아닌지 확신할 수가 없었어."

민은 씩씩거렸다.

"이 조사관님에게 말할 수도 있었잖아."

"함교 상태가 너무 걱정이 되어서 그런 생각은 떠오르지 않았어."

내가 말했다. 진심이었다.

"게다가, 난 우리 삼촌이 파괴 공작을 할 정도로 비열할 거라고는 생각하지 않아!"

"꿈 깨! 달리 누구겠어?"

민이 소리쳤다. 그녀의 목소리가 감금실에 울렸다.

"그는 내 삼촌이야!"

나는 마주 쏘아붙였다. 심각한 오해가 있었음을 민이 알도록 해야 했다.

"삼촌은 결코 나를 해치지 않았어. 나는 청문회에서 무슨 일이 벌어졌는지 몰라. 하지만 삼촌이 우주선 선장으로서 이어 온 길고 명예로운 복무에 등을 돌렸다는 걸 믿을 수가 없어. 그리고 삼촌은 몇 분 전에 우리 모두를 쉽게 쓰러뜨릴 수도 있었어. 하지만 그러는 대신 도망쳤잖아. 이 일에는 뭔가가 더 있을 거야."

"'길고 명예로운 복무'라고."

민이 비웃듯이 되풀이했다. 나의 분노가 올라왔다.

"그건 사실이야."

"너는 확실히 너희 삼촌을 안다고 생각하는 것만큼 잘 모르는구나."

나는 얼굴을 찌푸렸다.

"무슨 뜻이야?"

의심이 성가신 덩굴손처럼 내 생각 속으로 밀려들어 왔다. 어쨌든, 우리 삼촌이 해태호에 있어야 할 이유가 없었다. 나는 선장이 삼촌에게 배를 탈 권한을 부여했다는 이야기를 들어 본 적이 없었다. 그러므로 최소한 삼촌은 밀항자였고, 왜 그런지는 몰라도 당국의 수배를 받는 사람이었다.

"너희 '삼촌'은."

민의 목소리는 '삼촌'이라는 단어에서 날카로워졌다.

"강력한 물건을 훔쳐서 '천 개의 세계' 당국에 넘기는 대신 자기 목적을 위해 사용하려고 했어. 그는 그것을 평화롭게 사용해서 세계들이 비옥해지고 번영할 수 있도록 테라포밍하는 대신 자기 적을 파괴하려고 했어."

한기가 내 등을 타고 내려갔다. 민이 언급한 '강력한 물건'은 하나밖에 없었다.

"드래곤 펄?"

나는 속삭였다. 전에는 드래곤 펄에 대해 전설로 일축해 버렸기 때문에, 그다지 생각해 본 적이 없었다. 진짜로 존재한다고 해도, 무당 '해'와 함께 사라진 뒤로 몇 세기 동안 목격된 적이 없었다. 나는 드래곤 펄이 최근에 나타났다는 말을 들어본 적이 없었다. 하지만 그동안 나는 가족의 사유지에서 고립된 삶을 살았으므로 모를 수도 있었다.

드래곤 펄엔 행성 전체를 거주할 수 없는 황무지나, 숲과 초원이 가득한 푸른 생태계로 변화시킬 힘이 있다고 했다. 나는 드래곤 펄이 무기로 사용되는 것을 쉽사리 상상할 수 있었다. 사람들이 정착한 세계를 드래곤 펄이 황폐화하는 생각을 하자 피가 차가워졌다. 드래곤 펄이 거주민들을 죽일 수 있는지는 알지 못했다. 그러나 그 사실을 알아내는 데는 많은 실험이 필요하지 않을 것이다.

"드래곤 펄."

민은 날카롭게 끄덕이며 단언했다.

"그게 해태호에 있고 환 삼촌이 그걸 훔치러 여기 왔다는 말은 아니지?"

나는 함부로 추측하며 물었다.

"'천 개의 세계'가 그렇게 값진 물건을 아무렇게나 놓아두겠니."

민이 콧방귀를 뀌면서 말했다. 나는 민에게서 아쉬움의 냄새를 맡았다.

"그리고 내가 그걸 너한테 말하겠니."

"넌 어떻게 이 모든 걸 다 알아?"

민의 경멸 때문에 짜릿한 통증이 느껴지는 것을 무시하며 물었다. 민의 입이 잠시 가늘어졌다.

"나는 전에 환과 싸워 봤어. 나는 그가 죽었다고 생각했어. 하지만 내가 틀린 게 분명해."

나는 민이 삼촌의 이름을 경칭 없이 직설적으로 말하는 방식에 발끈했다. 비록 삼촌이 계급을 박탈당했더라도.

"너는 여기서 시간을 낭비하고 있어. 나는 파괴 공작과는 아무 상관이 없어. 넌 나를 내보내서 내가 도움이 되도록 해 줘야 해. 누가 적인지 모를 때는 어떤 손이든 빌려야지. 호랑이 앞발이라도 말이야."

"스스로에게 귀 기울여 봐."

민이 말했다. 불만의 냄새가 강해졌다.

"너는 네가 돕고 있었다는 걸 알지 못했겠지만, 환은 너를 이용했어."

"말도 안 돼."

나는 반박했다.

"그는 분명히 네게 냄새로 신호를 보냈어. 고의로 표시를 한 거야. 고양이처럼."

민이 말했다. 나는 마지못해 고개를 끄덕였다.

"하지만 후각이 좋은 이라면 누구라도 그 냄새를 맡았을 거야."

"모두 알아채지는 못했겠지."

민이 말했다. 신경 쓰이는 생각이 떠올랐다.

"너는 알아챘어?"

"웃기지 마. 난 인간이야. 내 후각은 그렇게 좋지 않아."

"물론 그렇지."

왜 내가 민을 의심했는지 알 수 없었다. 만약 민이 인간이라고 주장한다면, 그녀는 진실을 말하고 있는 것이다. 그때 윙윙거리는 소리가…… 민의 주머니에서 났다?

"오, 하필이면……."

민은 자기 몸을 살펴보더니, 슬레이트를 꺼냈다. 민의 이마에 주름이 잡혔다. 그녀는 욕설을 중얼거리며 뭔지는 몰라도 메시지를 혼자 읽으려고 뒤로 물러났다.

민이 시야 밖으로 서서히 움직이자, 나는 환경에 익숙해지고자 천천히 눈을 깜박였다. 그리고 민의 발소리에 귀를 기울였다. 민은 인간치고는 가볍게 움직였다. 하지만 어떤 인간들은 그런 종류의 육체적 통제력을 가지고 있었다. 나는 그것이 국내 보안부 요원으로서 민이 받은 훈련의 일부분이라고 생각했다.

민은 낮은 목소리로 이야기하고 있었다. 나는 민의 말을 들으려고 했지만, 말의 일부분과 토막만 들을 수 있었다.

"……환의 계획……그다음 전에……말씀하시는 것처럼."

나는 고개를 젓고, 민이 나를 위해 무엇을 준비해 두었는지 궁금해하며 손가락들을 구부려 보았다. 민이 오래 떨어져 있을수록 내 머리에서 점점 안개가 걷혀 나갔다. 나는 민에게 질문도 하지 않고 아주 순순히 따라왔다. 나는 그녀가 좋은 의도만 가지고 있다고 확신했다. 나는 의심이 많은 사람은 아니었지만, 민을 순순히 믿은 건 나답지 않았다.

'민은 네 친구야.'

한 목소리가 내 머릿속에서 속삭였지만, 다른 목소리가 반박했다.

'뭔가 잘못됐어.'

마지막 안개 조각이 걷혔다. 민이 내게 뭔가를 했다! 뭔지는 모르지만 일종의 속임수겠지. 어떻게 내가 민의 속임수에 넘어갈 수 있었을까? 나는 심지어 이 감방에 스스로 갇혔다. 여기서는 보복을 할 수도 없다.

분노가 마음속에서 들끓었다. 그러나 민이 알게 할 수는 없었다. 호랑이로 변신해 내가 갇힌 우리의 철창을 공격하고 싶었지만, 그래 봤자 소용이 없다는 것을 알았다. 협력하는 척하며 민을 꾀어내는 것이 더 낫다.

'하여간, 민은 어떻게 나를 속였을까?'

그때 대답이 떠오르면서 몸을 떨었다. 민은 구미호, 즉 여우령이 틀림없었다. 여우 요술은 내가 들어 본, 사람들을 이렇게 속이는 유일한 요술이었다. 그것은 '홀리기'라고 했다. 여우들은 쫓겨났고, 어쩌면 멸종되었을지도 모른다. 그들의 다재다능한 신체 변형 능력 때문이 아니라, 사람들을 '홀려' 뭐든지

하게 만드는 능력 때문이었다. 나는 '천 개의 세계'에 더 이상 구미호는 없다고 생각했다. 하지만 자기가 사라졌다고 생각하게 만드는 것보다 자신을 숨기는 더 좋은 방법이 있을까?

나는 지와 다른 사람들에게 말해야 했다. 특히 특별 조사관이에게…….

나는 차갑게 얼어붙었다. 만약 이가 이미 자기 조수가 구미호라는 사실을 알고 있다면? 확실한 증거는 아무것도 없었다. 하지만 이가 아무런 지원 병력 없이 민과 나를 보냈다는 사실은 답을 말해 주고 있었다. 비록 민이 내가 한 말을 한 마디도 믿지 않더라도 그녀가 내게서 대답을 얻어 낼 수 있다는 이의 자신감도 그랬다.

민이 돌아왔을 때 나는 여전히 맹렬히 생각하고 있었다. 차가운 공포가 내 뱃속에 덩어리처럼 뭉쳤다. 한때 '홀리기'에 대한 방어책이 존재했을지도 모르지만, 나는 어떤 방어책도 몰랐다. 구미호는 너무 오랫동안 멸종되었다고 여겨졌기 때문에, 그들의 힘을 막는 대책을 들어 본 적이 없었다.

아마 나는 민의 노예 상태로 있는 것처럼 가장해서 민을 속일 수 있을 것이다. 그러면 그녀는 자만하게 되어 '홀리기' 사용에 해이해질 것이다. 처음으로 나는 역사와 종교 수업에 더 집중할걸 하고 후회했다. 전투와 관계가 있을 때를 제외하면 두 수업 모두 전혀 별 흥미가 없었다.

나는 민에게 내가 생각하는 가장 현혹된 표정을 지어 보였다. 표정이 먹혔으면 좋겠는데.

하지만 민은 매우 화가 난 한숨을 내뿜었다. 그리고 갑자기 나는 그녀의 얼굴에서 눈을 돌릴 수가 없었다. 나는 민을 의심했다……. 하지만 왜? 민은 의심스러운 일을 하지 않았다. 환 삼촌과의 일처럼 뭔가 합리적인 설명이 있을 것이다.

"넌 그걸 추측해 냈지, 안 그래?"

민이 딱딱한 목소리로 말하자, 내가 대꾸했다.

"뭘 추측해 내?"

하지만 나는 알고 있었다. 민이 목소리를 낮춰 말했다.

"내가 여우령이라는 거. 우리가 너 같은 자들의 손에 멸종되지 않았다는 거. 우리가 살아남았다는 거."

나의 눈이 커졌다. 민의 옆에서 합쳐지는 희미한 모습이 보였다. 민과 매우 닮은 생김새였다. 길고 헝클어진 머리와 그림자에 가려 발이 보이지 않는 다리를 갖고 있다는 점만 제외하면. 나와 같은 제복을 입은 우주군 생도였다. 이름표에는 '생도 김준'이라고 쓰여 있었다. 그는 머리를 저으며 입술을 움직이고 있었지만, 나는 전혀 그 말을 들을 수 없었다. 차가운 바람이 나를 스쳐 지나갔다.

"귀신이다."

나는 숨을 헐떡였다. 민이 움찔했다.

"준 오빠!"

민이 쏘아붙였다. 민이 한 말을 듣자 그가 계급은 낮아도 민보다 나이가 많다는 것을 알 수 있었다.

그 귀신은 말했다.

"세빈은 우리에게 어떤 해도 끼칠 마음이 없어. 민, 세빈을 가만 놔둬."

민은 입술을 오므렸다.

"난 세빈이 오빠 생각만큼 완전히 결백하다고 보진 않아."

나는 포기하지 않기로 결심하고 다시 말했다.

"날 내보내 주면 도와줄 수 있어."

"적어도 세빈이 오빠와 나에 대해 안다는 사실은 문제야. 이제 나는 세빈에게 입을 다물라고 설득해야 해."

준은 고개를 흔들었다.

"만약 네가 애초에 '홀리기'를 사용하지 않았다면……."

"선택의 여지가 없었어!"

"괜찮아, 난 신경 쓰지 않아."

나는 준을 안심시켰다.

나는 얼굴에 손바닥을 갖다 대는 귀신을 한 번도 본 적이 없었다. 그의 손이 머리를 통과하지 않는다는 사실에 놀랐다. 다시 말하자면, 나는 한 번도 귀신을 만나 본 적이 없었다. 단 한 번도.

나는 왜 귀신의 존재가 신경 쓰이지 않는지 멍하니 궁금해했다. 죽은 자는 오로지 끝나지 않은 일이 있을 때만 산 자의 영역에 머문다는 것을 생각하면 나는 매우 흥분했어야 했다. 옛날 이야기에서 보통 귀신 들린 사람은 불운을 겪는다. 가모장님은 일 년에 한 번씩 무당을 불러서 우리 사유지에 머물고 있을지도 모르는 영혼들을 달랬다. 나는 우리 가족이 한 일이 오히려 다루기 힘든 귀신들을 끌어들인 건 아닌지 궁금해졌다.

그래도 준은 특별히 초자연적으로 보이지는 않았다. 그가 반투명해 보인다는 사실과 그의 다리가 흐릿하게 사라진다는 사실 말고는. 다음 순간 나는 다시 생각해 보았다. 아까는 생명 유지 시스템의 오작동 때문으로 생각했었지만, 차가운 바람이 그의 주변을 돌고 있었다. 그 냉기는 겨울과 죽은 자의 어둠을 떠올리게 해 나를 떨게 만들었다.

준의 코가 씰룩거리더니 재채기를 했다. 귀신도 재채기를 할 수 있구나!

"넌 당장 그만둬야 해."

준이 민을 꾸짖었다.

"어쨌든 세빈 생도는 저 안에서 네게 아무것도 할 수 없을 거야. 난 우리가 지금 이 시점에서 얻어 낼 수 있는 모든 정보를 다 얻었다고 생각해."

민은 언짢은 듯했지만 고개를 끄덕였다. 하지만 말싸움을 끝내지는 않았다. 민이 뚱한 어조로 말했다.

"오빠가 세빈에게 왜 그렇게 협조적인지 이해할 수가 없어. 환이 오빠에게 그 모든 일을 했는데도……."

내가 호랑이 모습이었다면 귀가 따가웠을 것이다. 우리 삼촌이 준을 다치게 했나? 어쩌면 삼촌이…… 저 생도의 죽음을 초래한 것일까?

다른 가능성이 떠올랐다. 만약 준이 삼촌의 승무원이었다면? 준은 합법적인 임무 수행 도중에 죽었을 수도 있다. 그래서 환 삼촌에 대한, 혹은 나에 대한 적대감이 없는 것일 수도 있다.

준은 내 쪽으로 걱정스러운 시선을 던진 뒤 말했다.

"민, 미련을 그만 내려놔야 해. 너와 마찬가지로 나도 내가 죽은 게 기쁘지 않아. 내가 죽어 있는 건 우리 운을 더 나쁘게 할 뿐이야."

해태호가 처음부터 그렇게 재난을 겪은 이유가 이것 때문이었을까? 이 배가 귀신의 불운을 싣고 있었기 때문에? 실제로 많은 문제가 설명되었다.

준은 나를 다시 한번 슬쩍 보고 덧붙였다.

"우리는 이 대화를 다른 곳에서 했어야 해."

"그럼 나는 세빈을 계속 지켜볼 수가 없어."

민이 말하며 고개를 저었다.

"세빈이 오빠의 통제에서 빠져나가지 않았다면, 나는 그이를 내버려 둘 수 있었을 거야. 지금 상태로서는, 그이가 다른 사람들에게 오빠 이야기를 할 위험을 무릅쓸 수가 없어."

"다른 사람들이 여기 있을 것 같지는 않아. 곧 여기로 올 것 같지도 않고."

준이 지적했다. 공중에 서리가 내리기 시작했고, 이번에는 전과 달리 준의 목소리가 공허하게 메아리쳤다. 그리고 그의 이빨…… 나는 그의 이빨이 길어져 입술을 벌리는 것을 매혹적으로 바라보았다. 어쩌면 그는 내가 생각했던 것만큼 우호적이진 않은지도 모르겠다.

준은 감방에서 둥둥 떠나갔고, 민은 그를 쫓아갔다.

'준은 민을 지켜 주는 것일까, 아니면 다른 이유로 곁에 있는 것일까?'

나는 궁금해졌다. 나는 그들의 대화를 엿들어 보려고 했다. 하지만 운이 따르지 않았다. 내가 호랑이의 감각을 갖고 있다는 것을 알기 때문에 너무나 조그맣게 말해서, 그들의 말을 엿들을 수 없었다.

바지 주머니 속에서 순이 이모가 준 칼을 찾아내 칼자루를 쓰다듬었다. 하지만 칼을 꺼내지는 않았다. 그 칼은 이 상황에서 아무 소용도 없었다. 하지만 이모를 생각하니 어느 정도 위안이 되었다.

갑자기 불안한 생각이 떠올랐다. 준은 불운이라는 말을 했다. 만약 그 파괴 공작이 삼촌의 잘못이 아니라 민과 준의 짓이라면? 준은 배 안에 모두를 둔 채 배를 전복시키고 싶은 것 같지는 않았다. 하지만 어쩌면 귀신들에게는 선택의 여지가 없을지도 모른다. 호랑이들이 줄무늬와 꼬리에 대한 선택권이 없는 것처럼. 그의 의도가 아무리 좋다고 해도, 준의 존재가 배에 위협을 야기한다는 사실은 분명하다. 이미 곤경에 처한 배에 말이다.

생각에서 안개가 다시 걷혀 나갔다. 특별 조사관 이가 민이 구미호라는 사실을 알고 있다고 해도, 준의 존재에 대해선 모를지도 모른다. 적어도 민은 준이 예기치 못하게 내 앞에 나타날 때까지는 준의 존재를 비밀로 지키고 있었다.

나는 민이, 혹은 준이 어떤 사연이 있는지 몰랐다. 만약 그들이 남매라면, 민이 준을 보호하고 싶어 하는 온갖 이유를 생각해 낼 수 있었다. 환 삼촌이 무슨 일을 꾸미고 있든 간에 내가 환 삼촌을 믿고 싶은 것처럼 말이다. 그러나 배의 안위가 먼저라는 사실엔 변함이 없었다.

내가 여기서 나갈 수 없다고 해도, 누구든 상급자와 연락을 해야 했다.

민과 준이 떠났을까? 알 수 없었다. 운에 맡겨야 했다.

"저기요!"

나는 힘껏 몸을 내밀면서 소리쳤다. 나를 도울 위치에 있는 누군가가 의식을 되찾기를 바랄 수밖에 없었다.

"누구 없어요? 상급자에게 급히 전할 메시지가 있어요!"

만약 내가 누군가의 이름을 정확히 부를 수 있었다면 내 말이 더 믿을 만하게 들렸을 것이다. 하지만 나는 채원 선장밖에 아는 사람이 없었다.

"세빈은 믿을 수 없다고 내가 말했지!"

민이 속삭이는 소리가 들렸다. 오빠에게 하는 소리인 것 같았다. 심장이 내려앉았다.

"좋은 시도였어, 세빈. 너는 반역자일 뿐이야."

민은 내게 소리쳤다. 그다음 그녀가 떠나는 발소리가 들렸다.

11

이것이 우주군으로 입대한 뒤 항해 첫날 내가 감금실에 처박히게 된 사연이다. 하찮은 생도로 시작해서 차곡차곡 서열을 올라가 나의 배를 얻는다는 꿈이 시작되기도 전에 박살 난 이야기. 이 모든 사단이 벌어진 뒤에도 내 상관들이 잘난 체하며 내게 평생 갑판을 문지르게 해 준다면 운이 좋은 편일 것이다. 물론 운이 더 나쁠 수도 있다. 그마저도 내가 살아남았을 때에야 가능한 이야기니까.

나는 감방 창살을 움켜쥐었다. 불빛은 계속 빨갛게 번쩍이면서, 감금실 전체에 초현실적인 분위기를 더하고 있었다. 나는 그 고통스러운 빛의 공격을 막기 위해 눈을 꾹 감고 싶었다. 말이 되는 세상에서 눈을 뜨고 싶었다.

그러나 무당이 아닌 바에야 바란다고 해서 결코 이뤄질 일은 아니었다. 심지어 무당들도 그렇게 하려면 제대로 된 의식을 벌이고 영혼을 달래야 했다. 내게 남은 유일한 길은 행동이었다.

내 세계는 감방 안으로 좁아졌다. 민과 준은 독 안에 든 쥐처럼 나를 여기에 남겨 두었다. 나는 누가 배를 공격했는지 다시 궁금해졌다. 설사 환 삼촌이 한 짓이라고 해도, 분명 삼촌 혼자 행동할 수는 없었을 것이다. 그리고 만약 삼촌 짓이 아니라면, 범인은 누구라도 될 수 있었다.

나는 절망의 열기로 녹이기라도 할 것처럼 철창을 뚫어지게 바라보았다. 유감스럽지만 어떤 호랑이에게도 그런 힘은 없었다. 호랑이로 변신해 철창을 후려갈겨도 아무 소용이 없었다. 철창들은 단단히 붙어 있었다.

철창은 그렇게 단단해야 했다. 만약 배가 그렇게 쉽게 부서진다면, 나는 배가 우주에 나와도 되는지에 대해 심각하게 회의를 품었을 것이다. 우주는 유나 같은 천인 혈통을 제외한 모두에게 적대적인 환경이라는 것을 나도 알았다. 요즘에는 심지어 천인의 후손들도 우주복을 입고 산소 탱크를 가득 채운 채 진공에 나가기를 선호했고, 게이트 우주에 들어가는 모험 따위는 전혀 하지 않았다. 여기 금속 벽에 갇혀서, 나는 전함이 얼마나 약한지 깨달았다. 우리와 바깥의 적대적 환경 사이에는 이 우주선밖에 없었다.

"내가 이걸 바로잡을 거야."

나는 정적을 깨고 말했다. 경비병이 말하는 소리도, 갑판에 신발을 끄는 소리도 들리지 않았다. 그런 소리는 적어도 내가 완전히 혼자 있지는 않다는 안심을 줄 수 있었다.

"무슨 일이 있더라도. 심지어 내가 우주선 사령부에 들어가지 못하더라도."

내 평판을, 혹은 주황 호랑이 부족의 평판을 지키기에는 너무 늦었을 것이다. 하지만 그것은 더 이상 문제가 되지 않았다. 전설의 구미호 중 하나가 배에 타고 있었다. 그녀가 다른 사람들도 '홀리기' 전에 여기서 나가서 경고해야 했다.

다시 정신을 가다듬어 철창을 후려갈겼다. 철창은 굳게 붙어 있었다. 가죽은 튼튼했지만, 가죽 아래로 멍이 욱신거리는 것을 느낄 수 있었다. 멍든 부위는 아주 심하게 아프지는 않았다. 그러나 아드레날린이 사라지면 아파질 거라고 생각했다.

'더 영리하게 싸워라.'

나는 스스로에게 말했다. 전함의 감금실은 용이나 고블린이나 호랑이령같이 초자연적인 힘을 가진 승무원도 가둬 둘 수 있도록 장치되어 있었다. 이 감옥을 부수고 나갈 순 없었다. 그렇다면 남은 것은.

내가 생각을 마치기 전에, 한 줄기 바람이 감방에 불어 들어왔다. 나는 뻣뻣하게 굳었다. 나는 여기서 공기 순환의 패턴에 적응할 정도로 충분히 오래 있었다. 이곳의 공기 순환은 별로 활발하지 않았다. 돌아다니는 사람이 없으면 숨이 막힐 정도였다. 민과 그녀의 귀신 오빠가 돌아온 것일까? 어쩌면 그들을 속여 나를 내보내게 할 수 있을지도……

그때, 그 냄새가 내 코에 와 닿았다. 나는 철창에서 움찔 떨어져서, 아래로 낮게 웅크려 준비했다. 무엇을 준비하는지 잘 모르는 채로. 어른에게 절하기를 준비하는 것일 수도 있었고, 공격 자세로 뛰어오를 준비를 하는 것일 수도 있었다. 왜냐하면 그 냄새는 환 삼촌의 냄새였기 때문이다.

"세빈."

환 삼촌이 내 시야에 들어오면서 으르렁거렸다.

환 삼촌이 약속한 대로 내게 왔다. 나는 안도감으로 몸이 흐물흐물 녹아 버릴 뻔했다.

인간 모습을 한 환 삼촌은 전에 여러 번 보았다. 그러나 이런 모습은 본 적이 없었다. 침입자의 모습. 고향을 방문할 때 삼촌은 언제나 제복을 입고 나타났었다. 나는 결코 의문을 품지 않았다. 어쨌든 우주군 소속으로서, 삼촌은 제복을 입을 만했다.

그러나 지금 환 삼촌은 눈에 띄는 체격을 가리지 못하는 회색 셔츠와 바지를 입고 있었다. 처음 보는 사람이더라도 대번에 그가 호랑이라는 걸 알아보았을 것이다. 호박색으로 물든 눈 때문만은 아니었다. 그가 몸에 걸친 장식이라곤 손목에서 금빛으로 번쩍이는 통신기와 셔츠 아래에서 숨길 수 없이 툭 튀어나온 총뿐이었다. 삼촌이 그 총을 당장 뽑을 수 있다는 것엔 의심의 여지가 없었다.

삼촌의 육체적 완벽성을 훼손하는 단 한 가지는 턱 옆을 동여맨 붕대였다. 나는 민이 총으로 삼촌을 쏜 것을 기억했다. 나는 이를 악물었다. 민은 대가를 치러야 할 것이다.

"삼촌?"

나는 확인하기 위해 물었다.

"삼촌이에요?"

평범한 호랑이라면 인간의 언어로 말할 수 없다. 그러나 호랑이령의 초자연적 특성 덕분에 나는 환 삼촌과 함교에서 대화했을 때처럼 인간의 언어로 말할 수 있었다.

"물론 나지."

환 삼촌이 말했다. 나는 인간 모습으로 돌아갔다. 감방 창살을 후려갈긴 탓에 몸 구석구석이 아팠다.

"민과 민의 동료가 너를 거짓 고발했다는 걸 안다. 이 배를 위험에 빠뜨린 놈들이면서 말이야."

환 삼촌이 덧붙였다.

'삼촌이 어떻게 그걸 알지?'

나는 궁금했다. 배의 감시 시스템으로 안 걸까?

나는 삼촌의 말을 곰곰 생각해 보았다. 민이 '홀리기'를 사용했다는 사실만 봐도 민은 믿을 수 없는 존재였다. 배의 파괴 공작엔 책임이 없을지언정 민이 뭔가 더 사악한 일을 꾸미고 있는 것이 틀림없었다.

마음 한구석에서는 '삼촌이 나한테 진실을 말하고 있다고 확신해?' 하는 의문이 드는 반면, 다른 한구석에서는 '삼촌이 나에게 거짓말을 할까?' 싶은 생각이 일었다.

하지만 민이 한 모든 일을 보건대 진짜 적은 민이라는 게 확실했다. 아마도 환 삼촌은 민을 막으려고 해태호에 탔을 터였다. 그쪽이 민의 거짓 고발보다 더 말이 되었다.

"민 요원과 얽힌 이야기가 있어요, 삼촌?"

나는 대담하게 물어보았다. 환 삼촌은 귀에 거슬리는 소리로 웃었다.

"그 여자애는 요즘 국내 보안부 요원이 되어 돌아다니니? 새로운 소식이구나."

"무슨 말씀이세요?"

민은 사기꾼인가? 그것도 말이 됐다. 여우령은 다른 사람의 모습을 가져오거나 모습을 만들어 낼 수 있을 뿐만 아니라, 자기가 진짜라고 사람들을 설득할 수도 있다. 그 가능성을 생각하자 구역질이 났다.

"보안부에서 민의 능력 때문에 민을 뽑지 않은 게 확실할까요?"

"그것도 가능하지."

환 삼촌은 얼굴을 찌푸리며 말했다.

"어느 바보가 그 여자애를 좋은 자산이라고 생각했을 수도 있지. 그 애는 내 마지막 항해에서 창백한 번개호에 잠입해서 승무원으로 변장했어. 내가 창백한 번개호의 선장 자리에서 물러나게 된 이유가 바로 그 애 때문이었지. 그 애는 드래곤 펄을 훔쳤어. 나는 그것을 우리 부족을 위해 확보하려고 했지. 그 애가 드래곤 펄로 무엇을 했는지 누가 알겠어……."

"해태호의 파괴 공작은 어떻게 된 거예요?"

나는 바짝 재촉해 물었다. 만약 우리 삼촌이 어떤 식으로든 연관되어 있다면, 나는 알아야 했다.

환 삼촌의 목소리가 낮아졌다.

"그건 일시적인 피해일 뿐이야. 전함을 여우령이 장악하도록 놔둘 수 없었어."

나는 충격을 숨겼다. 아무리 삼촌의 주장에 설득력이 있더라도, 결국 삼촌이 그 일을 한 것이다. 나는 삼촌이 계속 이야기하도록 해야겠다고 생각했다. 삼촌이 더 많은 정보를 흘리기를 바라면서……. 내가 그것으로 무엇을 할지 모른다고 해도.

"배가 위험에 처하면 삼촌도 위험에 처해요."

나는 말했다. 불안을 꾸며 낼 필요가 없었다. 어쨌든 나도 배 위에 타고 있었다. 그러나 삼촌은 전함 안팎의 일을 알았다. 그리고 비록 파괴 공작을 했다고 해도, 환 삼촌은 여전히 내 삼촌이었다. 그는 지금 내가 믿을 수 있는 유일한 사람이었다.

"피해는 배가 견딜 만한 수준이야."

환 삼촌이 나를 안심시켰다. 나는 몸을 떨었다. '견딜 만한 수준'이라는 말은 무시무시한 일을 변명할 수 있는 듯이 들렸다.

"하지만 왜……."

환 삼촌에게서 으르렁거리는 소리가 나왔다. 나는 우리 부모님에게 의문을 제기했을 때 부모님이 그르렁거리던 것을 떠올리고, 내가 삼촌을 너무 많이 밀어붙였다고 생각했다. 그러나 삼촌은 말했다.

"우주군은 자기들이 내 배를 빼앗아 갈 수 있다고, 내가 선장 자격을 빼앗겨도 받아들일 거라고 생각했다. 하지만 주황 부족의 어떤 호랑이도 그들이 그렇게 하도록 놔두지 않을 거다."

그의 입술은 뒤로 당겨져 미소가 되었다.

"그래서 나는 내 힘으로 배를 갖기로 결심했다."

"그럴 수 있을 리가요."

나는 믿기지 않아 숨을 몰아쉬었다.

"삼촌은 그냥 배를 가질 수는 없어요."

만약 삼촌이 나를 여기서 나가게 해 주기를 바란다면, 그에게 반대하는 것이 영리한 행보가 아니라는 생각이 떠올랐다.

"내가 그럴 수 없다고?"

환 삼촌은 한쪽 눈썹을 치켜올리며 말했다.

"그렇게 한 거나 다름없는데."

'그렇게 한 거나…….'

"삼촌 혼자요?"

나는 경외감으로 눈이 커지며 물었다. 나는 삼촌이 그토록 능숙하게 함교의 승무원들을 쓰러뜨린 것에 감명을 받을 수

밖에 없었다.

"동맹군이 게이트 건너편에서 나를 기다린다. 세빈, 너는 내 동맹이 될 테냐? 어쨌든 너는 내 가족이야. 손을 내밀어라."

환 삼촌이 말했다. 나는 삼촌의 말대로 했다. 상처가 고통스럽게 고동쳤다. 삼촌도 손을 내밀어 자신의 희미한 상처를 보여 주었다.

"저는 서쪽의 백호에 대고 맹세했어요."

나는 속삭였다. 환 삼촌의 목소리는 부드러운 소리로 낮아졌다.

"너는 새끼 때부터 아주 열심히 훈련했지. 그 모든 잠재력이 낭비된다면 부끄러운 일일 거야."

"하지만 삼촌, 단 한 척의 전함으로 뭘 할 수 있겠어요? 삼촌은 우주군에 잡힐 거예요. 그리고 삼촌에게는 승무원이 필요하지 않겠어요?"

내 말에 환 삼촌은 사납게 웃었다.

"내가 한 말을 기억해라, 세빈. 선장은 혼자 행동할 때가 많다. 합동 작전은 드물어. 한 명의 선장과 그의 승무원들은 침입자와 싸워 엄청난 위업을 성취할 수 있고, 부족에 영광을 가져올 수 있다. 그리고 내게는 때가 되면 모습을 드러낼 동맹군이 있어. 이윽고 다른 사람들도 우리 깃발에 합류할 거야. 그 모습을 상상해 봐!"

나는 상상할 수 있었다. 삼촌이 내게 말해 준 국경 지대에서의 필사적인 전투 이야기들을 떠올렸다. 거기서 '천 개의 세계'의 국경을 괴롭히는 강도들에게 대항하는 것은 환 선장과 창백한 번개호뿐이었다. 삼촌은 언제나 이겼다. 그러면 왜 지금은 안 되겠는가?

게다가 실용적으로 생각해서, 삼촌은 내게 나갈 길을 제공해 주고 있었다. 감금실에서뿐만이 아니라, 내 해군 경력의 막다른 길목에서 나갈 수 있는 길을. 환 삼촌이 물었다.

"자, 세빈?"

"영광입니다."

내가 다리를 훑고 지나가는 떨림을 감추려고 애쓰면서 말했다. 환 삼촌은 내 삼촌이지만 호랑이이기도 했다. 나는 포식자 앞에서 날 것의 공포를 내보이지 않을 정도의 영리함은 있었다. 특히 나보다 나이가 많고 치명적인 포식자 앞에서.

"삼촌에게서 많은 것을 배울 수 있을 거예요."

손의 상처가 뼈까지 욱신거렸다.

"정말로 그럴 거다. 거기서 널 꺼내 주마."

환 삼촌이 말했다.

나는 검문소 갑판 위에 쓰러져 있는 두 경비병에게 무슨 일이 일어났는지 알고 싶지 않았다. 환 삼촌이 들어오는 길에 그들을 처치했을까?

'제발 죽지 않았기를.'

그들에게 다가가면서 나는 생각했다. 삼촌은 함교의 승무원들을 살려 두었다. 나는 그것이 의미하는 바를 몰랐다. 단순히 실용적인 목적에서 그랬을 수도 있다. 복수심에 찬 귀신들을 피하기 위해서. 혹은 삼촌이 그들을 죽여 버리면 우주군이 삼촌을 죽일 것을 알기 때문일 수도 있다.

묻고 싶은 게 많았지만, 나는 질문을 딱 한 가지로 제한했다.

"선장님."

내가 말했다. 삼촌 눈은 자부심으로 빛났다. 얼마 전까지 삼촌은 정말로 선장이었다. 그리고 삼촌은 자신의 지위를 곧 되찾을 것이다.

"한 가지 질문만 더 할게요."

나는 삼촌이 너그러운 기분에 취했음을 알아챘다.

"물어봐라. 그다음엔 배를 확보하기 위해 서둘러야 한다."

나는 죄의식 때문에 짜릿한 통증을 느꼈다. 하지만 확실히 우리 삼촌은 누가 도발하지만 않는다면 누구에게도 치명적인 피해를 입히지는 않을 것이다.

'그게 삼촌과 함께하는 네 진짜 동기야? 사람들을 보호하는 것? 아니면 너는 그냥 중요한 존재가 되고 싶은 거야?'

내 머릿속에서 냉소적인 목소리가 물었다.

"민을 어떻게 할 건가요?"

"민?"

환 삼촌은 미소를 지었다.

"그 애를 이용할 데가 있다. 어떻게 이용할지 생각해 보렴, 세빈."

'그 애를 이용할 데.'

삼촌을 빠른 걸음으로 따라가면서, 그 말은 내 마음속에 메아리쳤다. 나는 성큼성큼 크게 걸었다. 그러나 삼촌도 그랬다. 인간 모습으로도 삼촌은 크게 걸었다. 그리고 나는 삼촌이 내가 약하다고 생각하게 하기 싫었다. 그것은 내가 어린 시절에 계속 고민한 문제였다. 나는 언제나 약한 자는 기껏해야 동정을 받고, 최악의 경우 경멸을 받는다는 생각을 했다.

두 경비병을 뒤에 두고 떠나면서, 나는 그들이 아직 숨 쉬고 있는지 확인하기 위해서 슬쩍 훔쳐보았다. 그들의 가슴이 가볍게 오르락내리락하는 것을 보고 안심했다. 그들이 곧 의료 처치를 받았으면 했다. 흥미롭게도 환 삼촌은 누가 더 이상 저항할까 봐 걱정하지 않는 것 같았다.

"선장님…… 어, 어떻게 그들을 움직이지 못하게 했어요?"

나는 삼촌이 다른 질문도 받아 주기를 바라면서 대담하게 물었다.

"배엔 밀항자를 막기 위한 수단이 있지. 기절 가스. 하지만 그건 승무원들에게도 쓸 수 있어. 승무원들이 대비가 되어 있지 않다면."

"그런데 제가 영향을 받지 않은 이유는……."

환 삼촌은 나에게 따뜻하게 미소 지었다.

"난 절대로 네가 어떤 피해도 입게 두지 않았을 거다. 난 정확히 네가 어디 있는지 알고 있었어."

그렇다면 민은 가스에 대해서는 진실을 말하고 있었다. 나는 민이 가스에 대해 중얼거리던 것을 기억했다. 내 생각은 민의 힘을 이용할 데가 있다고 했던 삼촌의 수수께끼 같은 말로 향했다.

다른 초자연인들과는 달리, 여우령들은 타고난 모습에서 육체적으로 겁을 주지는 않는다. 하지만 그들의 다양하고 강한 요술은 무섭다. 민과 환 삼촌은 서로를 증오한다. 그러니 민은 결코 기꺼이 삼촌에게 협력하지는 않을 것이다. 그러나 만약 우리 삼촌이 어떻게든 민을 지배할 힘을 얻는다면? 그리고 민에게 삼촌을 위해 능력을 사용하도록 강요한다면?

호랑이들에게는 '홀리기' 능력이 없다. 그래서 나는 삼촌이 민을 어떻게 이용할지 알 수 없었다. 한편으로 왜 삼촌이 자기 길을 가로막은 사람들을 죽이지 않았는지 이해가 됐다. 환 삼촌은 제한된 수의 동맹군만 몰래 태울 수 있었다. 따라서 삼촌은 해태호의 기존 승무원들에게 의존해야 할 것이다. 그리고 민은 그들을 지배할 열쇠가 될 수 있을 것이다.

국내 보안부가 삼촌을 잡으려고 그토록 필사적인 것은 당연했다. 환 삼촌은 우주군에 엄청난 피해를 입힐 수 있는 특별한 위치에 있었다. 만약 삼촌이 불사조 제국이나 태양 부족 같은 '천 개의 세계'의 적에 군사 기밀을 판다면…….

문득 든 생각에 나는 부끄러워졌다. 삼촌은 그렇게까지 하지는 않을 것이다. 아니, 삼촌은 민을 조종하는 데 운을 걸고 있었다. 나는 이제 삼촌의 계획을 알 수 있었다. 일단 민의 협력을 얻어 내면, 삼촌은 민이 자기를 위해 '홀리기'를 사용하게 할 수 있다. 승무원 중 누군가가 민의 요술에 방어하는 비밀스러운 수단을 갖고 있지 않다면, 모든 사람이 민의 요술에 당할 것이다. 그렇게 되면 삼촌은 비밀스러운 동맹군과 만나서 모든 사람을 자신에게 충성하는 승무원으로 바꿀 수 있을 것이다.

궁금한 점이 한 가지 남았다. 환 삼촌은 어떻게 민을 조종할 생각일까? 삼촌의 비밀 무기는 무엇일까?

환 삼촌이 험악하게 웃는 소리를 들을 때까지, 나는 내가 마음속 질문을 소리 내어 말한 줄 깨닫지 못했다.

"좋은 질문이야. 여우령의 요술이 사악하다는 것을 고려하면 네가 조심하는 게 옳다, 세빈. 두뇌 회전이 빠른 건 좋은 자산이 될 거야."

삼촌이 말했다. 나는 삼촌의 칭찬에 얼굴이 밝아졌다. 칭찬은 고향에서는 거의 받아 보지 못한 것이었다.

"다행히, 내 동료가 대책을 찾아냈지."

동료? 나는 아무도 보거나 냄새 맡지 못했다.

그 의문이 내 얼굴에 나타나 있었던 것이 분명했다. 왜냐하면 환 삼촌이 이렇게 말했기 때문이다.

"너는 그 여자를 곧 만나게 될 거다. 그동안 우리는 민의 능력 범위 밖에 머물러 있어야 한다. 지금으로서는, 민이 볼 수 없는 곳에 머물러 있어야 하지."

내가 하루 종일 들은 것 중에서 처음으로 좋은 소식이었다. 민의 요술에 한계가 있다는 소식. 나는 민이 한 번에 배 전체를 '홀릴' 수 있다는 무시무시한 상상을 했다. 하지만 만약 그럴 수 있었다면, 분명 민은 이미 그렇게 했을 것이다.

우리는 마침내 해태호의 어느 화물 구역에 닿았다.

"우린 여기서 무엇을 하지요?"

내가 물었다. 환 삼촌이 접근 암호를 누르자 우리는 미끄러지듯 안으로 들어갔다.

나의 호랑이 눈은 쉽사리 흐릿한 불빛에 적응했다. 붉은 경고등은 심지어 여기서도 번쩍였다. 보이는 것은 '3D 프린터 부품', '이쪽을 위로', '먹지 마시오' 같은 라벨이 붙어 있는 통들밖에 없었다.

나는 가벼운 금속성 충격음을 들었다. 통 각각에 구멍이 난 판자가 있다는 것도 알아차렸다. 숨 쉬는 구멍들이었다. 금속과 전기 회로의 악취 아래, 나는 사람들의 냄새를 맡을 수 있었다.

환 삼촌은 결국 협력자들을 배에 밀항시키는 방법을 고안해 냈던 것이다.

12

나는 잠시 말을 잃고 화물 구역을 살펴보면서 열심히 숫자를 셌다. 환 삼촌은 얼마나 많은 사람을 몰래 태운 걸까? 또 그들은 어디서 온 걸까? 나는 삼촌의 원래 배인 창백한 번개호에서 집단 탈주가 있었다는 이야기는 들어 본 적이 없었다. 하지만 한편으로 그런 사건은 우주군이 쉬쉬했을 법한 일이었다.

그때 바스락거리는 소리에 나는 셈을 멈췄다. 낯선 그림자에서 작은 사람 형상이 걸어 나왔다. 그이는 실크로 겹겹이 싸여 있었다. 옷에 놓인 금빛 자수 때문에라도 눈에 잘 띄었을 법한데, 나는 냄새조차 맡지 못했다.

하지만 그이의 존재를 알아채자, 요술 때문에 일어나는 까슬까슬한 감각으로 코가 간지러웠다. 그 사람의 옆에 웅크린 것은 털북숭이 황갈색 개였다. 개는 귀를 뾰족 세운 채 앞으로 나와서 나와 환 삼촌의 냄새를 맡았다.

"이쪽은 무당 세나. 내 동업자지. 세나는 그 구미호를 막을 수 있어."

환 삼촌은 그렇게 말하고 세나 쪽으로 머리를 숙였다. 개가 도도하게 짖었다.

"그리고 이쪽은 실드다. 빼먹으면 안 되지."

환 삼촌은 개 쪽으로 손짓을 하며 덧붙였다.

"삽사리야. 이 개는 악한 영혼과 귀신에 대항하는 힘을 갖고 있어."

개가 웃으면서 혀가 밖으로 축 늘어졌다.

나는 세나에게 깊이 고개를 숙여 절했다. 무당과 마주쳐 본 경험은 기껏해야 흘끗 본 수준이었다. 해마다 가모장님이 무당을 초대해 불운한 기운을 없앨 때 우리 부모님은 나를 내 방에 격리했고, 순이 이모는 보드게임으로 다른 데 정신을 팔게 하려고 했다. 무당들이 무가를 읊고 춤을 추고 조상들을 대신해 말할 때 나는 호기심에 차서 창문으로 내다보았고, 그들을 방해하면 안 된다고 느꼈다.

명 종조부는 만약 내가 무당들을 귀찮게 하면 그들이 내 줄무늬를 주저 없이 녹색으로 바꿔 버릴 거라고 말해서, 내 결심을 더 굳게 만들었다. 종조부의 위협은 내게 아주 깊은 인상을 주어서 전에는 감히 무당에게 말을 걸어 볼 생각도 하지 못했다. 나는 만일의 경우를 생각해서 지금 당장 호랑이로 변해 내 줄무늬의 색깔을 확인해 보고 싶었다.

"그 풋내기는 누구요?"

세나가 물었다. 그녀의 목소리는 차갑고 거칠었다. 그녀에게선 불만의 냄새가 났다.

"세빈 생도요. 내 친척이지. 이 아이는 나를 도울 거요." 환 삼촌이 말했다.

"원하신다면야." 세나가 말했다.

쉽게 누그러지지 않는 실드가 내게 으르렁거렸다. 나는 보통 나보다 작은 생물을 두려워하지 않는다. 하지만 이건 그냥 개가 아니었다. 무당의 개였다. 그리고 삽사리이기 때문에, 요술을 쓸 수 있었다.

"때가 됐소."

환 삼촌은 통들을 가리키며 딱딱하게 말했다. 세나가 고개를 끄덕였다.

'무슨 때요?'

나는 하마터면 물을 뻔했다.

대답은 곧 자명하게 드러났다. 절반 정도의 통이 마치 괴물의 알처럼 쪼개져 열렸다. 괴물의 알이라는 표현은 내가 깨달은 것보다 더 적절했다. 왜냐하면 그 통들은 그 안의 거대한 인간 형상들을 갑옷처럼 감싸는 금속 껍데기로 변했기 때문이다. 곧 나는 사십여 명의 군인 한 부대와 마주하게 되었다. 한 번도 본 적 없는 유형의 군인들이었다. 나는 숨죽인 목소리로 물었다.

"이 사람들이 동맹군입니까, 선장님?"

환 삼촌은 분명히 말해 주었다.

"태양 부족에서 버림받은 용병들이다. 그들은 이 배의 자리를 얻고자 나와 운명을 함께하기로 했다."

나는 얼어붙은 채로 그 용병들을 멍하니 바라보았다. 그들은 뾰족한 회흑색 금속 헬멧과 갑옷에 감싸여 있었다. 갑옷의 관절 부분은 부드럽게 움직일 수 있도록 교묘하게 만들어져 있었다. 그들은 거대한 하늘소를 닮아 보였다. 나는 통에서 갑옷으로의 변신이 요술인지 기술인지, 혹은 둘의 섬뜩한 조합인지 알 수가 없었다.

환 삼촌은 순전히 민이 해태호 전체를 복종하도록 '홀리는' 데만 의지하지는 않을 것이었다. 그는 자신을 뒷받침해 줄 기동 타격대도 갖고 있었다. 나는 영리한 계획이라고 인정할 수밖에 없었다. 나도 삼촌 입장에 있었더라면 똑같이 했을 것이다.

환 삼촌은 용병들에게 뭔가 외국어로 말했다. 용병 중 하나가 비슷한 말로 대답했다. 나는 내가 얼마나 우리 삼촌에 대해 모르고 있는지 궁금해졌다.

그 의문에 대해 생각할 겨를도 없이, 환 삼촌이 더 많은 말을 내쏘았다. 그 말이 명령이라는 건 통역이 없어도 알 수 있었다. 용병들은 다섯씩 분대를 이루었다. 그들은 보조를 맞춰 행진해 나갔다.

불안이 깜박이듯 마음을 스쳐 지나갔다. 나는 배를 제멋대로 탈취하는 것이 우주군에서 중대한 범죄라는 사실을 알고 있었다. 외국인과 공모하여 우주선을 빼앗는 것도 우주군은 용서하지 않을 것이다.

그러나 만약 그 대안이 여우령의 뜻에 배를 맡겨 놓는 것이라면? 특히 드래곤 펄 같은 강력한 물건을 자기 목적을 위해 노리는 여우령의 뜻에? 나는 민이 드래곤 펄에 대해 말할 때 그녀가 풍기던 후회의 냄새를 떠올렸다. 어쩌면 환 삼촌이 민의 계획을 망칠 수 있다면 우주군에 다시 받아들여질 수 있을 것이다. 그 생각에 나는 기분이 좋아졌다. 나는 그저 용병들이 협력하기를 바랐다. 그들에 대해서는 전혀 모르니까.

"당신은 용병들을 믿을 수 있다고 확신하오, 환?"

무당 세나가 물었다. 세나는 환 삼촌에게 동등한 사람을 대하듯 말했다. 자기가 부하가 아닌 것처럼. 타당한 일이었다. 삼촌은 세나를 동업자라고 소개했다. 그리고 무당은 당연히 권위자였다. 그녀의 영역이 군사 분야가 아니라 초자연적 세계라고 해도.

"용병들에게도 그들 나름의 명예 규범이 있다오."

환 삼촌이 말했다. 삼촌의 둘러대기를 알아차린 것은 나만이 아니었다.

"그 구미호의 요술이 용병들에게도 먹힐지 안 먹힐지 당신은 알고 있소? 만약 먹힌다면?"

"그러지 말라는 법은 없소."

환 삼촌이 말했다. 그러나 나는 삼촌에게서 불편함이 살짝 삐져나오는 것을 느꼈다.

"힘은 힘이지요. 그 형태가 어찌 됐든."

삼촌의 말에 나는 낯선 요술에 대해 아무것도 모른다는 불쾌한 깨달음을 얻었다. 우리 가족이 내가 다른 행성계에 관한 정보에 접근하는 것을 제한했기 때문인지, 아니면 요술이 '천 개의 세계'에 잘 알려진 지식이 아니기 때문인지 알 수 없었다.

"지금 무슨 일이 벌어지고 있는 겁니까, 선장님?"

내가 물었다. 나는 환 삼촌과 세나에게 내 존재를 상기시키고 싶은지도 몰랐다. 그러나 시간을 낭비하고 싶지도 않았다.

"이제 우리는 구미호를 사냥한다."

환 삼촌이 말했다. 다리가 떨렸다. 공포 때문인지 기대감 때문인지 잘 알 수 없었다. 민은 '홀리기'를 너무나 아무렇지도 않게 내게 사용했다. 결코 그것을 다시 겪고 싶지 않았다.

"어떻게……?"

나는 민의 지배력에 넘어갈까 두려운 마음을 어쩔 수 없이 드러내며 물었다. 환 삼촌이 내 두려움을 냄새 맡을 수 있을 텐데도. 세나는 내가 머뭇거리는 것을 눈치챘다.

"너는 그 여우령과 붙어 봤느냐? 그녀를 추적할 수 있어?"

환 삼촌은 건조하게 웃었다.

"세빈은 할 수 있소. 하지만 해태호의 감시 시스템을 통해 그 애를 찾아내는 게 더 빠를 거요. 지금까지는 비상 오버라이드를 취소하는 법을 아무도 알아내지 못했으니까."

나는 나중에 쓸모 있을 것 같아 그 정보를 기억해 두었다. 하지만 어떤 쓸모가 있을지는 알 수 없었다. 누가 내게 오버라이드를 작동하라고 맡긴 것도 아니고, 그런 것이 존재하는지도 모르니까. 하지만 무슨 일이 생길 수도 있다.

환 삼촌은 슬레이트를 꺼내서 명령을 입력했다. 홀로그램 이미지가 스크린 위에 생겨났다. 홀로그램 이미지는 복도를 걸어 내려가면서 목소리를 죽여 대화를 나누는 민과 특별 조사관 이를 보여 주었다. 나는 모든 복도에 표시가 있다는 사실에 감사했다. 민이 있는 복도는 5층에 있었다. 환 삼촌은 복도 영상 옆에 지도가 나오도록 만들었다.

"훌륭하군."

환 삼촌이 지도를 보면서 말했다.

"우리는 저들을 배의 이 부분에서 가둘 수 있어."

삼촌은 그들이 지나가고 있는 구역을 가리켰다.

"하지만 그들을 따라잡으려면 빠르게 움직여야 할 거야."

무당은 고개를 끄덕였다. 심지어 개 실드마저도 환 삼촌이 하는 말을 이해한 것처럼 고개를 까닥였다.

우리는 무리를 지어 5층으로 가는 엘리베이터로 서둘러 향했다. 환 삼촌이 앞장섰다. 나는 내 나이치고는 키가 컸지만, 삼촌의 그림자 속에서 나는 어느 때보다도 더 작고 무력하게 느껴졌다. 익숙하지 않은 이 느낌이 너무나 싫었다. 나는 '천 개의 세계'의 작고 취약한 사람들의 삶이 어떨지 처음으로 궁금해졌다.

'삼촌은 내 윗사람이야. 나는 삼촌을 보고 배울 거야.'

나는 속으로 말했다.

우리는 엘리베이터 안으로 들어갔다. 세나는 실드를 달래서 안으로 들여보내야 했다. 세나가 엄청나게 냄새가 나는 개 간식을 들고 흔들자, 환 삼촌은 헛기침을 하고 노려보았다. 건조된 고기인데도 그 냄새에 내 입에는 침이 고였다. 굴욕적이었다. 나는 내가 제대로 된 음식을 먹은 지 얼마나 오래되었는지 생각하지 않으려고 했다. 삼촌에게 배고프다고 불평할 수는 없었다. 나는 삼촌의 인정을 받고 싶었다.

실드는 간식에 달려들었고, 행복하게 간식을 갉아 먹으며 누그러졌다.

엘리베이터가 휙 움직이면서 가속이 역력히 느껴졌다. 나는 오랫동안 눈을 감고 있었다. 나는 내가 훈련받는 전함이 완벽히 계획대로 가고, 나는 창문을 깨끗이 닦는 것처럼 뭔가 편안한 일을 하는 평행 우주를 상상했다. 보통 고향에서 허드렛일은 내 몫이었다. 우리 부모님은 그런 일이 덕성을 기른다고 주장했다. 그런 허드렛일을 그리워하게 되리라고 생각한 적은 한 번도 없었다.

"만약 그들이 우리를 대비하고 있으면?"

세나가 물었다.

"그들은 우리만큼 대비하고 있지 않아."

환 삼촌의 대답은 세나를 만족시킨 것 같았다.

"당신은 우리를 보호하시오. 그 구미호가 가장 큰 위협이오."

삼촌의 말은 흥미로웠다. 나는 건장한 체격을 지닌 환 삼촌이 다른 사람의 보호를 받아야 한다는 생각에 익숙하지 않았다. 하지만 나는 민의 '홀리기'를 경험한 바 있었다. 환 삼촌이 신중한 것은 옳았다.

엘리베이터 문이 5층에서 열리면서, 나는 환 삼촌의 기묘한 자신감이 어디서 나왔을까 하고 생각했다. 아마 삼촌은 그 개를 믿고 있을 것이다. 삽사리가 정말로 여우에게 효과가 있을까?

이번만은 학자적인 성격이 부러웠다. 내가 의무적으로 서예 연습을 하고 전술 수업을 듣는 동안, 우리 가족은 요술이나 전통문화에 대한 공부를 독려해 주지 않았다. 나는 순이 이모가 잘 시간에 해 준 모험 이야기를 좋아했다. 하지만 그 밖에는 딱히 흥미가 없었다.

이번에는 세나가 앞장섰다. 세나는 전기 실 가닥을 뒤에 남기는 것 같았다. 마치 공기 분자들이 노래하고 있는 듯했다. 나는 무당의 요술이 어떻게 작용하는지에 대해서는 잘 몰랐다. 환 삼촌은 반걸음 뒤에서 성큼성큼 걸었다. 끼어들 필요가 있으면 펄쩍 뛰어 행동할 수 있을 정도로 삼촌은 가까웠다. 나는 실드가 자기 주인이 아니라 나와 보조를 맞추고 있다는 사실을 의식하고 맨 뒤에 섰다. 실드는 나를 감시하는 것 같았다.

환 삼촌은 다시 한번 슬레이트를 참고해 민의 위치를 찾았다. 그때 나는 민의 흔적을 냄새 맡았다. 우리 삼촌도 맡았다. 민이 완전히 인간 같은 냄새를 낸다는 것에 나는 감탄했다. 그녀의 신체 변형 요술의 효과일 것이라고 나는 추측했다. 인간 형태를 하더라도, 대부분의 초자연인들이나 초자연적 핏줄을 이어받은 사람들은 독특한 냄새를 풍긴다. 따라서 사람들이 여우를 그렇게 두려워하는 것도 이상하지 않다. 여우는 악독한 계획을 탐지당하지 않고 실행할 수 있다.

나는 '천 개의 세계'에 여우들이 얼마나 많이 남아 있을지 궁금했다. 민이 자기 종족의 마지막일 리는 없을 것이다. 어쩌면 그럴 수도 있을까? 만약 민이 마지막이라면, 자기 본성을 숨겼다고 정말로 그녀를 탓할 수 있을까? 하지만 민이 나에게 '홀리기' 요술을 건 일을 용서할 수는 없었다.

"속도를 늦춰."

환 삼촌이 거의 들리지 않을 정도로 속삭였다.

무당은 삼촌 말을 못 들은 것처럼 앞에서 어슬렁거렸다. 나는 경고를 하려고 했으나, 환 삼촌이 내 입을 손으로 꽉 막는 바람에 소리를 삼켰다. 나는 조용해졌다.

"너한테 한 말이다, 세빈."

삼촌은 내 귀에 대고 말했다.

"세나는 자신을 보호하는 방법이 있어. 너나 나 같은 사람들은 꿈도 못 꿀 방법이지. 이 복도에서는 보이지 않는 곳에 머물러 있어. 너한테 신호할 때 움직여. 알아들었으면 눈을 두 번 깜박여라."

나는 눈을 두 번 깜박였다.

환 삼촌은 나를 놔주고 웅크린 자세로 몸을 확 낮추었다. 삼촌은 긴장을 푼 것처럼 보였지만 그것은 눈속임이었다. 나는 호랑이령은 저런 자세에서 한순간에 뛰어올라 치명적으로 상대를 덮치거나 총을 발사할 수 있다는 것을 알았다. 나는 또한 환 삼촌이 우리 사유지에서 과녁 로봇을 총으로 정확히 맞히는 것을 보았다. 민에게 동정심이 들 지경이었다.

소리가 작긴 했지만, 민과 특별 조사관이 대화하는 소리가 들렸다. 무당이 그들을 향해 걸어가면서 대화 소리가 조용해졌다. 세나는 상당히 쿵쿵거리는 발소리를 줄이려고 하지 않았다.

우주선에 존재하는 이점 가운데 하나는 기류가 제어된다는 것이다. 그 순간에 환 삼촌과 나는 민과 이에게서 바람이 불어오는 방향에 있었다. 그들이 우리가 있는지 의심했다 해도, 우리의 냄새를 맡고 경계하지는 않았을 것이다.

"거기 멈춰."

민의 목소리가 바로 코앞에서 들렸다.

"당신 누구야?"

무당은 대답하지 않았다. 그 대신 실드가 으르렁거렸다. 실드는 귀를 찢을 듯이 짖었다.

"대체……?"

민이 떨리는 목소리로 말했다.

"우리는 적이 아니……."

"지금이야."

환 삼촌이 날카롭게 말했다. 삼촌은 자신의 진짜 모습인 거대한 하얀 호랑이로 변해서 달려들었다.

나도 호랑이가 되어 뒤따라가며, 무슨 일이 벌어지고 있는 건지 알아보려 했다.

민은 아직 말하고 있었다. 그러나 이번에는 민에게 복종해야 할 것같이 느껴지지 않았다. 그녀의 말에 귀를 기울이고 싶지도 않았다. 그녀가 나의 가장 좋은 친구라고 생각하지도 않았고, 좋은 의도를 가지고 있다고 생각하지도 않았다. 이번에는, 놀라울 정도로 머리가 맑다고 느꼈다.

하지만 민이 두뇌 회전이 빠르다는 것은 인정해야 했다. 민은 자신의 여우 요술이 실패했다는 것을 깨닫자 총을 뽑았다.

"조사관님, 도망쳐요!"

민이 외쳤다. 민이 엄호 사격을 하는 동안 이가 도망가는 발소리가 들렸다.

환 삼촌은 민을 향해 뛰어올랐다. 민은 놀랍도록 민첩하게 뒤로 종종걸음을 치며 삼촌 머리에 총을 발사했다.

내가 무엇 때문에 삼촌 앞으로 뛰어올랐는지 모르겠다. 습관 때문일까? 나는 총을 맞아 본 적이 없었다. 아마도 반사 신경 아니면 가족의 유대 때문일 것이다. 나는 가족을 위해 내 생명을 포기할 수도 있었다. 다만 그 순간이 이렇게 빨리 올 줄은 몰랐다.

총탄은 내 이마 한가운데를 맞혔다. 나는 이것이 내게 완전히 불운이었다는 것을 나중에 알게 되었다. 민의 입장에서는 행운이었는지도. 호랑이를 죽이려면 한 발로는 안 되지만, 그 총탄은 나를 멈추었다. 나는 길게 울부짖고 갑판에 쓰러져 몸부림쳤다.

"난 네가 내내 그와 한패인 줄 알고 있었어!"

민이 강렬한 분노를 담아 외쳤다. 솔직히 그때 나는 민이 화가 났다는 것만 알았다. 고통은 논리적인 생각을 막았고, 실드가 커다랗게 짖는 소리도 생각을 더 흐트러뜨렸다. 나는 귀를 기울였지만, 실제로 무슨 일이 벌어지고 있는지 이해하지는 못했다.

"무슨 짓을 한 거야?"

민이 날카롭게 물었다.

"우리가 뭘 했느냐가 중요한 게 아니지."

환 삼촌이 인간 모습으로 변해서 말했다. 삼촌의 목소리는 몹시 자신감에 차 있었다.

"우리가 앞으로 뭘 할 것이냐가 중요한 거지."

세나는 몸을 굽히고 실드에게 또 다른 간식을 주었다. 역겹지만 맛있는 냄새였다. 그 간식은 고기가 아니었다. 나는 그 순간 침을 흘릴 것 같았다. 자제력이 떨어졌기 때문이다.

"대부분의 사람들은 구미호에게서 자기를 보호하는 방법을 잊어버렸지. 하지만 어떤 사람들은 그 오래된 지혜를 기억하고 있어. 그리고 나는 어쩌다 보니 그런 사람이지."

세나는 건조한 목소리로 말했다.

"'어쩌다 보니'라."

민이 경멸감으로 날카로워져서 말했다.

"말해 보시지. 그 비밀이 뭐지?"

민의 목소리는 비틀린 것 같았다. 마치…… 여우가 낑낑거리는 소리처럼.

세나는 어깨를 으쓱했다.

"그건 개야. 개는 언제나 여우의 냄새를 맡을 수 있어. 그리고 일단 실드가 너를 알아보면, 네 힘은 사라져 버리지."

"하지만 어떻게 당신은 내 말을 알아들을 수 있지?"

"간단한 번역 요술이야."

세나가 경멸하듯 말했다.

"나는 모든 종류의 영들과 대화하는 데 익숙해. 심지어 너희 여우령까지도."

고통이 물러갔다. 나는 킁킁거렸다. 이번에는 여우의 자극적인 냄새가 났다. 개의 냄새와 다르지 않았다.

눈의 초점이 맞춰졌다. 민은 여우가 되어 있었고, 웅크린 민의 앞발 앞에는 총이 놓여져 있었다. 민은 적갈색 가죽에 검은 귀와 검은 다리를 가지고 있었고, 끝이 하얀 꼬리는 뒷다리 사이에 끼워져 있었다.

"내가 요술을 잃었다고 조금이라도 당신에게 적개심을 덜 품는다고 생각한다면 완전히 잘못 짚은 거야, 환."

민이 으르렁거렸다. 환 삼촌은 비웃었다.

"네가 나에 대해서 느끼는 것은 중요하지 않아. 하지만 네 오빠 준에 대해서는 어떨까?"

민은 으르렁 소리를 멈추었다. 낑낑거리는 소리가 민에게서 새어 나왔다.

"당신은 그러면 안 돼."

나는 눈을 가늘게 떴다. 민 옆에…… 또 다른 여우가 보인다? 민과는 달리 이 여우는 반투명했다. 귀신이었다. 평범한 귀신이 아니라, 민과 감금실에서 이야기하는 것을 목격했던 민의 오빠였다. 환 삼촌이 말했다.

"너는 내가 뭘 할 수 있는지 정확히 알 거야. 분명히 하겠는데, 네 힘을 내 마음대로 쓰게 하지 않는다면, 나는 무당을 시켜 네 오빠를 마지막 영면에 들게 할 거다."

13

민의 귀가 머리 뒤로 납작 누웠다.

"당신의 명령으로 우리 오빠는 드래곤 펄을 찾다가 죽었어."

그러나 민은 분명 환 삼촌이 인정 없이 굴리라는 것을 이미 깨닫고 있었다. 이내 몸을 돌려 무당에게 애원하는 걸 봐도 알 수 있었다.

"당신은 우리 오빠가 아무 해도 끼치지 않으리라는 걸 분명히 알 수 있죠. 오빠는 천수를 다하기 전에 죽었어요. 지금 오빠는 내 보호령이에요."

무당의 눈이 부드러워졌다. 무당은 예상치 못한 동정심으로 말했다.

"많은 귀신들이 천수를 다하기 전에 끌려갔기 때문에 머물지. 그 불공평이 그들을 산 자의 세계에 묶어 놓는단다. 그들이 평온을 찾고 죽은 자의 세계로 가도록 돕는 것이 내 의무야."

"아뇨, 아뇨. 그건 전혀 우리가 원하는 게 아니에요."

민이 신음했다. 그러나 이번에 나는 민이 아니라 민의 귀신 오빠에게 주의를 기울이고 있었다. 그는 민의 옆에 웅크리고 있었다. 그의 검은 다리 끝은 인간 모습일 때처럼 떨리는 연기 같은 안개로 흐릿해져 있었다. 민과 달리, 그는 공격적으로 보이지 않았다. 그저 지치고 불안정해 보였다. 귀가 축 처진 채로 준이 말했다.

"아마 무당이 옳을지도 몰라."

나는 준을 거의 몰랐고, 그가 어쩌다 죽게 되었는지도 몰랐다. 그러나 그가 이렇게 기가 꺾인 것을 보고 가슴이 아팠다. 아무도, 심지어 귀신이라도 저런 상태가 되어서는 안 된다.

준에게 최고로 좋은 일은 존경받는 조상들에게 가서 그들과 함께 자리 잡는 것이리라. 어쨌든 그는 영원히 사라지지 않을 것이다. 다른 모든 귀신들과 함께 지하 세계에 거주할 것이다. 가족들은 그가 기억된다는 것을 확신할 수 있도록 제사를 지낼 것이다. 여우들도 자기 조상의 무덤에 절하고 음식과 술을 바칠 것이다. 여우들이 제사를 지내는 방식은 다를지도 모르겠다.

만약 남은 가족이 준뿐이라면 왜 민이 준을 그렇게 필사적으로 붙잡고 싶어 하는지 이해할 수 있었다. 우리 부모님과 순이 이모를 잃으면 어떨지, 환 삼촌이 내게서 떠나가면 어떨지 상상해 보려고 했다. 그 가능성을 생각하는 것만으로도 심장이 꿰뚫리는 것 같았다.

민은 다시 낑낑거렸다. 하지만 그녀의 싸움은 아직 끝나지 않았다.

"준! 오빠는 내게 약속했잖아. 나와 함께 '천 개의 세계' 모든 곳을 보겠다고. 나는 오빠를 그렇게 쉽게 포기하지 않을 거야!"

세나의 표정이 엄해졌다.

"네 오빠를 향한 너의 사랑은 인정할 만하다. 하지만 네 오빠가 가게 될 곳을 생각해 보렴. 아무리 네 오빠의 의도가 좋다 한들, 산 자의 세계에 오래 머물면 머물수록 그는 주변 모든 사람들에게 불운을 가져올 거야."

세나는 별빛 조각처럼 빛나는 작은 종잇장을 꺼냈다. 나는 그 위에 뭔가 적혀 있는지 보려고 했지만, 종이는 비어 있는 것 같았다. 세나가 손가락을 딱 튀기자 종이는 순수한 하얀빛으로 불타기 시작했다.

부드러운 달빛 같은 빛이 세나의 주위에서 나왔다. 그 빛은 아득한 밤의 꿈처럼 세나를 비췄다. 나는 그녀에게서 눈을 뗄 수가 없었다.

불빛은 강해졌고, 무당은 콧노래를 부르기 시작했다. 고통이 남아 있긴 했지만, 내 호흡은 느려졌다. 평온이 느껴졌다.

나만 그 의식에 영향을 받은 것이 아니었다. 곁눈질로 보니 환 삼촌의 얼굴이 느즈러지는 것이 보였다. 심지어 실드도 남은 간식을 떨어뜨리고 입을 떡 벌리더니 갑판에 납작하게 엎드렸다.

그리고 이 의식의 목표인 준은 미끼를 향해 가는 물고기처럼 세나 쪽으로 둥둥 떠갔다. 그는 잘생긴 여우였고, 여동생보다 컸다. 그의 눈은 무당의 빛 속에서 어슴푸레하게 빛났다. 마치 누군가 그에게 지우개를 댄 듯이 그는 바깥 부분부터 사라지기 시작했다.

민은 컹컹 짖으며 무당에게 뛰어올랐다. '홀리기'와 신체 변형 능력이 없어졌어도, 민에게는 여전히 이빨과 발톱이 있었다. 그러나 실드가 민에게 달려들었다. 개의 송곳니가 민의 옆구리에 파묻힌 채 둘은 함께 갑판으로 떨어졌다. 민은 비명을 질렀다.

무당이 손을 내리자, 종잇조각에서 나오던 빛이 멈추었다. 준은 최면 상태에서 깨어났다.

"민!"

준은 그렇게 외치면서 무당을 향해 둥둥 떠가던 길을 멈추었다. 아직 반투명한 상태로 남아 있었지만 그의 색깔은 밝아졌고, 윤곽선은 더 분명해졌다. 그는 혼란스러워 머리를 흔들었다.

"무슨…… 무슨…….."

"당신이 우리 오빠를 속였어!"

민이 째지는 소리를 질렀다.

"나한테 말하는 척하면서 우리 오빠를 축귀하려고 하고 있었어!"

무당은 민에게 엷게 미소 지으며 대꾸했다.

"그건 속임수가 아니었어. 네가 협력하지 않으면 네 오빠가 그렇게 될 거란다. 뭘 예상하고 있었니? 옛날 방식처럼 노래하고 춤추고 무가를 읊는 거?"

준을 보내기 위해 세나가 해야 한다고 내가 생각한 게 바로 그런 의식이었다. 나는 고향에서 무당의 의식을 겨우 몇 번 스쳐봤다. 무당들은 정교하고 밝은 옷을 입고 자기에게 들린 신의 음성으로 말하면서 춤췄다. 하지만 나는 다른 방식을 쓰는 무당들도 있다는 것, 그리고 그들의 관습이 지역마다 다르다는 것도 알았다. 게다가 수천 년 동안 무당의 의식은 발전해 왔을 것이다.

민은 무당을 노려보았다. 세나는 말을 계속했다.

"내 역할은 귀신들을 망자의 세계로 안내하는 거야. 전통적인 춤 대신 부드러운 말의 의식도 좋지. 하지만 너는 오빠에게 유예 기간을 줄 수 있어. 네가 우리와 함께 일한다면."

준은 세나와 민을 번갈아 보았다. 그의 윤곽선이 불안정하게 깜박거렸다.

"민······?"

"알겠지."

환 삼촌이 끼어들었다.

"무당은 네 오빠를 언제라도 영면으로 인도할 수 있어."

부드러운 어조였지만, 삼촌이 위협을 하고 있다는 것은 분명했다. 민은 물러서지 않으며 말했다.

"당신은 무당의 개를 시켜 우리가 인간 모습으로 변할 수 없을 정도까지 우리의 요술을 무력화했어. 그래서 나는 사람들을 세뇌해서 당신이 시키는 사악한 행동을 하도록 '홀리기'를 걸 방법이 없어, 환."

"너 자신에게 물어보는 게 좋을 거야. 왜 나를 위해 '홀리기'를 사용할 때면 '사악한 행동'이고 네 이익을 위해 사용할 때면 무고한 행동인지."

환 삼촌이 말했다. 삼촌의 목소리는 유쾌했지만, 그 유쾌함은 기만적이었다.

나는 민이 어떻게 그 힘을 내게 사용했는지 떠올리며 몸을 떨었다. 민이 그동안 얼마나 많은 사람들을 '홀렸는지', 그러면서 얼마나 많은 피해를 입혔는지 누가 알겠는가?

대꾸를 하는 대신, 민은 잠잠해져서 고개를 떨어뜨렸다.

"그 개는 네가 힘을 쓸 수 있을 만큼 요술을 풀 거야. 하지만 네가 조금이라도 저항의 표시를 보인다면, 무당이 네 오빠를 사라지게 할 거란다. 잘 처신해. 그러면 무당은 네 오빠를 가만 놔둘 거야. 알겠지?"

환 삼촌이 말했다. 이상한 깨달음이 나를 꿰뚫었다. 민이 전에 내게 한 모든 일에도 불구하고, 지금 당장 나는 민보다 환 삼촌이 더 두려웠다. 물론 나는 민의 힘이 불편했다. 하지만 민은 내가 반역자라고 생각했다. 그녀는 환 삼촌의 계획을 알아내기 위해서 나를 '홀리는' 것이 정당하다고 믿었을지도 모른다. 그리고 내가 확신할 수 있는 건 환 삼촌의 적이 되고 싶지 않다는 것뿐이었다.

'여우를 위해 변명을 하고 있는 거야?'

나는 스스로에게 물었다. 민이 얼마나 겁먹었는지 알기 위해서 그녀의 커다란 눈을 볼 필요도 없었다. 그녀가 풍기는 공포의 냄새는 압도적이었다. 심지어 실드까지도 동정심으로 낑낑거렸다. 실드는 그녀의 적인데도.

"협력하겠어."

민은 아까 보였던 투지라고는 하나도 없이 작은 소리로 말했다.

"만약 내가…… 당신이 원하는 대로 하면 우리 오빠를 가만 놔두겠다고 약속해."

환 삼촌은 명예로운 적수를 향한 예의를 지키며 엄숙하게 고개를 끄덕였다.

"주황 호랑이 부족의 명예에 걸고 맹세한다."

나는 그 맹세를 듣자 안심이 되었다. 그 맹세는 부족과 명예의 중요성에 대한 삼촌의 믿음을 다시 확인시켜 주었다.

'어쨌건 여우를 협박하는 게 정말 잘못은 아니잖아.'

나는 스스로에게 말했다. 환 삼촌에게는 민의 사악한 요술로부터 우리의 안전을 보장할 다른 길이 없었다.

나는 갑자기 총 맞은 이마에서 날카로운 고통을 느끼고, 나도 모르게 신음했다. 환 삼촌은 즉각 나를 바라봤다.

"세빈, 괜찮니?"

삼촌의 관심에 마음이 따뜻해졌다. 나는 내가 오래갈 상처를 입지 않았다는 것을 알았다. 그리고 환 삼촌은 내가 괜찮은지 살펴보기 전에 포식자의 본능으로 위험의 진원지인 민을 제압하는 쪽을 우선시했을 것이다. 그것은 전술적으로 타당했고, 정확히 내가 배운 방식의 결정이었다.

그래도 내 마음속 한편에서는 삼촌이 약간 더 일찍 내게 물어 주었기를 바랐다.

"그 특별 조사관은 도망갔소."

세나가 말했다. 그녀의 이마는 불쾌감으로 주름이 졌다.

"이 조사관은 적절한 때에 손볼 거요."

환 삼촌은 으스스할 정도로 무심하게 말했다.

나는 호랑이 모습을 계속 취한 채 애써 일어났다. 만약 상황이 악화되면 호랑이 모습인 게 유리할 것이다. 환 삼촌은 다시 민에게 주의를 돌렸다.

"그럼 나를 네 동료에게 데려가라. 채원 선장에게."

민은 핼쑥해졌다.

"선장님은 의무실에 있어."

그녀의 목소리는 떨리고 있었다.

"선장님은 당신이 그녀에게 무엇을 하든 제대로 반응하지 않았어. 선장님은 혼수상태에 있는 것 같아."

민은 환 삼촌을 다시 노려볼 정도로 용기를 회복했다.

"심지어 내가 그녀를 '홀린다' 해도, 선장님은 당신에게 별 소용이 없을 거야."

환 삼촌은 한마디도 하지 않았다. 그 대신 무당에게 고개를 기울였다. 세나는 하얀 종잇조각을 다시 휘둘렀다.

오늘 이전에는, 단순한 종잇조각을 위협적이라고 생각한 적이 없었다. 하지만 여기서 그것은 무당이 의식을 준비하기 위해 자신을 정화하는 수단이었다. 나는 무당이 그렇게 금방 다시 정화를 해야 하는지 몰랐지만, 정화 의식은 위협적인 역할을 했다.

민의 꼬리는 다시 뒷다리 사이에 단단히 끼워졌다.

"좋아. 하지만 당신은 내가 다시 인간 모습이 되게 해 줘야 해. 만약 해태호의 승무원이 여우 모습의 나를 봐 버리면 나는 당신에게 아무 소용이 없어."

민은 좌절하며 말했다. 나는 환 삼촌의 불신이 치솟으며 내는 날카로운 냄새를 맡았다. 잠시 나는 삼촌이 세나에게 시켜 준을 사라지게 할까 봐 두려웠다. 그러나 삼촌은 이성적으로 생각할 수 있었다. 삼촌은 세나 쪽을 보지도 않고 퉁명스럽게 고개를 끄덕였다.

"당신 개가 뭘 하고 있는지 몰라도 그만두게 할 수 없나요?"

민이 물었다. 나도 궁금해하던 것이었다.

세나는 고개를 끄덕이고 실드에게 휘파람을 불었다. 실드는 귀를 쫑긋 세웠다. 그러고는 입을 크게 벌리고 자기 입술을 도발적으로 핥았다.

나는 감명을 받았다. 실드는 그저 무당과 같이 다니는 개가 아니었다. 그 개는 무당과 거래를 하고 있었다. 만약 내게 구미호를 막을 능력이 있다면, 나도 내가 받을 수 있는 모든 간식을 받아 낼 테다. 꾸르륵거리는 배가 나의 배고픔을 상기시켰다. 가까운 미래에 식사를 할 수 있을 것 같지 않았다.

"정말? 지금?"

세나는 한숨을 쉬며 물었다. 개를 달래는 그녀는 평범한 인간으로 보였다.

실드는 한쪽 발을 들었다. 명백한 '간식 줘' 신호였다. 실드는 두 번 짖었다. 세나의 눈썹이 올라갔다.

"간식 두 개?"

실드는 꼬리를 흔들었다. 민은 마치 실드에게 뇌물을 먹일 수 있다고 생각하는 것처럼 그 개를 쳐다보고 있었다. 그 생각은 내게도 떠올랐다.

"좋아."

세나가 다시 한숨을 쉬며 말했다.

"넌 '천 개의 세계'에서 제일가는 응석받이 개야. 너한테 말했던가? 나는 네 응석을 다 받아 주고 있지."

그러나 나는 세나의 목소리 속에 깃든 관대함에서 그녀가 저 동물을 사랑한다는 것을 알 수 있었다. 세나는 두 개의 간식을 찾아냈다. 그 간식은 역겨운 냄새와 맛있는 냄새를 동시에 풍겼다.

나는 그중 하나에 달려들고 싶은 유혹을 느꼈지만, 창피해지고 싶지 않았다. 게다가, 그 개가 호랑이령에게도 통하는 초자연적인 힘을 지니고 있을 수도 있었다. 나는 삽사리의 능력이 어느 정도인지 몰랐다.

'난 사악하지 않아.'

나는 생각했다. 하지만 그 개가 그걸 안다는 법은 없었다.

내가 이 문제를 더 오래 생각하기 전에, 실드는 독특한 씩씩거리는 소리를 내며 첫 번째 간식을 뜯었다. 실드가 간식을 뜯을 때 나는 숨을 참고 있었다. 한편으로는 다음에 무슨 일이 벌어질까 궁금했기 때문이고, 다른 한편으로는 더 이상 그 감질나는 냄새를 들이마시지 않기 위해서였다.

마침내 실드는 간식을 둘 다 먹어 치우고 입술을 다시 핥았다. 그다음에는 고개를 뒤로 기울이고 애절하게 긴 소리로 짖었다. 실드 주위의 공기가 마치 비밀스러운 안개로 가려진 것처럼 일렁거렸다. 더 정확하게는, 안개가 시야에서 맑게 개며 증발하고 있는 것 같았다.

내가 눈을 깜박이는 동안, 민의 모습은 아른거렸다. 다른 신체 변형 능력자와 비슷한 방식의 변신이었다. 민을 다시 보았을 때, 그녀는 인간 모습으로 돌아왔다. 그녀는 약간 주름이 진 회색 제복을 입은 십 대 소녀의 모습이었다. 이번에는 그녀의 주위에서 희미한 여우 냄새를 맡을 수 있었다. 분명히 실드의 요술이 미치는 영향 때문일 것이다. 그 전에는 냄새로 그녀의 진짜 정체를 탐지할 수 없었다.

"앞장서."

민이 말했다. 긴장되어 꾹 눌러진 입매가 불만 가득해 보였다. 민이 내 적이긴 했지만 나는 그녀를 탓할 수 없었다.

"세빈, 길을 아니?"

환 삼촌이 물었다. 나는 내 쓸모를 삼촌에게 증명하고 싶었다. 고맙게도 배의 배치도를 자세히 볼 기회가 있었다.

"네, 선장님."

민의 눈이 가늘어졌지만, 그녀는 아무 말도 하지 않았다. 나는 생각했다.

'마음대로 날 심판하렴.'

만약 민이 자기 힘을 남용하지 않았더라면, 환 삼촌은 그녀에게 원한을 품지 않았을 것이다. 그리고 민은 이런 곤경에 빠지지 않았을 것이다. 언젠가 민과 삼촌의 사연에 대해 알고 싶었지만, 지금은 그럴 때가 아니었다. 나는 민이 뭔가 아주 끔찍한 일을 했다고 장담할 수 있었다.

우리는 의무실을 향해 전진했다. 나는 다른 사람들을 등 뒤에 두는 것이 싫었다. 이래 가지고는 어깨뼈 사이가 계속 간지러울 것 같았다. 하지만 나는 내가 무리에서 가장 소모품에 가까운 존재라는 사실을 인정해야 했다.

환 삼촌은 두말할 나위 없이 장성한 호랑이일뿐더러 지휘 경험도 가지고 있었다. 민의 초자연적 힘은 내가 불러일으킬 수 있는 어떤 것보다 어마어마했다. 만약 민의 오빠 준이 귀신인 채로도 구미호 능력을 유지했다면, 무당 세나의 요술이 우리를 안전하게 지켜 줄 수 있었을지 궁금했다. 심지어 여우와 귀신을 막아 내는 능력이 있는 실드도 나보다는 더 중요했다.

다른 생도라면 이 사실에 낙심했을지도 모른다. 나도 억울함에 가슴이 찌르르하단 걸 인정해야 했다. 그러나 조직 체계가 어떻게 작동하는지 새삼 생각했다. 어쨌든 우주선은 선장 혼자 힘으로는 작전에 성공할 수 없다. 함께 일하는 모든 사람이 중요하다.

'좋아, 우리는 함께 일하고 있어. 우리는 심지어 진짜 선장이 우리와 함께 일하도록 설득하러 가고 있잖아.'

나는 히스테리를 일으키기 직전의 상태에서 생각했다.

모퉁이를 돌자 출입구가 우리 앞에 나타났다. 장수를 나타내는 둥근 상징이 우리가 의무실에 도착했다는 사실을 알려 주었다. 나는 다시 인간 모습으로 변했다.

나는 인터폰이 내 목소리를 안에 있는 사람에게 전해 주리라고 믿으면서 말했다.

"여기는 세빈 생도입니다. 안에 들어가야 합니다. 부탁합니다.”

너무 자세히 말하지 않는 게 좋았다.

내 기억으로 의무실 출입구는 응급 처치 요원을 기다리게
하지 않기 위해 자동으로 열리게 되어 있었다. 어떤 부상자들
은 몇 초 차이로 살거나 죽을 수 있기 때문이다. 옛날에 고향
을 방문했을 때 환 삼촌은 내게 머리가 쭈뼛 서는 응급 사태들
에 대해서 말해 주었었다. 내장이 나온 부상, 화상, 절단 수술
같은 것들. 나는 내가 자신만만하지 못하게 하려고 삼촌이 과
장하고 있는 거라고 의심했다.

나는 의무실에 숨어 있는 사람이 침입자가 들어올 경우에
대비해 출입구가 완고하게 닫혀 있도록 다시 프로그래밍했을
거라고 추측했다. 솔직히 말하자면, 침입자들이 있었다. 환 삼
촌이 몰래 숨겨 들여온 사람들, 가족이 아니기 때문에 여전히
나를 불편하게 하는 사람들. 나는 그들이 얼마나 믿을 만한지
몰랐다. 용병들은 지금 무엇을 하고 있을까?

“그들은 문을 열지 않을 거야.”

민은 명백한 사실을 말했다.

“이 이야기는 당신에게 알리기 싫지만, 환, 난 닫힌 출입구
를 통해서는 아무것도 할 수 없어.”

“그건 안다.”

환 삼촌이 말했다. 그의 목소리에는 뚜렷한 날이 서 있었다.

“하지만 일단 행동을 시작하면, 세나, 세빈, 그리고 나는 네

'홀리기'의 효과에서 확실히 제외해야 해."

"내가 그럴 수 있을지 잘……."

"해내는 게 좋을 거다."

그다음 삼촌은 덧붙였다.

"모두들 뒤로 물러서."

나는 즉시 복종했다. 다른 사람들은 모를지라도 나는 삼촌의 어조를 알아차렸다. '내가 말하는 대로 해라, 그러지 않으면 결과에 대해서 책임지지 않겠다'는 어조. 나는 그런 어조를 자라면서 때때로 들었다. 보통 가모장님이나 우리 부모님한테서였다.

이번에는 환 삼촌의 변신이 즉시 일어나지 않았다. 삼촌은 별의 하얗고 밀도 높은 중심처럼 불타올랐다. 바라보기 힘들었고, 눈을 돌리기도 불가능했다. 그의 인간 모습은 사라져서 일시적인 윤곽선으로 드러났다. 그리고 하얀 호랑이의 육중한 근육투성이 모습이 나왔다.

삼촌은 문을 향해 뛰어올랐다. 발톱이 번뜩이고, 출입구가 경첩에서 갈가리 찢겨 나갔다.

14

출입구가 격벽에서 비틀려 떼어지면서, 금속이 비명을 질렀다. 환 삼촌은 열린 곳으로 재빨리 밀고 들어갔다. 삼촌의 덩치가 지나가기 아슬아슬할 정도의 넓이였다. 충격에 휩싸인 잠시간의 침묵 후, 삼촌에게 사격이 퍼부어졌다. 삼촌의 털이 타는 악취가 났지만, 사격은 삼촌을 쓰러뜨리기엔 역부족이었다.

"지금이야!"

환 삼촌은 사격수들을 향해 덤비며 목청껏 포효했다. 사격수들은 흩어져서 숨기 시작했다.

삼촌이 자기를 따라 하라고 내게 명령했다고 생각해서 나는 잠시 공황 상태에 빠졌다. 그러나 환 삼촌은 내게 말한 게 아니었다. 민은 삼촌의 뒤를 따라 성큼성큼 걸어갔다. 그녀의 얼굴은 하얗지만 결연했다.

"문을 부순 건 미안해요."

민은 의무실에 숨어 있는 사람들에게 말했다. 특별 조사관
이만큼 빠른 말투였다.

"우리는 모두 친구예요, 맞죠? 저는 채원 선장님을 확인하
러 여기 왔을 뿐이에요. 총을 치워요. 이제 나와도 돼요. 안전
해요."

몇 사람이 자세를 바로 하고 숨은 곳에서 슬금슬금 나왔다.
나는 여전히 그들에게 남아 있는 공포의 악취를 맡을 수 있었
지만, 그 공포는 부자연스러운 침착함으로 빠르게 바뀌었다.
그들의 심장 박동은 느려졌고, 숨은 진정되었다. 모두 한 명의
여우령 때문에 달라졌다. 민의 초자연적 능력을 떠올리자 속
이 다시 울렁거렸다.

나는 여기서 환자가 아닌 사람들을 세어 보며 경악을 숨겼
다. 오직 네 명만이 의료 부대 휘장을 달고 있었다. 나머지는
내가 아는 사람들이었다. 학 소위, 지, 남규, 유나. 그들의 팔은
옆으로 느슨하게 늘어져 있었다. 나는 그들에게 총이 세 자루
밖에 없다는 것을 깨닫고 놀랐다. 사격이 환 삼촌에게 빗발처
럼 쏟아질 때에는 총이 더 있는 것 같았다. 유나는 여전히 섬
광 권총을 갖고 있었다. 유나는 자기편도 눈이 안 보일까 봐
섬광 권총을 사용하지 않기로 한 것이 분명했다.

특별 조사관의 흔적은 볼 수 없었다. 이에게 무슨 일이 일
어난 것일까, 아니면 그이는 어딘가 다른 곳에 숨어 있는 것일

까? 나는 삼촌의 주의를 흩뜨리기보다는 입을 다물고 있기로 했다. 삼촌은 인간 모습으로 돌아가고 있었다. 삼촌은 시간이 될 때에 이를 처리할 것이다.

나의 맥박은 여전히 요동치고 있었다. 이번에는 내 예전 동료들이 무방비 상태이기 때문이었다.

'마음을 정해. 양쪽 길을 다 갈 수는 없어!'

나는 짜증이 나서 스스로에게 말했다.

뒤로 물러서 있던 무당이 마침내 자기 개와 함께 들어왔다. 사람들은 실드에게 이상한 눈길을 주었다. 우주 전함에서 반려동물을 보는 것은 매일 있는 일이 아닐 테니까.

나는 무슨 일이 벌어지고 있는지 이해하기 위해 마음을 침착하게 가라앉혀야 했다. 민은 여전히 말하고 있었다. 그녀는 사람들을 설복하는 일을 잘했다. 하지만 민의 요술은 그녀의 말을 지리멸렬하게 만드는 것 같았다.

"화…… 환 선장님은 지휘를 맡기 위해 여기 왔어요."

민이 말을 계속했다. 민이 삼촌의 이름을 말할 때, 그녀의 목소리는 아주 조금 떨렸다.

남규는 어리둥절한 듯 찌푸린 눈썹으로 민을 열심히 보았다. 마치 말이 안 되는 말을 이해하려는 듯한 표정이었다. 나는 '홀리기'가 먹히는 느낌을 기억했고, 남규 때문에 가슴이 아팠다.

환 삼촌이 내게 계획을 설명할 때는 그 계획이 아주 간단하

227 호랑이가 눈뜰 때

고 아주 쉽게 들렸다. 배를 확보한다. 민의 힘을 삼촌의 적들에게 돌린다. 해태호로 부족의 영광을 찾는다.

하지만 그 '적들'은 내 동료들이었다. 지와 유나, 그리고 남규 같은 사람들. 나는 다른 생도들을 겨우 하루 알았을 뿐이었다. 그리고 우리는 가까운 친구 사이도 아니었다. 하지만 그들은 아무 잘못도 하지 않았다. 나처럼 그들은 여기 훈련하러 왔고, 단순히 시기가 나빴기 때문에 치명적인 상황에 휘말렸다. 또한 나는 '홀리기' 효과가 사라질 때의 느낌이 얼마나 끔찍한지 알았다. 아마 환 삼촌은 민과 얽힌 사연이 있을 것이다. 하지만 민을 다른 사람들에게 이용하는 것은 옳지 않았다…….

나는 부상당한 이들을 생각했다. 환 삼촌과 함께 우주군에 맞선다는 신나는 계획은 사라져 버렸다. 이런 대가를 치르고는 그 계획을 끝까지 밀고 나갈 수 없었다.

속이 요동쳤다. 삼촌은 너무 멀리 갔다. 그리고 나도 삼촌과 동조했다.

이런 일을 하기 전에 더 잘 생각했어야 했다. 그러나 돌이키기에 너무 늦지 않았을지도 모른다.

"채원 선장님 한쪽 팔이 부러진 건 사실이야."

남규가 말했다. 그이의 이마에 주름이 졌다.

"하지만 그게 선장님이 지휘를 할 수 없다는 뜻은 아닌데……."

"환 선장님은 승무원들의 도움이 필요해."

민이 말했다. 나는 민이 매끄럽게 넘어갔다는 것을 인정해야 했다.

"채원 선장님은 기절 가스의 후유증을 겪고 있어. 그래서 환 선장님이 지휘하는 게 더 나아. 우리는 지휘 계통에 어떤 혼란도 있기를 바라지 않아, 그렇지?"

남규의 얼굴이 밝아졌다.

"그렇지, 물론 그래."

"문제가 해결되어 기뻐."

민은 입술을 깨물었다. 그리고 물었다.

"부관님은 어디 있어?"

환 삼촌과 함께 일하는 쪽에서 삼촌에게 저항하는 쪽으로 내 계획이 언제 옮겨 갔는지 잘 모르겠다. 아마 삼촌이 해태호를 뺏으려는 음모를 꾸미며 얼마나 멀리 가 버렸는지 깨달았을 때, 혹은 삼촌이 오빠를 사랑하는 민의 마음을 얼마나 가차없이 이용하는지 보았을 때일 것이다. 가족에 대한 충성은 내가 배운 위대한 미덕이 아니었던가?

하지만 가족이 이렇게 행동한다면 이야기가 다르다.

내가 얼어붙은 채 서 있는 동안 학 소위가 부관 애 중령을 가리켰다. 부관은 작고 딱딱한 침대에 누워 있었고, 얼굴은 창백하고 생기 없어 보였다. 누군가가 그이를 치료 유닛에 옮기고 담요로 덮어 놓았다. 눈에 보이는 부상은 하나도 없었지만, 의무실 전체에서 피와 분노의 냄새가 났다. 이 부상자들은 내가 들은 폭발의 불운한 희생자들이 분명했다.

나는 결코 이런 냄새들을 사람에게서 맡아 본 적이 없었다. 오직 우리가 사냥하는 토끼나 들쥐 같은 작은 사냥감들에게서만 맡아 보았다. 우리는 언제나 사냥감들이 괴로워하지 않도록 그들을 재빨리 처리했다. 하지만 여기서는, 고통의 냄새가 곳곳에서 느껴졌다.

민이 이야기하는 동안, 환 삼촌은 손목 통신기에 대고 낮은 목소리로 말했다. 몇 초 뒤, 나는 발소리들을 들었지만 의무실에 있는 사람들은 인지하지 못한 것 같았다. 그러나 그 소리를 영원히 못 들을 수는 없을 것이었다.

여덟 명으로 이루어진 용병 한 분대가 환 삼촌이 할퀴어 열어 버린 출입구에 나타났다. 그들이 나타나자 나는 속이 꼬였다. 용병들의 냄새는 대체로 인간 같았지만, 그들의 갑옷에서 나는 악취에는 낯선 느낌이 있었다. 나는 우리 삼촌이 병력이 너무나 간절해 용병들과 협력했다는 것을 여전히 믿을 수 없었다. 그것은 뭔가 잘못되었다는 사실에 대한 나의 첫 단서였어야 했다.

기회가 있었을 때 나는 민의 생각에 귀를 기울였어야 했다. 환 삼촌과 나의 관계 때문에 민은 내가 같은 편이 되도록 허락하지 않았을 것 같지만 말이다. 나는 변수를 만들 최고의 기회를 놓쳐 버렸다.

그리고 변수가 생겨날 확률은 점점 더 낮아졌다. 나는 용병

대가 도착하기 전에 민과 준을 풀어 주려고 시도했어야 했다. 나는 전사로서는 잘 훈련되었을지 모르지만, 확실히 실전과 의사 결정에 관해선 부족했다.

순이 이모는 언제나 알맞은 때의 좋은 계획은 두 시간 늦은 뛰어난 계획보다 낫다고 말했다. 전에는 이모의 충고를 곱씹어 본 적이 없었다. 이제 나는 그 속담의 지혜를 알 수 있었다.

"우리는 장교님을 새로운 선장으로 받아들입니다."

학 소위가 아무렇지도 않게 환 삼촌에게 말했다. 환 삼촌은 통쾌해하느라고 시간을 낭비하지 않았다.

"훌륭하군. 너는 내 개인 경비대에도 복종해야 한다."

삼촌은 딱정벌레 같은 갑옷을 입은 용병대 쪽에 손짓했다.

"물론입니다, 선장님."

잠시 동안 학의 눈에 의심이 스쳤다. 그러나 민이 학 쪽으로 밝은 미소를 짓자 의심은 가라앉았다. 나는 민의 압도적인 죄책감을 냄새로 맡을 수 있었다. 민은 설득력 있는 배우였다. 하지만 실드의 요술이 민의 요술을 억제하고 있는 중에는 쉽게 자신의 냄새를 조종할 수 없었다.

"이제 마무리를 지어 볼까."

환 삼촌은 나를 바라보며 말했다. 끔찍하게 느껴지는 한순간 동안, 나는 삼촌이 나를 죽일 거라고 생각했다. 비록 내가 지금까지 삼촌 편이었고 호랑이들은 생각을 읽을 수 없지만 말이다.

환 삼촌의 입은 냉소로 구부러졌다. 이곳의 최상위 포식자 같은 그는 나의 불안을 알아차리지 못했다.

"특별 조사관 이는 여전히 잡히지 않았다."

삼촌이 말했다. 나는 욕이 나오려는 것을 꾹 참았다. 삼촌은 결국 알고 있었던 것이다. 이가 잡히지 않은 것은 삼촌에게 대항할 좋은 기회일 수 있었다.

"세빈, 육과 함께 이를 추적해 잡아서 내게 데려와라."

삼촌은 근처 테이블에서 슬레이트를 집어 들어 어떤 명령을 입력하더니 내게 건네주었다.

"감시 시스템을 뚫고 이를 추적할 수 있도록, 너에게 일급 보안 승인을 지정했다."

용병 하나가 무리에서 떨어져 나왔다. 그이의 헬멧에는 이상한 육각형 기호가 그려져 있었다. 이 자가 '육'일 것이다. 그이에게서는 십 대 후반 같은, 아마도 나보다 몇 살 많은 듯한 냄새가 났다. '천 개의 세계'에 열세 살짜리 생도가 있으니, 태양 부족에도 어린 군인이 있을 수 있다고 나는 생각했다.

"지, 남규, 유나 생도도 함께 데리고 가고 싶습니다. 그래도 된다면요, 선장님."

나는 재빠르게 생각하며 말했다.

"그들에게는 각자 유용하게 쓸 만한 전문 분야가 있습니다."

내게 가장 필요한 사람은 지였다. 하지만 내가 그냥 친구들과 함께 가고 싶어 한다고 삼촌이 생각한다면, 삼촌은 의심하지 않을 것이었다. 삼촌은 고민했다.

"그러면 그 전문 분야들은 뭐지……?"

"통신입니다."

지가 말했다.

"의료입니다."

남규가 말하면서 응급 키트를 들어 올렸다.

"무기입니다. 저는 총을 잘 씁니다."

유나는 자신의 섬광 권총을 내려다보더니, 얼굴이 붉어졌다.

"남규 생도, 자네는 여기서 아주 쓸모가 있다."

환 삼촌이 남규에게 말했다.

"하지만 지와 유나는 세빈과 함께 갈 것이다."

지와 유나는 환 삼촌에게 쓸모가 없다는 듯한 암시를 받고 나는 움찔했다. 유나의 입이 일그러지는 것을 보니, 유나도 알아차린 것 같았다. 하지만 그녀는 아무 말도 하지 않았다. 지를 보니, 그는 나와 다시 함께하게 된 것을 불편해하는 듯했다.

지와 유나가 삼촌에게는 쓸모가 없을지도 모르지만, 내게는 쓸모가 있었다. 유나는 육이라는 젊은 용병에 대항해 나를 도와줄 수 있었다. 나는 육의 임무가 우리를 감시하는 것이라고 확신했다. 나는 환 삼촌이 유나의 사격 능력을 과소평가하고 있다고 생각했다.

지로 말하자면, 그는 내 계획의 핵심 인물이었다. 일단 배가 게이트에서 나오면, 우리는 가장 가까운 정거장이나 다른 배로 통신을 보내 도움을 요청할 수 있을 것이다. 환 삼촌이 내게 지를 맡겼다는 사실은 삼촌이 나를 믿을 만하다고 여긴다는 뜻이었다. 새로운 결심을 했지만, 삼촌에게 등을 돌리는 것은 기분이 썩 좋지 않았다. 하지만 나는 삼촌을 막을 수 있는 일이면 뭐든지 해야 했다.

"저희는 떠나겠습니다, 선장님."

나는 공들여서 올바른 자세로 경례하며 환 삼촌에게 말했다. 나는 내 가슴이 쿵쾅거리는 것을, 겨드랑이에 땀이 고이는 것을 삼촌이 알아차리지 못하기를 바랐다. 이 모든 일이 다 끝나면 나는 세상에서 가장 긴 샤워를 해야 할 것이다.

"가라."

환 삼촌은 상냥하게 고개를 끄덕이며 말했다.

우리는 민에게 지시를 내리는 삼촌을 떠났다. 무당은 삼촌 옆에 동상처럼 서 있었다. 그들 셋의 모습은 잊지 못할 것이다. 권력의 정점에 있는 환 삼촌, 내가 그랬던 것처럼 삼촌과 공모하는 무당, 위협받아 삼촌의 부하가 된 민.

'내가 이걸 바로잡아 놓겠어.'

복도를 향해 들어가면서 나는 다짐했다.

나는 지와 유나에게 민의 요술이 얼마나 오래 영향을 미칠지 몰랐다. 환 삼촌이 내게 맡긴 육을 포함해서 지와 유나까지 조심해야 했다. 만약 내가 삼촌에게 반대하는 행동을 보인다면, 그들 셋은 나를 공격할 수도 있었다.

우리가 의무실에서 소리가 안 들리는 곳으로 오자마자, 나는 용병에게 돌아서서 물었다.

"네 이름은 정말로 육이야……?"

용병은 걸걸한 목소리로 대답했다.

"당신은 제 진짜 이름을 발음할 수 없습니다, 세빈 생도."

그이는 억양이 좀 강했다. 하지만 나는 그이의 말을 충분히 이해할 수 있었다. 그이는 내 이름을 부르는 데 전혀 문제가 없었다. 육이 덧붙였다.

"육이라는 이름은 문자 그대로 '여섯째로 태어났다'는 뜻입니다. 그러니 육이라는 이름이 크게 잘못된 건 아닙니다."

나는 불편한 마음으로 육에게 미소 지으면서, 그이의 얼굴을 볼 수 있으면 좋겠다고 바랐다. 또 한편 생각해 보면, 만약 내가 적의 배에 탔다면 나도 보호용 헬멧을 썼을 것이다. 순이 이모와 훈련을 할 때 나는 헬멧이 시야를 방해해서 언제나 아주 싫어했다. 그러나 여기서 삼 대 일로 밀리고 호랑이 모습일 때의 발톱과 이빨밖에 무기가 없는 처지가 되자, 보호용 헬멧이 간절해졌다.

"하여간 나는 네 진짜 이름을 말해 보고 싶어."

나는 육에게 말했다. 누군가의 이름을 알지도 못하고 함께 일하는 것은 외국인이라고 해도 매우 무례한 일일 것이다. 나는 육이 나보다 나이가 많은지 알 수 없었다.

"로쿠로입니다."

용병이 말했다.

"하지만 정말로, 육도 괜찮습니다."

나는 그이의 목소리에서 기분을 전혀 짐작할 수 없었다. 그이의 목소리는 아주 단조롭게 들렸다.

"우리 민족은 당신들이 쓰는 대명사 편을 사용하지 않습니다. 당신은 저를 '그이'라고 부르면 됩니다. 그게 가장 간단할 겁니다."

"로쿠로."

나는 말했다. 그렇게 어렵지 않았다.

"아주 잘하시는군요."

로쿠로가 인정했다.

"특별 조사관 이가 마지막으로 보인 곳이 어디입니까?"

용병이 생도의 지휘를 따라야 하는 것을 싫어할 수도 있을 것 같은데, 그이는 그런 티를 내지 않았다.

나는 감사의 말을 힘겹게 삼켰다. 아무리 협력자를 원해도, 약한 마음에 굴복해서 누군가를 믿을 수는 없었다.

나는 환 삼촌이 준 슬레이트를 확인했다. 그 슬레이트는 모든 직원들의 위치를 내게 보여 주었다. 나는 슬레이트를 지에게 건네주었다.

"이가 지금 어디 갔는지 알아낼 수 있나 확인해 봐. 그리고 우리가 가고 있다는 걸 이가 모르게 해. 환 선장님이 우리에게 준 보안 승인으로 할 수 있는 것을 생각해 봐!"

내가 말하자 지의 얼굴이 환해졌다.

"이는 여기 있어."

지는 빠르게 명령들을 입력한 뒤 말했다. 그가 여우 요술의 영향으로 나와 함께 일하는 것이 다행이었다.

"문을 고장 내서 이가 돌아다니지 못하게 할까?"

"지난 두어 시간 동안 이의 움직임은 어땠어?"

내가 물었다. 지는 음조가 맞지 않는 콧노래를 소리 죽여 부르며 배의 기록에 접속했다.

"이거 이상한데. 이는 다시 함교로 향하고 있어." 지가 나를 쳐다보며 말했다.

"그건 의미 없을 텐데." 유나가 말했다.

"이는 그곳에 가지 않는 게 좋을 텐데요. 우리의 지도자 우치다 선장님이 그곳을 이미 확보했을 겁니다." 로쿠로가 말했다.

민에게 시간을 벌어 달라고 부탁할 수 있으면 얼마나 좋았을까. 그러나 민과 내통하려고 했다면 환 삼촌의 의심만 불러일으켰을 것이다. 나는 환 삼촌이 민의 초자연적인 힘을 이용해 승무원들을 조종하려는 데 한동안 바쁠 거라고 믿어야 했다. 그동안 삼촌의 용병들은 함교를 지키고 있을 것이다.

"이가 그곳에 도착하기 전에 우리가 가야 할 거야."

내가 말했다. 로쿠로는 머리를 기울였다.

"맞습니다. 그리고 제 동료들과 협력해야죠. 우리는 이를 둘러쌀 겁니다."

멋지군. 그러면 나는 수적으로 훨씬 더 압도될 것이다. 하지만 나는 그 말을 할 수 없었다.

엘리베이터로 가면서 대화는 멈추었다.

"이는 지금 어디 있어?"

엘리베이터에 타면서 나는 지에게 입 모양으로 물었다.

지는 우리가 지도를 볼 수 있도록 슬레이트를 내밀었다. 조사관은 함교에서 조금 뒷걸음질 친 곳에서 멈추었다. 나는 조사관이 전자 기기를 쓰거나 직접 살펴봐서 정찰을 했다고 확신했다. 조사관이 그냥 그곳으로 들어갈 리 없었다.

"우리는 찢어져서 이를 양쪽 끝에서 가로막아야 해."

내가 말했다. 로쿠로가 밋밋한 목소리로 답했다.

"그건 마음에 들지 않는데요."

"그게 최선의 방법이야. 지는 나랑 가고, 유나는 로쿠로를 지원해."

내가 말했다. 지를 혼자 차지하려고 하는 것이 들키지 않기를 바랐다.

"지와 나는 북쪽 끝을 맡을게. 로쿠로와 유나는 남쪽에서 이를 차단해."

"행동할 시간이군. 아무도 나한테 진짜 무기를 주진 않았지만 말이야."

유나가 간절히 말했다.

"정 원한다면 그렇게 하겠습니다."

로쿠로는 기분이 안 좋은 듯이 말했다. 로쿠로와 유나는 짧게 상의하더니 함께 떠났다. 내 계획이 들어맞고 있었다!

우리는 이가 기다리고 있는 옆 통로를 향해 해태호의 복도를 살살 기어갔다. 나는 조사관이 무엇을 하고 있는지 알 수 없었다. 지는 환 삼촌이 우리에게 준 높은 권한의 접근권을 써서 카메라 하나를 해킹했다. 하지만 그것은 상황을 이해할 만한 정보를 하나도 주지 못했다.

이는 비상 로커 중 하나의 안을 뒤지고 있는 것 같았다. 이는 흐트러진 모습이었다. 얼굴에는 머리카락이 제멋대로 늘어졌고, 옷은 헝클어졌으며, 피부에는 때가 줄줄 흐르고 있었다. 심지어 그 독특한 노란 다융도 부츠도 말라비틀어져 있었다.

나는 얼굴을 찌푸렸다.

"이가 뭘 찾고 있는 거지? 저 안에 비밀 무기가 있지는 않을 텐데."

어쩌면 총을 막을 개인 방패라도 찾고 있는 걸까?

"우리가 신경 쓸 건 아니잖아."

지가 말했다. 그는 나의 지시를 기다리고 있었다. 이것이 선장이 된 기분일까?

선장이 된 것 같은 순간은 기분 좋은 순간이어야 했다. 하지만 불행히도 그 순간은 내가 지에게 비밀을 감추고 있다는 생각으로 망쳐졌다. 비밀을 감춰야 할 타당한 이유가 있기는 했지만 말이다. 또 한편 생각해 보면, 환 삼촌도 자기의 계획에 아주 타당한 이유가 있다고 생각했을 것이다.

"가자."

나는 거칠게 말했다. 우리는 복도 끝에 닿아 최대한 조용히 살금살금 걸었다. 나는 다시 머리가 아프기 시작했다.

이는 보이는 곳 아무 데도 없었다. 우리는 비디오를 다시 확인했다. 비디오는 여전히 옷장에서 소란을 피우고 있는 조사관을 보여 주었다.

우리는 속았다.

"알리고 싶지 않지만."

지가 헛기침을 하며 말했다. 그 소리가 놀랄 정도로 커서, 나는 막 지를 책망하려던 차였다.

"아래 뭔가 있어……."

너무 늦었다. 내 발이 떨어지는 순간, 주위가 폭발했다.

15

나는 천천히 정신이 들었다. 마치 머리가 부서져서 퍼즐 조각이 되었는데 누군가가 아무렇게나 다시 맞추고 있는 느낌이었다.

"……정신이 들고 있군."

어떤 목소리가 말했다. 익숙한 목소리였다. 그러나 온몸이 너무 아파서 눈을 뜨고 현실을 직시하고 싶지 않았다. 나는 내 머리뼈를 안에서부터 부숴 버리겠다고 위협하는 두통에 굴복하기보다는 나를 내리덮었던 어둠의 부드러운 담요 속을 파고들려고 했다.

더 많은 퍼즐 조각들이 나타났다. 나는 주위를 빙빙 도는 공기의 가벼운 움직임을 느낄 수 있었다. 우주선 공기의 특징인 알싸한 금속 냄새가 났고, 땀과 배기가스의 악취로 불쾌한 맛이 느껴졌다. 그 악취의 일부는 나한테서 난다는 것을 깨달았다. 그래, 사실 악취의 대부분이다.

나는 눈을 떴다가 빛 때문에 움찔했다. 두통이 있건 없건 현실에서 영원히 도피할 수는 없었다. 도피하는 것이 좋은 생각처럼 보여도 그랬다.

나는 작은 사무실 또는 누군가의 선실 안에 갇혀 있었다. 그 누군가는 물건 쌓아 두길 좋아하는 성격 같았다. 필통에는 예비 터치 펜들이 담겨 있는가 하면, 하나뿐인 책상에는 응급 키트들이 혼란스럽게 흩어져 있었다. 나는 간이침대에 벨트로 묶여 누워 있었다. 실험 삼아 벨트에 힘을 줘 보았지만 벨트는 움직이지 않았다.

"그 함정은 내가 의도했던 것보다 더 세게 너를 맞혔어."

특별 조사관 이가 말했다. 이는 내 위쪽에 서 있었고, 생각에 잠긴 표정을 짓고 있었다. 적어도 비디오 방송에서 본 이의 모습은 정확했다. 옷차림은 헝클어져 있었고, 옷을 갈아입어야 할 것 같았다.

조사관의 빠른 말투를 따라가는 것은 힘들었지만, 나는 집중하려 했다. 이가 흘릴지도 모르는 단서를 하나도 놓칠 수 없었다.

함정. 그것은 내가 어떻게 정신을 잃고 나가떨어졌는지 설명해 주었다. 이제 기억이 났다. 이는 감시 시스템을 고장 냈다. 그래서 감시 시스템으로는 이가 로커를 뒤지고 있는 것처럼 보였다. 우리를 복도로 끌어 들이기 위한 속임수였다. 이에게는 배선을 건드리거나 뭔가를 조작해 둘 시간이 아주 많았다. 그 속임수에 속아 버린 내가 어리석었다.

그래도 특별 조사관이 원하던 곳에서 나를 잡았다는 것은, 나도 원하던 곳에서 그이를 잡았다는 뜻이었다. 나는 그이에게 미소를 지었지만, 그러자 내 머리가 더욱 심하게 둥둥 울렸다. 아마 미소가 아니라 찡그린 표정이 나왔을 것이다.

"다른 사람들은 어디 있지요?"

"생도들과 용병을 말하는 거라면, 그들은 달아났어. 그들은 환에게 강요당했겠지."

이가 나를 노려보며 말했다. 나는 이에게 해야 할 질문이 아주 많았다. 지금 묻기 시작하는 것이 좋을 것 같았다.

"당신의 조수가 구미호라는 사실을 언제부터 알고 계셨지요?"

나는 쏘아붙였다. 이는 움찔하지도 않았다.

"그건 나한테 비밀이었던 적이 없어."

"그러면 민을 여기 일부러 데려오셨군요. 그녀가 여우 요술을 저를 비롯한 사람들에게 쓸 거라는 걸 알면서요."

이는 한숨을 쉬었다.

"그건 확실히 역효과였어. 너는 언제 그걸 알아냈지?"

"민의 요술이 제게서 닳아 없어졌을 때요. 저는 옛날이야기를 조금 알거든요."

누군들 안 그렇겠는가? 하지만, 내게 필요한 답은 그것만이 아니었다.

"민은 지금 끔찍한 곤경에 빠져 있어요."

준도 곤경에 빠져 있다. 이는 그 귀신에 대해서 알고 있을까? 나는 궁금해졌다. 그러나 나는 민이 더 큰 곤경을 겪게 하고 싶지 않았다. 그래서 민의 오빠에 대해서는 언급하지 않았다. 하여간, 내게는 더 긴급하게 논의할 것이 있었다.

"환 삼촌은 민을 위협해서 승무원들에게 '홀리기'를 쓰도록 했어요. 생도들에게도요. 삼촌은 민에게 모든 사람을 세뇌하도록 시킬 거예요. 삼촌이 해태호를 가지고 도망칠 수 있도록요."

이의 눈썹이 날아오를 듯이 올라갔다.

"네가 그걸 걱정하고 있다고?"

이는 믿지 못하겠다는 기색을 숨기려는 시도조차 하지 않았다.

"그런데 왜 너는 영향을 받지 않았지?"

나는 이에게 쏘아붙이고 싶은 충동을 억눌렀다. 평정을 잃지 않는다면, 내가 그이 편이라고 설득할 좋은 기회가 생길 터였다.

"환 삼촌은 제가 자기편이라고 생각했어요. 삼촌은 민에게 적들을 '홀리게' 시켰죠. 하지만 삼촌 자신과 저, 함께 일하는 무당은 '홀리지' 않도록 했어요."

생각에 빠져 침묵을 지키던 이는 나에게 계속하라는 손짓을 했다.

"민이 저를 감금실에 남겨 둔 뒤에, 환 삼촌이 나타나서 자기에게 협력하는 데 동의하면 저를 풀어 주겠다고 제안했어요. 저는 배가 공격받는데 감방에 박혀 있고 싶지 않았죠. 그리고…… 그 당시에 저는 여우령에 반대해서 행동하는 삼촌이 옳다고 생각했어요. 삼촌이 민을 협박하고 민의 힘을 자기 목적을 위해 사용하기 시작했을 때, 삼촌이 틀렸다는 걸 깨달았고요."

나는 침착하게 말했다. 이가 "흠." 하더니 말했다.

"흥미로운 이야기야. 거의 그럴듯해."

나는 움찔하고 놀랐다. 나는 진실을 말하고 있다고 항의할 수도 있었다. 그러나 만약 이가 나를 믿지 않는다면 무슨 의미가 있겠는가? 그리고 이런 불리한 입장에서 이를 협박해 봤자 의미가 없을 것이다. 간청하거나 비는 것도 소용없어 보였다. 게다가, 나의 고백이 좋은 인상을 주지 못했다는 것을 나도 잘 알고 있었다. 불편한 몇 초가 흐른 뒤 내가 말했다.

"들어 보세요. 환은 제 삼촌이지만, 나쁜 일을 하고 있어요. 저는 이제 그걸 깨달았어요. 더 일찍 알았으면 좋았겠다고 생각해요. 무엇 때문에 삼촌이 자기 의무를 등지게 되었는지, 삼촌과 민 요원 사이에 어떤 사연이 있는지 저는 몰라요."

나는 침을 꿀떡 삼켰다.

"하지만 저는 우주군의 일원입니다."

아직 선서를 하지 않았지만, 하고 속으로 생각했다.

"저의 첫 번째 의무는 '천 개의 세계' 전체에 대한 것입니다. 제 가족이 아니라요."

손의 흉터가 너무 아팠다. 다시 피가 흐르는 것 같았다. 이가 얼굴을 찌푸리며 말했다.

"난 네가 진실을 말하고 있다고 생각해. 그래서 난 매우 불편한 입장에 처하게 되었단 말이야."

"무슨 뜻입니까?"

"나는 환이 여기로 너를 따라왔으면 하고 바라고 있었어."

이는 자신의 말을 내가 이해할 때까지 기다렸다. 정신이 휑해졌다가, 이가 한 말의 뜻이 이해되기 시작했다. 나는 화가 나서 날카롭게 물었다.

"저를 미끼로 사용하신 겁니까?"

"그래. 하지만 너만 미끼로 사용한 건 아니야."

이는 무겁게 대꾸했다. 그렇게 말한다고 내 기분이 조금이라도 나아지나?

"환은 얼마 동안 우리를 교묘히 피해 다녔어. 그가 죽었다고 생각한 유령 섹터에서 사라진 다음, 언제나 우리보다 한발 앞서서 다시 나타났지. 우리는 그가 민에게 원한을 품고 있다는 것을 알았어. 민이 드래곤 펄을 찾으려던 그의 계획을 망쳐 버렸기 때문이지. 하지만 그는 민의 요술을 알아 버렸고 민을 계속 피했어. 우리는 너희 가족이 매우…… 결속력이 강하다는 걸 알았지. 그래서 우리는 인맥을 동원해 너를 그의 앞에 잠재적인 공모자로 데리고 왔어. 그러자 마침내 그는 우리 앞에 나타났지."

나는 이가 '결속력이 강하다'는 말 대신 무슨 말을 하려고 했는지 궁금했다. 하지만 이의 말에 끼어들고 싶지 않았다.

나는 우주군에 생도로 합격했다는 소식을 받고 얼마나 행복했는지 돌이켜 생각했다. 그리고 내가 선서를 하기 전에 채원 선장이 사라져 버린 것도. 이 모든 것이 가짜였단 말인가? 내가 입은 제복까지?

"저는 진짜 생도가 아니군요, 그렇죠?"

내 목소리는 떨리고 있었다.

"당신들이 환 삼촌을 잡기 위한 미끼였을 뿐이군요."

"아니, 아니야."

이가 말을 가로막았다. 그이의 얼굴이 괴로움으로 일그러졌다.

"네 입대 허가는 진짜였어. 애초에 네 지원서가 우리에게 계획의 아이디어를 주었어. 하지만 불행히도, 우리는 환이 민을 제압하기 전에 그를 막는 데 실패했어."

"노란돌의 비상사태…… 그건 진짜였나요?"

"진짜고말고. 보통 때라면, 너와 지는 오리엔테이션을 받기 위해 남고 해태호는 목적지를 향해 달려갔을 거야. 환은 우주 기지에는 관심이 없었어. 하지만 배라면? 그래, 그는 선장 시절을 기억하고 있었어. 그는 배를 차지하기 위해서라면 어떤 위험도 무릅쓸 거였어."

나는 이를 뚫어지게 바라보았다.

"네, 저에 대한 계획은 들어맞았네요."

나는 쓸쓸하게 말했다. 환 삼촌은 분명히 내가 어디에 배치되었는지 알게 되었을 것이고, 해태호를 좋은 납치 목표로 판단했을 것이다.

"우리는 너희 가족을 오랫동안 관찰하고 있었어."

이가 말했다. 그 말은 내 머릿속의 고통을 완화해 주지 못했다.

"주황 호랑이 부족의 가모장은 무자비한 성격과 음흉한 행동으로 유명하지. 너희 가모장의 영향력은 '천 개의 세계' 전체에 뻗어 있어. 하지만 그녀는 언제나 너무 영리해서 범죄를 저지르고도 꼬투리를 잡히지는 않았지. 그리고 드래곤 펄 사건으로 이탈하기 전까지는, 환도 언제나 규정상으론 올바르게 보였어."

이런 말을 들어 봤자 더 비참해질 뿐이었다. 내 가문 전체가 뿌리까지 썩어 있었단 말인가? 심지어 우리 부모님과 순이 이모도?

나는 어린 시절을 돌이켜 생각했다. 나타난 적이 아무도 없었지만 적에 대비해 준비되어 있어야 한다는 끊임없는 강조, 군사 훈련들, 다른 무엇보다도 가족에 충성해야 한다는 말, 가모장님의 위압적 태도, 그리고 가모장님에게 온 수수께끼의 소포들. 정황 증거일 뿐이지만, 모두 들어맞았다.

증거를 요구할 수도 있었지만, 나는 이의 말이 진실이라는 것을 알았다.

이는 내 얼굴에서 생각을 읽은 것이 틀림없었다. 그이는 부드럽게 말했다.

"생도, 내가 널 잘못 판단했다. 네가 네 가족에게 세뇌되었다고 생각하는 대신 너와 함께 일했다면……."

"아직도 늦지 않았습니다."

내가 말했다. 조사관의 말은 나를 아프게 했지만, 이제 모든 패를 테이블 위에 펼쳐 놓을 때였다.

"민이 귀신 오빠와 함께 다니고 있는 것을 아십니까?"

"알고 있어."

이가 말했다. 그러곤 나를 쳐다보더니 덧붙였다.

"너를 벨트에서 풀어 주는 게 낫겠다."

이가 벨트에서 나를 풀어 주는 동안, 환이 세나와 실드를 이용해서 민을 협박해 승무원들을 자기를 위해 '홀리게' 한 이야기를 빠르게 설명했다.

"저는 조사관님에게 도움을 요청하러 가고 있었습니다. 불행히도……."

내가 말했다. 갑자기 이는 똑바로 선 뒤 조용히 하라고 손가락을 입술에 댔다. 이는 아직 나를 다 풀어 주지 않았다.

나는 즉시 조용해졌다. 나는 어린 시절부터 이런 일에 아주 익숙했다. 적어도…… 훈련되어 있었다. 논쟁을 해야 할 때가 있었고, 명령을 따라야 할 때가 있었다.

출입구가 쓱 열렸다. 나는 이에게 집중하고 있어서 사무실 밖에서 나는 소리를 놓치고 있었다. 나는 부주의했던 나를 책망했다.

특별 조사관은 욕설을 하며 책상 뒤로 몸을 숙였다. 하지만 조사관의 반사 신경은 너무 느렸다. 한 번도 보지 못한 종류의 검푸른 자주색 광선이 공중에 호를 그리며 지글지글 소리를 내며 조사관에게 명중했다. 조사관은 이해할 수 없는 말을 간신히 한마디 하더니, 쿵 소리와 함께 쓰러졌다.

나는 벨트에서 몸을 풀어내리려고 애썼다. 으르렁거리면서 호랑이 모습으로 변해 힘으로 벨트를 끊어 버렸다. 무사해서 다행이었다. 내 몸에 너무 작은 벨트 속에서 바보같이 변신하느라 한쪽 다리를 잃었다면 정말 재수 없었을 것이다.

로쿠로, 유나, 지가 밀려들어 왔다. 로쿠로는 권총 같은 것을 휘두르고 있었는데, 아직도 총구 주변에서 자줏빛 불꽃이 춤추고 있었다. 나는 불안해하며 그것이 얼마나 치명적일지 생각했다. 만약 로쿠로가 이를 죽였다면 어쩌지?

"거기 있었구나!"

지가 외쳤다. 그에게서는 강한 불안의 냄새가 났다.

"이가 너를 죽이거나 어떻게 하기 전에 우리가 도착해서 다행이야."

유나는 사무실 대부분을 차지하고 있는 내 모습에 당황하지 않고 무릎을 꿇더니 부서진 벨트 하나를 집어 들었다.

"이가 너를 고문하고 있었던 거야?"

유나가 물었다. 그녀의 목소리는 화가 나서 높아졌다.

지와 유나, 어쩌면 로쿠로까지도 여전히 '홀려' 있는지에 대해 내가 품었던 의문은 해소되었다. 나는 민 요술의 지속성에 놀랐다. 나는 비좁은 선실 속에서 몸을 돌리려고 하다가 다시 인간으로 변신했다. 손목, 발목, 갈비뼈가 아팠다. 그래도 두통은 물러가고 있었다.

"이는 살아 있어?"

이를 살펴보며 내가 물었다. 로쿠로는 무릎을 꿇고 이의 맥박을 확인했다.

"네."

로쿠로는 특유의 밋밋한 목소리로 말했다. 그이는 특별 조사관을 들어 올려 내가 몇 분 전까지만 해도 묶여 있었던 야전 침대에 놓고 묶었다.

'미안해요.'

나는 이를 보며 생각했다. 그러나 로쿠로를 막을 좋은 변명거리를 생각해 낼 수 없었다. 만약 내가 의심을 불러일으킨다면 이 용병은 나도 여기에 가둘 것이다. 그런 일이 일어날 위험을 무릅쓸 수는 없었다.

"이제 어쩌지?"

유나가 물었다. 유나는 출입구를 총으로 방어하고 있었다.

"그렇게 경계하는 건 좋은 생각이야."

나는 출입구 쪽을 향해 고개를 한 번 끄덕이며 유나에게 말했다. 그러자 유나는 내게 의기양양한 미소를 지었다. 유나의 눈 가장자리가 희미하게 빛났다. 유나는 이 상황을 즐기고 있었다.

"함교를 살펴보자."

나는 이를 뒤에 남겨 놓고 떠나기 싫었다. 그러나 내가 다음 계획을 생각해 내는 동안 그이가 숨을 거둘 것 같지는 않았다. 그래도 혹시 몰라 물어볼 수밖에 없었다.

"로쿠로, 그 무기는 영구적인 피해를 남기는 거야?"

용병의 목소리는 마치 화가 난 것 같았다.

"기절 장치는 당신네 시간으로 한두 시간 정도 지나 효력이 닳아 없어질 때까지 특별 조사관을 꼼짝도 못 하게 할 겁니다. 영구적인 피해는 없습니다. 하지만 조사관이 가까운 거리에서 맞았다면……."

로쿠로는 어깨를 으쓱했다. 알아 두면 쓸모 있는 정보였다.

"고마워." 내가 말했다.

앞으로의 일은 내 계획에서 가장 해내기 어려운 부분일 것이다. 내가 만나는 모든 사람이 환 삼촌 편이라고 가정해야 하기 때문이다. 혹은 그들이 아직 민에게 '홀리지' 않은 경우라면, 그들은 내가 환 삼촌 편이라고 생각하고 나를 보자마자 공격할 것이다. 흥미로운 곤경이다.

"우리 환 선장님에게 다시 보고해야 하지 않아? 어쨌건 우리는 임무를 달성했잖아."

유나가 쓰러진 조사관의 몸 쪽으로 코를 찡그리며 물었다.

유나는 중요한 점을 짚었다. 나는 환 삼촌의 명령을 따를 생각이 없지만. 내가 말했다.

"내가 선장님에게 메시지를 보낼게."

"여기 슬레이트 있어."

지가 순순히 자기 것을 내게 넘겨주며 말했다. 나는 내가 하는 일을 그가 볼 수 없도록 몸으로 가렸다. 그는 내가 보고를 위조하는 것을 잘 알아차릴 것 같았다. 나는 지와 다른 사람들에게 거짓말을 하는 것이 싫었다. 하지만 내가 민을 구출해서 '홀리기'의 효과를 풀 때까지는 다른 대안을 찾을 수 없었다.

민은 스스로 위기에서 벗어나 내 수고를 덜어 줄지도 모른다. 하지만 불행히도, 나는 그 가능성에 의지할 수 없었다. '언제나 최악의 경우를 대비한 계획을 짜라.' 우리 가족은 내게 그렇게 말하곤 했다. 이 전함에서 그 말은 아주 훌륭한 충고로 느껴졌다. 내가 우리 가족의 충고를 삼촌에게 대항해 사용하고 있다는 것은 아이러니했다. 환 삼촌은 민을 완전히 제압했다. 삼촌이 경계를 푸는 순간, 민은 삼촌의 목을 노릴 것이다. 그러니 민이 스스로 풀려나기를 바라는 것은 소용이 없었다.

나는 재빨리 우리의 성공에 대해 간단히 써 넣었다. 그다음 그 메시지를 환 삼촌에게 보내는 대신 임시 저장함에 남겼다. 만약 지가 나중에 확인한다면 내가 실수를 했다고 생각하기를 바라면서.

손바닥에 땀이 나고 있었다. 나는 권위적인 목소리를 내려고 애쓰면서 말했다.

"환 선장님이 많은 일을 하시는 동안, 우리는 선장실을 살펴보는 것으로 선장님의 수고를 덜어 드릴 수 있을 거야."

잘못될 수 있는 일들은 아주 많았다. 함교를 지키고 있는 용병들이 이미 선장실을 살펴보았다고 말할 수도 있었다. 아니면 우리가 들어가지 못하도록 막을 수도 있었다. 하지만 나는 그들이 선장실을 수색하라는 명령을 받지 않고, 그냥 그곳을 지키라는 명령만 받았다는 데 걸고 도박을 하고 있었다.

로쿠로의 행동으로 판단할 때, 용병들은 규칙대로 하는 타입일 것 같았다. 나는 함교를 지키고 있는 용병들 중에서 다루기 힘든 사람이 없었으면 하고 바랐다. 로쿠로의 선장 우치다는 눈에 보이는 모든 것을 때려 부수는 종류의 사람은 아니겠지? 환 삼촌이 일을 제대로 했다면, 아마 아닐 것이다. 삼촌은 일을 가장 믿을 만한 전사에게 맡겼을 것이다.

나는 로쿠로의 얼굴을 보고 싶었다.

"정 원하신다면 선장실을 살펴보겠습니다."

로쿠로는 사람 미치게 하는 중립적인 목소리로 말했다.

"나한테는 좋은 생각같이 들리는데."

지는 나를 불편하게 바라보기는 했지만 그렇게 말했다.

"앞장서. 내가 후미를 맡을게."

유나가 씩씩하게 말했다. 로쿠로는 말없이 뒤로 처져 유나
와 합류했다.

유나는 눈을 굴리더니, 로쿠로가 머리를 돌렸을 때 내게 윙
크했다. 등 뒤에 낯선 사람만 두지 않게 되어 다행이었다. 유
나도 아주 잘 아는 건 아니지만. 내가 해태호에 겨우 하루밖에
있지 않았다는 사실을 믿기가 어려웠다. 심지어 하루도 안 되
었다.

우리가 함교로 가는 동안, 마치 우리가 언제라도 공격당할
지 모르는 상태인 것처럼 내 심장은 두근거렸다. 배에서 조그
만 찰카닥 소리와 신음 소리가 날 때마다 지가 깜짝 놀라는 것
도 별 도움이 되지 않았다. '홀리기'에 당하지 않은 승무원들
이 기습할 계획을 짜고 있는지 알 도리가 없었다. 특히 용병
한 명과 동행한다는 사실이 우리가 어느 편인지 분명히 보여
주었기 때문에 걱정이 되었다.

우리는 멀쩡히 도착했고, 이번에는 함교가 완전히 달라 보
였다. 쓰러진 사람은 하나도 없었고, 전투와 절망의 기운도 없
었다. 번쩍이는 붉은빛도 아까보다는 덜 긴박해 보였다.

네 명의 용병이 경계 근무를 서고 있었다. 그들의 대장은 다른 용병들과 다른 헬멧을 쓰고 있었다. 찡그린 도깨비나 악마 같은 모양의 가면이 있는 헬멧이었다. 험악한 모습의 그 헬멧은 밝은 붉은색으로 빛났다.

'이 사람이 우치다 선장임이 틀림없어.'

나는 생각했다. 로쿠로는 자기 가슴을 엄지손가락으로 건드렸다. 나는 긴장해서 하마터면 호랑이로 변신할 뻔했다. 다른 네 명의 용병이 로쿠로의 행동을 흉내 내자 발에 힘을 주어 참았다. 이 행동은 그들 사이에서 경례로 통용되는 것 같았다.

그들은 자기네 말로 대화했다. 나는 그들이 뭐라고 말하는지 알 도리가 없었기 때문에, 침착하려고 애썼다. 나는 지가 받은 훈련에 용병들의 언어가 포함되어 있었는지, 그가 내게 번역을 해 줄 수 있는지 궁금해하며 지를 곁눈질했다. 지는 나와 눈길을 마주치더니 고개를 흔들었다. 그런 행운은 없는 것 같았다.

유나가 내 쪽으로 의미심장한 눈길을 보냈다. 나는 유나 쪽으로 한쪽 눈썹을 치켜올렸다. 유나는 입 모양으로 뭐라고 했다. 나는 혼란에 빠져 찡그리며 그녀를 바라보았다. 그녀는 다시 한번 입 모양으로 뭐라 말했다. 용병 한 명이 유나 쪽을 바라보자, 그녀의 얼굴은 멈추더니 무표정한 가면이 되었다.

유나가 뭐라 말했는지 알고 싶었지만, 나는 독순술을 잘하지 못했다. 나는 그것을 '우리 가족이 내게 가르치지 못한 삶의 기술' 목록에 추가했다. 그 목록에는 '윤리'도 있었다. 다음에 가모장님을 볼 때는 교육 과정에 변화를 주자고 제안해야겠다.

"요청 사항을 말해 주십시오. 제가 당신과 우치다 선장님 사이에서 통역하겠습니다."

로쿠로가 갑자기 말했다.

나는 용병들이 '천 개의 세계' 공용어인 한글을 모를 줄은 몰랐다. 환 삼촌은 언어가 유창하기 때문에 로쿠로를 선택한 것이 틀림없었다. 그 이유가 의사소통을 할 수 있기 때문인지, 유나와 내가 말하는 것을 염탐할 수 있기 때문인지는 불분명했지만.

"상황실을 살펴보고 환 선장님이 인수하기에 알맞은 상태인지 확인하려고 왔습니다."

나는 자신감 있게 말하려고 최선을 다하며 도깨비 가면의 우치다 선장을 마주 보았다.

"좋습니다."

로쿠로는 우치다 선장의 말을 통역했다.

"다만 당신들은 무기를 넘겨주고 가야 합니다. 우리는 당신들의 안전을 보장할 수 있습니다."

유나의 입이 고집 세고 못마땅한 선을 그리며 굳어졌다. 유나는 마음에 들지 않는 것이다. 나도 그랬다. 그들은 이미 우리가 의심스럽다는 것을 알아차렸다. 그러나 내게는 다른 대안이 없었다.

"나가는 길에 무기를 돌려받을 수 있을까요?"

나는 물었다. 내 어조는 도전적이었다.

"물론입니다."

로쿠로가 우치다 선장 대신 말했다. 로쿠로의 목소리가 보통 때보다 더 단조롭다는 것은 그저 내 느낌이었을까?

나는 한숨을 쉬며 유나에게 고개를 끄덕였다. 유나는 섬광 권총을 건네받은 용병들이 당황한 표정을 보고 험악하게 씩 웃었다. 그들은 이런 권총을 한 번도 보지 못한 듯했다.

"당신 칼도요."

로쿠로가 덧붙인 말에 나는 깜짝 놀랐다. 어떻게 알았지……?

나는 순이 이모가 내게 준 칼을 완전히 잊어버리고 있었다. 무기가 아니긴 하지만 나는 그 칼과 떨어지기 싫었다. 나는 우리 가족을 더 이상 믿지 않았지만, 이모가 그리웠다. 그 칼을 넘겨주는 것은 나를 우리 가족에 묶어 주는 마지막 물건을 포기하는 것처럼 느껴졌다.

다시 한숨을 쉬며, 나는 우치다 선장에게 내 칼을 주었다.

"당신의 꼼꼼한 경계에 감사합니다."

나는 걱정을 숨기기 위해 애쓰며 우치다에게 말했다.

나는 호랑이조차도 운이 없으면 쓰러질 수 있다는 것을 힘들게 배웠다. 그리고 개인 방패조차 없는 지나 유나에게 어떤 나쁜 일이 일어나는 것도 바라지 않았다. 그러나 우리는 수적으로 열세였고, 앞으로 가는 최선의 방법은 그들에게 협력하는 것이었다. 지금으로서는.

16

상황실은 선장실 바깥에 있었지만, 두 곳의 명판은 비슷했
다. 그 모습을 보자 내가 전에 선장실에 왔던 때, '천 개의 세
계' 우주군 입대 선서를 하려다가 실패한 때가 생각났다. 내
가 채원 선장에게 삼촌의 냄새를 맡았다고 경고하려 했다가
실패한 때 말이다. 그때 그 일에 성공했다면 얼마나 많은 것이
달라졌을까.

하지만 과거를 바꿀 수는 없었다. 나는 더 나은 미래를 만들
어야만 했다.

나는 상황실 출입구를 열어 보았다. 운이 없었다. 나는 환
삼촌이 오버라이드를 가지고 있다고 생각했다. 그러나 자기
가 골라 뽑은 경비병들에게도 오버라이드를 내주지 않았을
줄은 몰랐다. 만약 내가 지금 삼촌에게 접근권을 요청한다면,
분명 삼촌은 의심할 것이다.

"지, 출입구 좀 열어 줄래?"

나는 아무렇지도 않은 척 말하려고 최선을 다했다.

"문제없어."

지는 보통 때처럼 유쾌하게 말했다.

"그거 하는 법 나한테 좀 가르쳐 줘."

지가 슬레이트에서 프로그램을 불러오는 것을 지켜보면서 유나가 말했다.

"우리 부모님은 내가 컴퓨터를 가지고 노닥거리는 걸 좋아하지 않으셨어. 그래, 내가 컴퓨터 하는 시간을 몽땅 사격 게임 하는 데 썼기 때문이지. 그리고 나는 우리 니니의 음식 만드는 기계를 개조해서 섬광 권총으로 만들었어. 왠지 몰라도 우리 가족과 친구들은 그걸 아주 싫어했지."

"가르쳐 주는 건 어렵지 않아. 하지만 시스템에 코드화해 넣은 프로토콜에 대해서 많이 알아야 해. 만약 네가 기계를 개조하는 법을 나한테 알려 주면, 나도 가르쳐 줄게."

지는 손가락으로는 슬레이트 위를 거미처럼 누비면서 전문 용어로 사근사근하게 말했다. 짤깍 소리가 귀에 들리더니, 출입구가 쉭 하고 열렸다.

"잘했어."

내가 지에게 말하자, 나를 쳐다보는 그의 얼굴이 밝아졌다.

"인상적입니다."

로쿠로가 놀란 목소리로 말하고는, 유나에게는 이렇게 이야기했다.

"그 사격 게임을 언젠가 꼭 보여 주십시오."

"누가 경비를 서 줬으면 좋겠어."

나는 로쿠로의 정신이 딴 데 팔리기 전에 넌지시 말했다. 그러면서 부러움을 느꼈다. 우리 가족 중에서는 순이 이모밖에 비디오 게임을 하는 사람이 없었다. 보통 좀비 떼를 죽이는 종류의 게임이었다. 가끔가다 이모는 내가 몰래 게임을 할 수 있게 해 주었다. 우리 부모님이 좋아하지 않으리라는 것을 알면서도.

"아무도 경비병들을 뚫고 지나오지 못할 겁니다. 우치다 선장님도요."

로쿠로가 험악하게 말했다.

"그런데 우치다 선장님은 어떻게 환 선장님을 만나게 된 거야?"

나는 다른 사람들이 우리보다 먼저 들어가는 틈에 물었다.

"환 선장님이 우치다 선장님을 전투에서 구했습니다. 우치다 선장님은 감사하는 마음에서 그분께 우리 부족의 충성을 맹세했습니다."

로쿠로는 모든 용병이 환 삼촌에게 동조하지는 않는 것처럼 말했다. 이 사실은 쓸모가 있을 수도 있었다.

우리는 선장의 상황실로 북적거리며 들어갔다. 우리 넷 모두 넉넉하게 들어갈 수 있는 크기의 방이었다. 책상에는 의자가 두 개 있었다. 선장 자리는 물론 비어 있었다. 나는 유감스러운 마음으로 얼굴을 찌푸렸다.

우리 뒤에서 출입구가 닫히면서 쉭 하는 소리가 들렸다. 나는 불안을 들키지 않으려고 조심했다.

이 계획이 제대로 성공하려면, 되도록 보는 사람이 없어야 했다. 다만 지는 여기 있어야 했다. 그가 있어야 모든 것이 가능해지기 때문이다. 그리고 지와 유나는 여전히 '홀려' 있다. 나는 로쿠로를 따돌리는 데 실패했다. 내가 세 사람에게 내 계획을 설득할 수 있느냐가 관건이었다. 나는 설득에 자신이 없었다. 나는 최대한 태연하게 말했다.

"지, 최우선 메시지 시스템이 활동 중인지 확인할 수 있니?"

나는 숨을 멈추었다. 보통 때라면 선장 또는 부관만이 최우선 메시지를 보낼 수 있었다. 이론적으로는 일단 우리가 게이트에서 나오면 최우선 메시지를 보낼 수 있을 것이다. 최우선 메시지를 받은 우주 정거장이나 배는 반드시 그것을 우주군 사령부에 전달해야 한다.

일반 조난 호출을 보내는 편이 더 쉬울 것이다. 하지만 나는 로쿠로가 그러지 못하게 하리라고 확신했다. 또한 지역에 도사리고 있는 어떤 적이나 해적이 우리의 취약한 상태를 알게 되는 것도 바라지 않았다.

한편 나는 로쿠로가 비상 프로토콜을 모른다는 데 도박을 걸고 있었다. 지와 유나가 얼마나 오래 내 편에 설 것인가 하

는 의문이 남았다. 나는 민의 요술이 얼마나 오래가는지 알지
못했다.

바로 그때, 지가 머리를 흔들면서 중얼거렸다.

"이게 무슨…… 무슨……?"

아, 안 돼! 민의 '홀리기'가 최악의 순간에 닳아 없어지고
있었다. 지는 몸싸움으로 쓰러뜨릴 수 있었지만, 유나는 싸움
꾼다운 반사 신경을 가지고 있었다. 어쨌건 되도록 나는 그들
중 누구와도 싸우고 싶지 않았다.

로쿠로는 외국어로 뭔가 소리치더니 기절 장치를 뽑아 들
었다.

지가 중얼거리는 소리는 내게 충분히 경각심을 불러일으켰
다. 바깥에 있는 경비병들이 싸우는 낌새를 듣고 들어오기 전
에 내가 로쿠로를 쓰러뜨릴 수 있을까?

나는 물 흐르듯이 호랑이 모습으로 변신해 정신을 바짝 차
리고 로쿠로를 향해 뛰어올랐다. 모든 것이 하나의 부드러운
동작으로 이어졌다. 유나는 총을 꺼냈지만, 유나답지 않은 망
설임으로 흔들렸다. 유나는 혼란의 냄새를 강하게 풍겼다.

'유나가 어디서 저 총을 얻었지?'

나는 순간 궁금증을 느꼈다. 그녀는 섬광 권총을 경비병들
에게 내주지 않았던가? 유나가 정신을 되찾고 나를 제압하기
전에 나는 로쿠로를 재빨리 처리해야 했다.

나는 로쿠로와 부딪쳐 그이를 깔고 앉았다. 로쿠로의 갑옷

에 솟아난 뾰족한 돌기들이 내 두꺼운 털가죽을 뚫고 상처를 냈다. 나는 이의 덫에 걸려 쓰러져 입은 부상에서 아직 완전히 회복하지 못했다.

로쿠로는 기절 장치를 발사하며 내 아래에서 기어 나왔다. 자주색 광선은 내 뒷다리에 맞았다. 사지 전체가 뻣뻣해지면서 나는 쿵 소리와 함께 갑판에 쓰러졌다. 숨기고 싶은 일에 대해서는 이쯤까지만 이야기하기로 하겠다.

그다음 로쿠로가 씩씩거리며 뭔가를 말했다. 그 말은 이렇게 들렸다.

"반사 신경. 그럴 뜻은 아니었음."

그리고 조용해졌다.

'어쨌든, 이곳의 방음 처리는 얼마나 잘되어 있는 거지?'

나는 궁금했다. 우리는 곧 알게 될 것이다.

"세빈!"

내가 마비된 다리를 움직이려고 시도하고 있을 때 유나가 외쳤다. 유나는 놀란 지를 뒤로 밀쳐 책상으로 가리고 웅크리더니, 로쿠로의 기절 장치를 향해 발사했다.

유나가 무슨 생각으로 발사했는지 몰라도, 옳은 판단이었다. 기절 장치는 녹아서 역한 냄새를 내는 액체가 되어, 로쿠로의 장갑 낀 손 아래로 흘러내렸다. 그 액체는 카펫 위로 뚝뚝 흘러, 똑같이 역한 냄새를 내는 그을린 자국을 남겼다.

나는 앞발 하나를 뻗어 로쿠로의 다리를 낚아챘다. 용병은 쓰러졌다.

나는 다시 인간 모습으로 돌아왔다.

"로쿠로를 지켜."

나는 말하면서, 내 목소리가 아득하게 들리는 것에 놀랐다.

"유나, 그 총 어디서 났어?"

"아까 말하려고 했어."

유나가 숨 가쁘게 말했다.

"나는 아까 구미호의 세뇌 요술에서 풀렸어. 네가 무엇을 하려는지, 그리고 네 연극을 도와줄지 말지 지켜봐야겠다고 생각했어. 총 숨긴 건 미안. 나는 언제나 여분의 총을 비밀 총집에 가지고 다녀. 용병들이 내 유일한 무기를 가져가게 놔둘 거라고 생각했니?"

짧은 전투에 휘말리지 않았던 유일한 사람인 지는 떨고 있었다. 지는 하소연하듯이 말했다.

"세빈, 무슨 일이 벌어지고 있는 거야? 너는 환과 같은 편이야? 아니면……."

"잠깐만."

로쿠로는 쓰러진 곳에서 쉰 목소리로 말했다. 어쨌든 의식은 잃지 않은 것이다. 유나는 총으로 로쿠로를 겨누었다.

나는 출입구로 걸어가 귀를 갖다 대면서 조용히 하라고 한쪽 앞발 아니, 손을 치켜들었다. 아무 소리도 들리지 않았다. 좋은 징조일까, 나쁜 징조일까? 완벽한 방음은 우리에게도 악

재로 작용할 수 있다는 생각이 뒤늦게 떠올랐다.

"좋아. 말해 봐."

나는 로쿠로에게 말했다.

"저는 당신들의 적이 되고 싶지 않아요. 환은 너무 멀리 갔어요. 저는 여우의 요술이 얼마나 강력한지 알지 못했습니다. 만약 환이 사람들을 이렇게 세뇌하고 있다는 것을 우치다 선장님이 안다면…… 선장님도 환에게서 돌아설 겁니다. 그러길 바라요."

로쿠로가 말했다. 지의 눈이 로쿠로에게서 나에게로 빠르게 옮겨 왔다.

"여우의 요술?"

"우린 로쿠로를 믿어도 돼. 그이에게서는 진지한 냄새가 나."

나는 유나에게 말했다.

"잠깐만 기다려 줘, 지. 내가 설명할게."

나는 말을 계속했다.

"로쿠로, 왜 너희 선장님한테 환 삼촌이 하는 일을 이야기하지 않았어?"

로쿠로는 창피해하고 있는 건가?

"저는 당신들이 여우의 세뇌 아래 있다고 생각했어요. 그것이 당신들 탓도 아닌데 당신들과 싸워야 하는 상황을 바라지 않았습니다. 여우의 요술이 당신들에게서 사라져서 기뻐요."

로쿠로가 말했다. 나는 그 논리에 반박할 수 없었다.

유나는 한쪽 눈썹을 치켜올렸지만 고개를 끄덕이고 총을 다시 출입구에 겨누었다.

나는 지에게 비디오 방송을 함교로 켜 달라고 부탁하려 했다. 함교에서 무슨 일이 벌어지고 있는지 볼 수 있도록. 하지만 지는 더 긴급한 일에 집중해야 했다. 내가 말했다.

"이 일에 대해서는 한 번밖에 이야기할 시간이 없어. 그러니까 잘 들어……."

나는 환 삼촌과 나의 관계, 해태호를 납치하려는 삼촌의 계획에 대해 이야기했다. 민이 구미호라는 것, 그리고 민이 '홀리기'를 나뿐만 아니라 다른 모두에게 사용했다는 것도 이야기했다. 조사관이 나를 미끼로 사용했다는 것은 말하지 않았다. 그건 너무 개인적인 일로 느껴졌다. 그리고 어쨌든 현재 상황과 관계가 없었다.

지는 핼쑥해졌다. 마냥 엄숙해 보이던 유나가 이렇게 말했다.

"만약 이게 사격 게임이라면, 나는 인생 최고의 순간을 맛보고 있는 걸 거야. 하지만 이대로는…… 우리가 훈련을 받기 위해 탄 배가 납치되었다고 사람들에게 말해 보았자 아무도 믿지 않을 거야. 그리고 어차피 기밀일 테니, 난 이걸로 만화를 그릴 수도 없어."

나는 도둑이 된 듯한 기분으로, 쓸모 있는 것이 있는지 보려고 선장 책상을 뒤져 보았다. 대충 훑으며 찾아봤지만 아무것도 발견하지 못했다. 지가 따져 물었다.

"뭐 하고 있는 거야? 그러면 곤란……."

하지만 유나는 이미 상황을 파악하고 있었다.

"우리는 쓸모 있는 물건이 필요해. 맞지? 만약 운이 따라 준다면, 더 많은 무기를 찾을 수 있을 거야."

"동의할 수밖에 없군요."

로쿠로가 말했다. 보통 때의 단조로운 어조에 불안한 기색이 약간 묻어 있었다.

"나중에 당신은 언제든지 선장에게 사과할 수 있습니다. 유나, 당신은 계속 출구를 지켜야 합니다. 저는 수색을 돕겠습니다."

"물론이지."

유나는 내가 동의하는지 확인하기 위해 나를 슬쩍 본 다음 말했다. 나는 찬성한다는 뜻으로 고개를 끄덕였다.

"즉흥적으로 일하는 승무원이 우리가 처음은 아닐 거야."

나는 건조하게 말했다. 그러나 채원 선장에게 이 사태를 설명할 생각을 하니 골치가 아팠다.

"지, 네가 작업해 줘야 하는 중요한 일이 있어."

나는 지가 떨지 않고 내 목소리에 집중하기를 바랐다. 나의 흔들리지 않는 어조 때문인지, 지가 마음속 침착함의 오아시스를 찾았기 때문인지 몰라도 그는 깊은숨을 들이쉬더니 입술을 깨물면서 고개를 끄덕였다.

"내가 어떻게 해야 할까?"

"우리는 우주군 사령부에 중계기를 통해 소식을 전달해야 해."

누구든 우리 말을 믿어 줄 사람에게 전달해야겠지.

"게이트를 나가기 전까지는 중계기가 메시지를 전달할 수 없어. 그러니 게이트를 나갈 때까지 기다렸다가 전달하는 방식으로 메시지를 보내야 해."

지는 더욱 창백해졌다.

"누가 생도들의 말을 귀담아듣겠어?"

나는 얼굴을 찡그렸다.

"해군 제독 한 명이 내 친척이야. 하순 제독. 그이는 귀담아 들어 줄 수도 있어."

"너는 친척이 참 많은 모양이구나. 우리 가족처럼."

유나가 흥미로운 듯 말했다.

"우리는 대체로 장성이 아니라 하급 병사이긴 하지만."

유나의 웃음이 날카롭게 느껴질 수도 있는 말을 부드럽게 만들어 주었다.

"하여간."

나는 유나의 말에 동의한다는 뜻으로 유감스럽게 고개를 끄덕이며 말했다.

"나는 이 배의 통신 장치가 어떻게 작동하는지 몰라. 중계기를 통해 사령부로 최우선 조난 메시지를 보내는 법도 모르고. 하지만 지, 너는 알 거야."

지는 침을 꿀꺽 삼켰다.

"나…… 나는 최선을 다할게."

나는 좌절감을 억눌렀다. 우리는 서로에게 의지하고 있었다. 성공할 수 있는 다른 방법은 없었다. 나는 지에게 자신감을 주려고 최선을 다하며 말했다.

"나는 네가 작업하는 걸 다 보아 왔어, 지. 네가 집중할 수 있도록 우리는 선장실을 지킬게."

지는 다시 침을 삼키더니 고개를 끄덕였다. 그의 입매가 굳건해졌다.

"최선을 다하는 것보다 잘할게."

나는 지가 혼자 중얼거리도록 놓아두고는 말했다.

"로쿠로, 환 삼촌 이야기를 해서 너희 선장님을 좀 떠볼 수 있겠니?"

"그럴 수 있지요."

"유나, 함교의 비디오 방송을 보여 줄 수 있어? 거기를 지켜보고 싶어. 로쿠로, 만약 도움이 필요하면 우리에게 신호해."

유나의 눈가에 주름이 잡혔다.

"이런 기술적인 일에서 나는 두 번째 선택지인 거지, 응?"

유나가 말했다. 그녀는 총을 총집에 집어넣으며 말했다.

"하지만 알았어. 환이 누군가를 아무도 모르게 데려갈 위험을 감수할 수는 없지. 내 말은, 그는 우주군 전함을 통제하고 있어. 그리고 비디오 방송에서 채원 선장과 비슷한 모습을 연기하는 건 환에게 어려운 일이 아닐 거야."

이미지 위조? 그 가능성은 생각해 보지 않았지만, 현대 컴퓨터로 조작한다면……. 유나가 선장의 책상에서 꺼낸 슬레이트에서 몇 개의 메뉴를 누르고 있을 때 로쿠로가 말했다.

"우주군이 이미지 위조에 대한 대책을 갖고 있기만 바랄 수밖에요. 제 고향에서는, 가짜 비디오 방송을 만들다 붙잡힌 사람들은 박제되어 박물관 전시물이 되었답니다."

나는 몸을 떨었다.

"놀러 가기 무서운 곳이네."

"농담입니다."

로쿠로가 무표정하게 대꾸했다.

나는 로쿠로를 향해 눈을 깜박였다. 농담이었다고? 로쿠로의 얼굴을 볼 수 없는 게 너무 안타까웠다. 로쿠로가 저 헬멧 속에서 얼마나 인간답게 보일지 궁금했다.

우리가 주거니 받거니 하는 말을 무시하고 유나가 말했다.

"우주군도 완벽할 수는 없다고 생각해. 해커들은 점점 더 영리해지고 있어. 디지털 아티스트들이 만들어 내는 것들을 봐. 하여간, 우리가 너를 내보내기 전에 어디 보자, 로쿠로……."

유나는 인터페이스에 대고 뭐라 말하더니, 함교의 모습을 불러왔다. 그곳에는 아무도 없었다.

"로쿠로, 우치다 선장님을 부를 수 있어?"

내가 물었다. 로쿠로는 고개를 끄덕이더니 손목에 찬 통신기에 대고 말했다. 우리는 날카롭게 말하는 우치다의 목소리와 보통 때보다 더욱 단조로운 로쿠로의 대답을 들었다. 우치 다가 여전히 말을 하고 있을 때 로쿠로는 그녀의 말을 끊었다. 내 뱃속은 공포로 쪼그라들었다.

"선장님이 뭐라셔?"

"선장님은 우리 부족이 환에게 진 피의 빚을 기억하라고 말 했습니다. 저는 당시 너무 어려서 그 전투에 참여하지 않았습 니다. 하지만 이건…… 이건 옳지 않아요."

로쿠로의 목소리는 불안한 듯이 들렸다.

"어쨌건, 우치다 선장님과 부대는 다른 곳으로 불려간 것 같습니다."

나는 불안과 싸우려고 애쓰면서 말했다.

"기억해 봐. 우리는 특별 조사관 이가 저 복도에 있다고 생 각했어. 하지만 그이는 비디오 방송을 조작했지. 그리고 이제 우치다는 우리를 의심하고 있어. 심지어 우리가 말하는 동안 에도 우치다는 환 삼촌에게 경고하고 있을 수도 있어. 우리는 함교를 직접 살펴봐야 해."

유나는 내 쪽을 보며 코를 찡그렸다.

"그렇구나. 그래도 나는 아직 총을 가지고 있어. 세빈, 너도 하나 갖고 싶겠지. 그리고 로쿠로도. 내가 로쿠로의 무기를 녹 여 버렸으니까……."

우리는 선장실을 재빨리 수색했다. 이 일로 나는 군사 법정 에 회부될 것이다. 아무리 상황이 절박하다고 해도 선장실을 훼손하는 건 공공 기물 파손죄로 치부될 테니까.

우리는 비상용 총 두 자루를 찾아내고 안도했다. 그중 하나
는 동력 건전지가 비어 있었다. 그것을 보고 나는 채원 선장의
능력에 의문을 품었다. 그 총은 깊은 스크래치가 나 있고 조준
경도 부서져 있었다. 동력 건전지가 있건 없건 총이 제 기능을
할지 의심스러웠다. 채원 선장은 그 총을 제대로 된 무기라기
보다는 예전 전투의 기념품으로 간직하고 있었던 모양이다.
그래도 다른 총은 멀쩡해 보였다. 나는 로쿠로에게 좋은 것을
주면서 말했다.

"로쿠로, 네가 이걸 갖는 게 좋겠어. 나에게는 송곳니와 발
톱이 있어."

로쿠로가 총을 능숙하게 다루는 모습에 나는 안심했다. 그
이는 총집에 총을 집어넣을 때 총구를 누구에게도 겨누지 않
았다. 총집은 어느 정도 잘 맞았다.

"나는 호랑이 모습을 할게."

나는 유나와 로쿠로에게 말했다.

"너희의 시야나 탄도를 막지 않도록 잘 웅크릴게."

유나는 내게 경쾌하게 경례를 했다. 이런 상황에서 내가 유
나의 경례를 받을 자격이 있는지 잘 알 수 없었지만, 뭐라고
하지는 않았다. 지금 당장은, 뭐든 우리 사기를 올리는 일은
환영할 만했다. 로쿠로는 그저 고개를 끄덕였다.

"그럼 간다."

나는 중얼거리고 변신했다. 변신하자 안도감이 들었다. 호랑이 모습이 되자 날카로워진 감각 덕분에 뒷다리의 고통을 비롯한 모든 것이 생생해졌다. 얼마나 많은 것이 나에게 걸려 있는지 실감이 났다.

유나는 출입구를 작동시켰다. 컴퓨터는 호랑이의 울음소리로 된 명령에 대답하지 않을 것이다. 안타까운 일이었다. 만약 그렇게 할 수 있다면 편리할 텐데.

출입구가 쉭 하고 열렸다. 공격이 들어오면 내 반사 신경이 경고해 주리라고 믿으며, 나는 선장실 밖으로 달려 나갔다. 유나와 로쿠로는 내 뒤를 지킬 것이다. 더 중요하게는, 중계기 시스템을 해킹하는 중대한 일을 하고 있는 지를 지킬 것이다.

짧은 순간, 나는 내 친척들이 자기가 할 수 없는 어떤 일을 누군가에게 의지해야 할 때 느낀 감정이 이런 것이었을지 궁금했다. 환 삼촌이 자신의 약점을 인정하는 모습을 본 적은 없었다. 그렇지만 환 삼촌마저도 민을 처리하기 위해서는 무당과 동맹을 맺어야 했다. 삼촌이 갖고 있지 않은 능력을 세나가 갖고 있었기 때문이다.

우치다 선장은 없었다. 경비병 한 명도 함께 데려간 듯했다. 그래서 두 명만 남아 있었다. 우치다 일행이 증원 병력을 데려오는 동안 우리를 봉쇄해 두려고 한 모양이었다. 가슴이 내려앉았다. 나는 모든 것이 그렇게 조용했던 이유가 선실의 방음 장치 때문이었기를 바랐다.

뛰어난 반사 신경으로 나는 두 경비병을 공격해 한 명을 다른 한 명 쪽으로 넘어뜨렸다. 그들은 사지가 뒤엉켜서 쓰러졌다. 이윽고 다른 사람들의 도움으로 싸움을 끝낼 수 있었다. 나는 다시 인간으로 변신한 뒤 로쿠로에게 말했다.

"그들은 죽지 않았어."

"고마워요."

로쿠로가 말했다. 그이에게서 고마움의 냄새가 났다.

"그들은 우리와 싸워야만 한다고 느꼈을 겁니다. 이 방법이 더 낫습니다."

유나와 로쿠로가 나를 도와 쓰러진 두 용병을 안 보이는 곳으로 끌고 갔다. 유나가 말했다.

"그들은 함교를 아주 깨끗하게 청소해 뒀어. 그들에게 허드렛일을 맡길 수 없는 게 아쉽네. 우리가 있는 층을 정찰해서 다른 용병들이 어디로 갔는지 알아내야 할까?"

나는 머뭇거렸다.

"좋은 방법 같긴 하지만 지키는 사람 없이 지를 혼자 놔둘 수 없어. 그들은 우리가 이 구역 밖으로 나가기를 바라고 있을 거야. 어쨌든 그들은 우리보다 수가 많고, 덩치도 커."

호랑이 모습을 하면 나는 전사들 중 누구보다도 컸다. 그리고 유나가 총을 쥐면 그녀의 작은 몸집은 상관이 없을 것이다. 유나는 엄폐물 뒤로 손쉽게 숨을 수 있겠지. 나는 육중한 갑옷을 입은 용병들 중에서 누구라도 어떤 것 뒤에 성공적으로 숨는 모습을 상상할 수가 없었다. 서로의 뒤에 숨을 수밖에 없을 것이다.

유나는 무언가 말하려다가 멈추었다. 로쿠로와 나도 그랬다. 우리 모두 멀리서 들려오는 쿵 소리를 들었다. 누군가 부주의했던 것일까, 아니면 우리가 나서게 하려는 속임수일까?

나는 우리가 속삭임이나 손짓으로 말하고 있었어야 했다는 것을 깨달았다. 나는 나의 부주의함을 자책했다. 그래도 경계를 취하기에 너무 늦지는 않았다. 나는 속삭이는 목소리로 말했다.

"우리 이렇게 하는 쪽이……."

쿵 소리가 다시 났다. 이번에는 더 가까이서 났다.

"함교 출입구를 닫자. 그러면 그들이 오는 속도가 느려질 거야."

내가 말했다. 그들이 곧 우리에게 오지 않을까 걱정이 되었다. 채원 선장과 함교의 승무원들이 환 삼촌의 공격에 쓰러졌던 광경이 기억났다. 그 광경이 반복되는 것을 보고 싶지 않았다.

"상황실로 다시 가자."

나는 입 모양으로 다른 사람들에게 말했다. 이유를 설명할 필요는 없었다. 유나와 로쿠로는 고개를 끄덕였다.

우리는 서둘러 물러났다. 나는 선장실 출입구를 두드렸다.

"지! 나 세빈이야. 우릴 들여보내 줘."

나는 맹렬하게 속삭였다.

안에서 욕설 소리가 나더니, 우리가 들어갈 수 있도록 출입구가 열렸다. 우리는 서둘러 들어갔다. 나는 문이 다시 닫힐 때까지의 시간을 확인했다.

"지, 해킹은 어떻게 되어 가고 있어?"

유나가 물었다.

"쉬이잇!"

지가 속삭였고, 나는 입을 다물라고 유나를 쿡 찔렀다.

유나는 지가 하는 일의 중요성을 알아차린 것 같았다. 그녀는 고개를 끄덕였다.

지의 슬레이트가 한 번, 두 번 깜박였다. 지는 몸을 펴면서 주먹을 의기양양하게 위로 내질렀다.

"들어갔어! 어…… 우리 뭐라고 말할까?"

"내가 할게."

나는 내가 뭐라고 말해야 하는지 정확히 알고 있었다.

지는 내게 슬레이트를 건네주었다. 시간을 낭비하게 되어 초조했지만, 필수 인사말을 입력했다. 프로토콜 때문에 메시지가 통과하지 못할 위험을 무릅쓸 수는 없었다.

주황 호랑이 부족의 전 선장 환이 태양 부족 용병의 도움으로 해태호를 납치했습니다. 그는 특별 조사관 이의 조수 김민을 협박해 자신을 돕도록 만들었습니다.

민이 구미호라는 사실을 언급해야 할지 고민했지만, 당국은 이미 알고 있을 것으로 판단했다.

채원 선장과 상급 장교들은 위태로운 상황에 있습니다. 우리는 도움이 필요······.

갑자기 문에 커다랗게 부딪친 자국이 생기면서 난 쾅 소리에 유나와 지는 비명을 질렀다. 심지어 로쿠로도 뻣뻣이 굳어졌다. 어떻게 용병들이 그렇게 빨리 함교 출입구를 지나올 수 있었을까?

우리는 포위되었다.

17

젠장! 나는 우리에게 시간이 더 있기를 바랐다. 나는 메시지를 내 이름과 계급, '우주군 전함 해태호의 생도 주황 세빈'으로 끝맺은 다음 '보내기'를 눌렀다. 우리가 게이트에서 나가는 즉시 메시지가 전달될 준비가 되었다는 말을 기다리는 동안, 내 심장은 드릴처럼 쿵쾅댔다.

"됐다!"

메시지가 승인되었다고 슬레이트가 번쩍이자 지가 의기양양하게 말했다.

"애들아, 우린 여기서 나가야 해."

유나가 문으로 눈길을 홱 옮기며 말했다. 누군가 바깥에서 거대한 망치 같은 것을 쾅쾅 갈기면서 문이 진동하고 있었다.

"그냥 우리를 위협하기 위해서 저러고 있는 거야."

나는 말했다. 사실이 아닐 수도 있었다.

"저는 그 이유 때문만이라고 생각하지 않습니다."

로쿠로가 말했다.

잠긴 출입구를 부수고 들어오는 것은 별로 효율적인 방법이 아니었다. 그러려면 출입구를 격벽에서 잘라 낼 토치가 있어야 한다. 환 삼촌에게서 들은 적이 있는 이야기다. 나는 방이 심지어 초자연적이거나 요술적인 침입 시도에도 대비되어 있으리라고 추측했다. 그러나 출입구의 부딪친 자국이 커져 가는 것을 보면 안심할 수가 없었다.

"이제 어떡하지?"

유나가 출입구에 총을 겨눈 채 물었다.

나는 총 한 자루가 우리에게 큰 도움이 될까 의심스러웠다. 그러나 그 총이 유나를 안심시킬 수 있다면 상관없었다. 나도 안심이 될 총이 있었다면 뽑아 들었을 것이었다.

나는 눈을 질끈 감고 배의 지도를 그려 보았다.

"우리는 엔진실로 가야 해. 거기서 우리는 삼촌, 그러니까 환이 해태호를 탈취해 가거나 기갑 부대가 도착하기 전에 빠져나가지 못하도록 배를 고장 낼 수 있어. 우리가 게이트 드라이브의 크리스털을 빼낼 수 있다면, 환은 우리가 나온 뒤 다시 전함을 움직일 수 없을 거야. 그러면 우리는 얼마 정도 시간을 벌 수 있겠지."

"만약 환이 승무원들에게 화풀이를 하면 어쩌지?"

지가 말했다. 그의 목소리는 떨리고 있었다. 그는 아마 의무실의 부상자들을 생각하고 있는 것 같았다.

나도 그 모습을 머릿속에서 떨쳐 낼 수 없었다. 한편으로 떨쳐 내고 싶지 않았다. 그 모습은 내가 무엇을 책임져야 하는지 일깨워 주는 역할을 했다.

"환은 이미 그런 짓을 했어."

나는 냉정하게 말했다.

"우리는 이미 온 길로 되돌아 나갈 수 없어. 환기구를 통해 빠져나가야 해."

유나가 침을 꿀꺽 삼켰다.

"나는 폐쇄된 공간을 좋아하지 않아."

'우주선이라는 것이 하나의 거대한 깡통이라는 걸 생각하면, 우주인으로서는 흥미로운 공포증인데.'

나는 생각했다. 하지만 이 점을 유나에게 지적하면 엄청난 참사가 일어나리라는 것을 알 정도의 센스는 있었다.

"괜찮을 거야. 우리가 함께 있잖아."

이렇게 말하며 나는 천장의 격자를 가리켰다.

"우리는 이 선장실을 해체한 죄로 군사 법정에 서게 될 거야. 하지만 이 배는 이미 항해하고 있으니까……. 유나, 격자를 고정하는 나사들을 쏴서 떨어뜨릴 수 있어?"

나는 유나가 얼마나 쉽게 로쿠로의 기절 장치를 파괴했는지 기억했다. 유나의 놀라운 조준 솜씨를 써먹는 쪽이 좋을 것이다.

"문제없어."

유나의 눈이 밝아졌다.

"아무도 다시는 사격 게임이 시간 낭비라고 내게 말하지 못할걸!"

부담 속에서 총을 쏴야 하는 유나의 사격 능력에 대해 내가 품었던 걱정은, 그녀가 나사들을 녹은 찌꺼기로 만들면서 완벽한 사격을 해냈을 때 사라져 버렸다. 하지만 여전히 격자는 고집스럽게 붙어 있었다. 한편 출입구의 쿵쿵거리는 소리는 점점 더 커졌다.

나는 으르렁거리며 변신한 다음, 뛰어올라 발톱을 격자에 걸고 아래로 끌어당겼다. 녹은 금속이 부분부분 내 털가죽을 그슬렸지만, 나는 소리를 낼 수 없었다.

지가 손을 입으로 막으며 경악했다. 격자는 쨍그랑 소리를 내며 떨어졌고, 나는 앞발로 쳐서 방 한쪽으로 날려 보냈다.

나는 갑판 위로 몸을 낮추고 상냥한 방식으로 으르렁거리려고 했지만, 이것은 모든 호랑이와 마찬가지로 내가 숙달하지 못한 일이었다. 나는 웅크리고 한쪽 앞발을 부드럽게 들었다.

선장 책상이 격자 입구와 떨어진 곳에 박혀 있다는 것은 너무 안타까운 일이었다. 책상을 움직일 수 있을지 의심스러웠다. 다행히 내게는 다른 해결법이 있었다.

유나는 내가 무엇을 하려는지 즉시 알아챘다. 그녀는 내 등 위로 올라왔고, 나는 뒷발로 힘껏 일어서서 유나가 기어올라

환기구로 들어가게 했다.

"가장자리 조심해. 아직 군데군데 뜨거워."

그녀는 아래의 지와 로쿠로에게 말했다. 지가 움찔했다.

"내가 몸 쓰는 일을 못해서 안타까워. 하지만 시간이 없어."

지가 중얼거리며 내 옆구리를 토닥였다.

"너를 사다리로 써서 미안해, 세빈! 나중에 보상할게."

나는 지를 격려했다.

"제 갑옷은 거추장스러울 겁니다."

로쿠로가 못마땅한 목소리로 말했다.

유나 다음에 지가 기어올라 가는 동안, 로쿠로의 손가락들이 팔 위에 있는 조종 패널에서 춤을 추었다. 로쿠로의 갑옷이 석관처럼 확 열리고, 그이가 갑옷에서 걸어 나왔다. 로쿠로의 생김새가 냄새와 비슷한 모습이라는 것은 놀랍지 않았다. 그이는 우리보다 겨우 몇 살 위의 인간이었다. 검은 머리가 헬멧에 박혀 있어서 헝클어졌고, 피부는 황갈색이었다. 갑옷 아래 그이가 입은 제복은 단순한 노란색 점프 슈트였다. 그이는 갑옷을 선장 책상 아래 집어넣었다.

나는 출입구가 오래 견디리라고 생각하지 않았다. 출입구는 안쪽으로 너무나 많이 튀어나와서 거인의 혓바닥처럼 보였다.

'이렇게 역겨운 이미지 떠올려 줘서 고맙다.'

나는 내 두뇌에 말했다.

"너희 둘 다 서둘러야 해!"

지가 아래로 소리쳤다. 그의 목소리는 먹먹했고 사방이 닫힌 공간에서 이상하게 메아리쳤다.

우리보다 키가 큰 로쿠로에게는 내 도움이 거의 필요 없었다. 나는 로쿠로의 갑옷 무게를 견디지 않아도 되어서 안심했다.

이제 내 차례였다. 나는 웅크렸다가, 위로 뛰어올랐다. 환기구는 호랑이가 들어갈 수 있도록 만들어지지 않았다. 그래서 나는 도약의 정점에서 인간 모습으로 다시 변신해야 했다. 변하는 타이밍을 제대로 맞췄지만, 뜨겁고 너절너절한 가장자리를 손끝으로 잡고야 말았다. 나는 비명을 질렀다.

로쿠로가 내 손목을 붙잡고 끌어당겼다. 그이의 도움으로 나는 마저 환기구로 들어갈 수 있었다.

"소리를 들어 보니 출입구는 이제 언제 부서질지 몰라."

지는 우리 앞에서 조바심쳤다. 나는 우리가 얼마나 큰 위험에 처해 있는지 일깨워 주는 말을 지가 그만했으면 하고 바랐다. 하지만 그건 지가 자신의 불안을 다루는 방식이었다. 그리고 나는 지를 꾸짖을 만한 입장에 있지 않았다. 어쨌거나 나무라는 말은 지의 마음을 불편하게 할 것이다.

"유나, 어디로 가고 있는지 아니?"

뒤에 있는 내가 가야 할 길을 안내해야 한다면 이상할 것이다.

"알아."

유나가 말했다. 제한된 공간에서, 나는 유나가 실제 느끼는 것보다 더 자신 있게 말한다는 것을 냄새로 맡을 수 있었다. 하지만 우리 넷 중에서 유나는 해태호에서 가장 오래 복무한 사람이었다. 겨우 몇 달 차이지만. 그리고 우리는 어디선가부터 시작을 해야 했다.

"그럼 안내해 줘."

우리는 환기구를 통해 기어갔다. 배의 인공 중력이 이 모든 혼란의 영향을 받지 않은 것에 감사해야 할까? 만약 인공 중력이 켜지지 않았다면, 우리는 수고스럽게 기어가는 대신 환기구를 따라 쉽게 떠갈 수 있었을 것이다. 지금은 멀쩡했지만, 이 길을 다 기어가면 무릎과 팔꿈치에 멍이 들리라는 것을 알 수 있었다.

"어리다는 것의 유일한 이점은 여기에 너무 꽉 끼지 않는다는 거야."

유나가 숨 막힌 목소리로 말했다.

"지금은 제가 몇 년 더 어려도 괜찮을 것 같습니다."

로쿠로가 동의했다. 그이의 넓은 어깨는 불편하게 굽어 있었다.

나도 찡그린 얼굴로 동의를 표했다. 유나가 나를 볼 수 없다는 게 떠올랐다. 내가 유나의 뒤에 있기 때문만이 아니라, 지와 로쿠로가 우리 사이에 있기 때문이다. 그들의 스트레스와 땀 냄새를 맡는 것은 유쾌하지 않았다. 그러나 불평은 꿈도 꾸지 않았다. 어쨌든 나에게서도 아주 심한 악취가 났기 때문이다.

"우리는 앞의 교차점에서 왼쪽으로 갈 거야."

유나가 속삭였다. 그 말은 내 머릿속 지도와도 들어맞았다.

여전히 망치 같은 것의 불규칙한 쿵쿵 소리가 뒤에서 들렸다. 그 소리에 자신감이 줄어들었다. 그들이 우리가 어디로 갔는지 알아낼 때까지 얼마나 오래 걸릴까?

만약 그들이 우리를 가로막기 위해 더 빠른 길로 병력을 보내 놓고서 그저 겁을 주기 위해 문을 두들기고 있다면 사태는 더 나쁘지 않은가? 이 생각에 나는 숨을 멈추었다. 환은 나눌 수 있을 정도로 많은 병력을 갖고 있을 뿐만 아니라, 그 생각은 환이 할 만한 생각이었다. 언젠가 그는 내게 이런 식의 생각을 가르쳐 주었다.

불행히도 우리는 현재의 작전을 바꿀 수가 없었다. 나는 더 나은 대안을 찾을 수 없었다. 해태호는 큰 배였지만, 우리는 간단히 숨어 있을 수 없었다. 심지어 우리에게 숨을 곳이 많다고 해도, 숨어 있는 것은 환이 자기 마음대로 하게 하는 셈이었다. 우리는 그를 막아야 했다.

그리고 나는 게이트 드라이브 방해 공작을 성공한 뒤에 할 일을 계획해야 했다. '만약'이라는 선택지는 없었다. 우리는 성공하는 것밖에 선택의 여지가 없었다.

유나의 안내로 우리는 좁은 환기구 몇 곳을 기어가 새로운 통로로 나왔다. 이 길로 가면 우리는 곧장 엔진실로 향할 것이다. 환도 이 사실을 알 것이다. 나는 환이 엔진실에 경비병을 세워 두었을 것이라고 예상했다.

전에는 알아차리지 못했던 불안한 소리가 배에 가득했다. 지금까지 해태호에서 비상사태가 너무 많이 계속 일어나서 배의 정상적인 소리를 들어 볼 기회가 많지 않았다. 나는 특별히 음악적인 사람은 아니지만, 배의 신음 소리에는 이상한 종류의 멜로디가 있었다.

여기 배의 중심에서, 배가 혼자 중얼거리며 한숨짓는 소리를 들었다. 마음을 달래 주는 소리는 아니었다. 해태호의 소리를 잘 아는 기술자에게는 그렇게 들릴지 모르겠지만. 금속이 내는 긴 신음 소리가 났다. 배가 부하를 받는 소리, 발소리가 울리는 소리, 경계음이 울리는 소리가 나는 것 같았다. 나는 그런 소리들을 해석하는 법을 알고 싶었다.

'아마 모르는 편이 더 행복할 거야.'

이런 생각이 떠올랐다.

"멈춰."

새로운 소리를 인지하고 동료들에게 속삭였다. 더 많은 발소리가 났다. 완벽한 리듬의 행진이었다. 냉소적인 생각이긴 하지만, 채원 선장의 승무원들이 발 맞추어 걷는 동작을 연습했을 것 같진 않다. 우주군은 훈련이 잘되어 있다. 그러나 그들은 보병대의 연습에 신경 쓰지 않았다.

반면에 외계 용병들은……

로쿠로는 가만히 멈추었다. 나는 유나와 지도 그랬을 거라고 추측만 할 수 있었다.

갑자기 숨이 막히는 느낌이 들었다. 나의 심리적인 느낌일까, 아니면 이곳의 기온이 실제로 점점 더워지고 있는 걸까? 사람들은 우주가 차갑다고 생각한다. 어느 정도는 사실이다. 그러나 명 종조부가 강조한 것처럼, 우주는 또한 훌륭한 절연체다. 우리는 우주선이 너무 뜨거워지지 않도록 조절해야 한다. 왜냐하면 잉여열을 버리는 것이 어렵기 때문이고, 요술의 도움 없이는 적들의 탐지에서 잉여열을 숨길 수 없기 때문이다.

'제발 그들이 우리를 발견하지 못하게 해 주세요.'

나는 하늘에 올리는 기도처럼 생각했다. 내가 우리 아래에서 행진하는 용병들을 생각하는 건지, 진공의 황량한 심연 속을 돌아다니는 해적을 생각하는 건지 알 수 없었다. 아마 둘 다일 것이다.

나는 자리에서 용병들의 대화를 들으려고 했다. 그들의 목소리는 우리가 갇힌 공간 때문에 왜곡되어 마치 물결치는 것처럼 들렸다. 그때 내가 들으려고 고생할 필요가 없다는 생각이 떠올랐다. 어쨌거나 나는 그들의 언어를 모른다.

나는 로쿠로의 얼굴을 볼 수 없었다. 하지만 그이가 숨을 들이켜는 소리는 들을 수 있었다.

"용병들은 모든 탈출 포드로의 접근을 막으라는 명령을 받았습니다."

로쿠로가 속삭였다.

환은 우리가 게이트를 나가는 순간 내가 그렇게 겁쟁이처럼 배와 내 동료들을 포기할 거라고 생각했단 말인가? 나는 결코 그렇게 하지 않을 것이다. 심지어 한때 나를 감금실에 가두었던 동료들일지라도 포기하지 않을 것이다. 나는 내가 으르렁거리고 있다는 것을 깨닫고 멈추었다. 그 소리는 우리가 숨은 자리를 드러내지는 않을 것이다.

나는 암울하게 생각했다. 물론 더 나쁜 상황은 사람들을 해태호에서 벗어나도록 허용하는 것, 그다음에 환이 무방비 상태의 포드에 포를 발사하는 것이다. 그것은 괴물 같은 짓이리라. 하지만 내가 그런 괴물 같은 짓을 생각해 낼 수 있다면, 삼촌도 그럴 수 있다.

나는 세상이 내 주위에서 빙빙 도는 것같이 보일 때까지 숨을 멈추었다. 내가 기절할 거라고 생각한 바로 그때, 발소리들이 물러갔다. 나는 숨을 내쉬고 깊이 들이쉬면서 기침을 했다. 먼지가 목구멍에 들러붙었기 때문이다. 배의 필터가 제대로 작동하지 못하는 것이 틀림없었다. 그래도 나는 안도의 한숨을 쉬었다.

"계속 가자."

다른 사람들이 신호를 기다리고 있다는 것을 깨닫고 내가 말했다.

우리는 마치 영원히 기어가고 있는 것 같았다. 나의 상상 속에서, 우리는 바이러스처럼 허둥지둥 돌아다니는 생물이 되었다. 환의 관점으로 본다면 이 상상은 진실과 그리 멀지 않았다. 만약 그가 우리를 여기 가두고, 우리는 환기구 속에서 시들어 가면서 여생을 산다면?

'정신 차려. 그는 아직 우리를 쓰러뜨리지 못했어.'

나는 스스로에게 말했다.

"세빈."

얼마 후 지의 목소리가 나를 향해 뒤로 전해져 왔다.

"응?"

"우리가 어떻게 게이트 드라이브 충전을 막아서 배를 움직이지 못하게 만들지?"

팔다리를 단조롭게 움직이며 나는 그 문제를 생각했다.

"우리는 안전하게 게이트에서 나온 다음에, 드라이브를 조작해서 동력 코어에서 연결을 끊어야 할 거야."

지의 얼굴이 창백해지는 소리가 들리는 것 같았다.

"그게 안전하다고 확신해?"

"이 작전에서는 아무도 안전하지 않습니다."

로쿠로가 말했다.

"안전은 패배자를 위한 거야."

유나가 쾌활하게 동의했다.

"우리는 그걸 안전하게 할 수 있어."

내가 말했다. 내 말은 그저 소망이었다. 하지만 내 말은 지를 만족시키는 것 같았다.

"하여간 연결을 끊는 것 자체는 표준적인 기술 절차야. 수리를 하기 위해서는 드라이브를 오프라인으로 끊어야 해."

이 사실도 환 삼촌의 이야기로 배운 것이었다.

이번에는 유나가 질문을 했다.

"근데 너 어떻게 이런 걸 다 알아? 넌 해태호에 겨우 하루도 안 있었잖아!"

유나가 나를 보지 못하는 것을 다행이라 생각하며 슬픈 미소를 지었다.

"우리 집은 군대 가족이라니까. 나는 그런 온갖 이야기들을 들으면서 자랐어."

"그렇구나. 우리 가족은 끔찍한 음식 이야기를 해서 나를 역겹게 하는 걸 좋아했어!" 유나가 말했다.

"우리 목적지에 아직 가까워지지 않았어? 살펴보고 싶지만, 슬레이트를 꺼낼 공간이 없어." 지가 물었다.

"그거 켜지 마! 환이 그 신호를 추적할 수도 있어." 내가 지에게 경고했다.

"내가 그렇게 쉽게 잡힐까."

지가 말했다. 그러나 나는 지에게서 불안해하는 냄새를 맡았다.

나는 눈치 있게 그 냄새에 대해서는 말하지 않았다. 우리 모두 최선을 다하고 있었기 때문이다. 내가 말했다.

"만약 모든 교차로를 제대로 놓치지 않고 왔다면, 다음 교차로에서는 나가게 되겠지, 유나?"

"맞아. 여기서 나가게 되어 기뻐. 이런 상태로는 등이 일 년은 아플 거야."

등이 아픈 것보다 더 나쁜 일을 겪지 않고 빠져나간다면 운이 좋은 거라고 나는 남몰래 생각했다. 나도 등이 아팠다. 네 발로 돌아다니는 호랑이 모습일 때와 달리, 인간 모습일 때는 네 발 걸음이 어색하게 느껴졌다. 이 환기구는 인간 어른이 들어갈 수 있게 설계되어 있었다. 널찍하지는 않아도 아주 비좁지도 않다는 뜻이다. 유나가 말했다.

"환이 우리에게 가스를 풀거나 환기 시스템에서 공기를 빼내지 않은 건 다행이야. 배의 공기 순환을 차단하지 않고서는 그렇게 할 수 없어. 그리고 그것은 우리를 붙잡는 방법으로는 위험한 방법이야. 나는 살아남겠지만, 너희는⋯⋯."

"너의 상상력이 내겐 없어서 참 다행이야."

지가 중얼거렸다.

"상상력은 해롭습니다."

로쿠로가 동의했다. 로쿠로가 또 농담을 하는 건지 알 수가 없었다.

우리는 너무 빨리 교차점에 가까워졌다.

"속도를 늦추자. 어떤 초병도 놀라게 하고 싶지 않아."

내가 제안했다. 내 목소리는 가까스로 숨 쉬는 것처럼 작았다.

"콜."

유나가 동의했다.

느릿느릿 접근하면서 나는 우리가 처한 역경이 얼마나 위태로운지 알게 되었다. 숙련된 선장의 명령을 받아 움직이는, 전투로 단련된 용병들에 맞서는 우리에게 기회가 있을까?

"다 왔어."

유나가 어둠 속에서 속삭였다.

유나는 말할 필요가 없었다. 나는 아래에 있는 용병들의 냄새를 맡을 수 있었다. 그들은 여덟 명이었다. 그리고 엔진실의 게이트 드라이브에 가기 위해서는 그들을 쓰러뜨려야 했다.

18

"이제 우리 어쩌지?" 지가 뒤쪽으로 속삭였다.

초병들이 우리 말을 엿들을까 봐 걱정돼서 내 생각을 말하고 싶지 않았다. 그러나 달리 선택지가 없었다.

"내가 창살을 열 수 있도록 누가 나한테 총을 넘겨줘. 그다음에 내가 도로 던져 줄게. 내가 떨어져서 저들의 총격을 끌면 그다음에 로쿠로가 따라올 수 있을 거야. 지, 유지 보수 로봇을 우리 편으로 돌릴 수 있는지 봐 줘. 유나, 너는 위에서 적들을 저격해."

"좋은 것 같아."

지가 말했고, 유나도 동의한다는 뜻으로 중얼거렸다. 그들의 동의는 내가 깨닫지 못하고 있던 가슴속의 응어리를 풀어주었다.

"한 가지만요."

로쿠로가 갑자기 말했다.

"제 동료들을 죽이는 건 피해 주세요. 그들 중 몇 명은 이성을 찾고 환에게 등을 돌릴 수도 있습니다. 그냥 그들을 밀어내 봅시다. 그들의 갑옷은 그들을 어느 정도 보호해 줄 겁니다."

"좋아."

내가 말했다. 더 적게 죽을수록 좋았다.

지는 백병전보다는 해킹에 더 쓸모가 있는 반면, 유나는 엄폐물 뒤에서 사격하는 것이 가장 치명적이었다. 나는 나와 함께 근접전을 하자고, 용병들과 싸우자고 로쿠로에게 부탁하는 것이 괴로웠다. 로쿠로도 괴로운지는 알 수 없었다. 로쿠로의 냄새를 맡아도 그이의 기분을 알 수 없었다.

여기서는 좁은 구역 안에서 이루어지는 교묘한 작전이 필요하다. 내가 환기구 안에 들어간 마지막 사람이 아니었으면 좋았을 것이다. 그러나 어쩔 수 없었다. 나는 동료들을 지원하기 위해서 호랑이가 되어야 했다.

모두 서둘러 환기구를 내려갔다. 개미들의 행진처럼 우스꽝스러운 방식으로. 그러나 우리가 내려가는 장면을 목격할 사람은 없었다. 내가 격자에 닿았을 때, 다른 사람들은 내 뒤에 최대한 촘촘하게 모여 있었다. 왜 그들이 그렇게 하는지 이해할 수 있었다. 로쿠로가 더 가까이 있을수록, 그들은 나 다음으로 더 재빨리 내려올 수 있을 것이다.

나는 잠시 격자를 통해 내려다보았다. 좁은 격자 구멍은 시야를 제한했다. 나는 단 한 명의 초병만 볼 수 있었다. 다행히 내 감각은 시각에 제한되지 않았다. 내 코는 바람 부는 방향에 적어도 초병이 네 명 있다고 내게 말해 주었다.

로쿠로가 내게 자기 총을 건네주었다. 나는 생각했다.

'이제 간다.'

나는 조심스럽게 겨누어서, 나사에 하나씩 발사했다. 열이 역류하며 내 눈을 찔렀고, 아래에서 누군가가 날카로운 목소리로 내뱉듯이 명령하는 소리가 들렸다.

나는 환기구를 따라 미끄러뜨려 총을 로쿠로에게 건넸다. 그다음 격자를 들어 유나에게 건네며, 용병들이 쏘는 기절 장치의 자주색 불빛 때문에 밝아진 입구의 가장자리에서 물러났다.

자주색 불빛이 조금 내 손을 스쳤다. 손가락 두 개와 오른손이 뻣뻣해졌다. 나는 갑작스러운 감각 상실에 눈을 질끈 감고 싶은 유혹을 받았다. 차라리 아픈 게 더 나을 것 같았다.

나는 행동해야 했다. 날카롭게 숨을 들이쉬고, 광선의 길로 뛰어들면서 변신했다. 기절 장치 때문에 부분적으로 마비되어 있는 동안에도 변신이 먹힐지는 알 수 없었다. 변신이 가능할지 알 길은 단 하나, 해 보는 것뿐이었다.

기절 장치의 타격을 받으며, 나는 입구에서 돌덩이처럼 떨어졌다. 모든 것이 정지 상태로 변했다. 나는 한순간 겁에 질려 내가 아직 숨을 쉴 수 있는지 의심했다. 그때 나는 특별 조사관 이가 그 정도까지 마비된 것 같아 보이지는 않았다는 사실을 기억했다.

그래도 내가 용병 한 명을 깔아뭉개면서 무겁게 갑판 위에 내려앉을 때 공포에 엄습당하지 않는 것은 힘들었다. 용병은 비명을 지르다가 조용해졌다. 그가 안됐다는 마음은 들지 않았다. 어쨌든 그들은 내가 거대한 털뭉치처럼 털썩 쓰러지게 만든 원인이었다. 나는 세상에서 가장 쓸모없는 카펫이 된 것 같았다.

'이봐. 너 그렇게 세게 부딪히지 않았어. 일어나!'

나는 나의 힘없는 몸에 대고 말했다.

시도는 해 보았지만 내 몸은 응답하지 않았다. 한편 유나는 환기구 속으로 총을 쏘려는 용병들과 총격전을 벌이고 있었다. 유나는 무시무시하게 운이 좋거나 놀라운 반사 신경을 가졌다. 용병 두 명의 손을 쏘아 맞혔고 계속해서 총격을 되받아 쏘고 있었기 때문이다.

점점 커져 가는 초현실적인 공포감을 진정시킨 것은 내 몸 전체에 불쾌하게 따끔거리는 감각이 돌아왔다는 사실이었다. 온몸이 모기에 물린 느낌이었다. 내 복슬복슬한 털가죽을 꿰뚫으려면 아주 끈질긴 모기여야 하겠지만.

주위에서 전투가 계속되었다. 나는 전투에 참여하지 못한다는 것이 싫었다. 지는 여전히 로봇 증원군을 불러오지 못하고 있었다. 갑자기 내 등에 고통스럽게 가해진 충격이 로쿠로가 움직일 기회를 잡았다는 사실을 알려 주었다. 그이는 나를 지나 틈새로 뛰어들더니, 재빨리 유나와 함께 총을 쏨으로써 용병들을 뒤로 물러서게 했다. 넷이 쓰러졌고, 넷이 남았다.

마침내 유지 보수 로봇들이 떼를 지어 환기구에서 나와 남은 용병들의 등에 정신 나간 곤충처럼 기어오르는 것을 보았을 때, 안도감이 들었다. 예기치 못한 공격에 용병들이 로봇들을 떼어 내려고 꺅 소리를 지르며 사지를 휘저어 대다 실패할 때 나는 웃을 수밖에 없었다. 지의 해킹이 다시 한번 성공했다는 것에 마음이 놓였다.

'집중해.'

나는 내가 할 수 있는 일에 집중해야 했다. 더 많은 감각이 돌아오자 나는 조심스럽게 근육 하나를 움직여 보았다. 됐다! 다시 움직일 수 있었다.

나는 완전히 무모하지는 않았다. 무력한 척하며 가만히 있으면서, 내가 반격하기에 알맞은 순간을 기다리고 있었다. 마침내 행동을 취할 때 내 근육들이 나를 배반한다면 끔찍할 것이다.

그때 위에서 외침이 들렸다.

"세빈, 그들은 환기구에서 공기를 빼 내려고 하고 있어! 내가 막을 수 있을지 모르겠어……." 지가 말했다.

"공기가 있는 곳으로 내려가서 세빈 뒤에 숨어. 나는 여기 머물러 있을게." 유나가 말했다.

윙윙거리는 경보음이 들렸다. 컴퓨터가 으스스한 목소리로 말했다.

"경고합니다. 모든 승무원은 환기구에서 나가십시오. 환기 시스템은 감압에 따라 봉쇄됩니다."

지는 환기구에서 서둘러 나와 천장의 입구를 막은 깨끗한 차단막 바로 앞에 떨어졌다. 그 차단막은 배의 모든 공기가 빨려 나가는 것을 막아 줄 것이다.

"유나가 저 위에 갇혀 있어."

지가 속삭였다. 유나는 괜찮을 것이다. 그렇게 믿어야 했다. 오직 한 사람이 환기구를 빠져나올 시간만 있었고, 지는 진공에서 살아남을 수 없는 반면에 유나는 그럴 수 있다.

나는 벌떡 일어나 뒷다리를 모으고 쭈그리고 앉았다가, 앞으로 뛰어올라 강력하게 확 덮쳤다. 지의 로봇들은 흩어졌고, 내 덩치는 남은 용병 네 명 중 세 명에게 쿵 하고 충돌했다.

'만약 용병들이 무거운 갑옷을 입고 있지만 않았다면.'

팔다리를 휘저으며 뒤얽혀 쓰러지면서 나는 생각했다. 그들의 갑옷에 달린 뿔과 장식이 내 털가죽 속으로 고통스럽게 파고들었다.

불행히도 나는 내 몸이 나를 배신할 것이라는 예상을 하지 못했다. 뒷다리가 휘어지면서, 나는 의도했던 것보다 더 무겁게 착지했다. 나는 완전히 채신없이 울부짖었다.

그러나 지금 자리에서 움직일 수 없다고 해도 나는 앞발로 용병들을 때릴 수 있었다. 나는 마지막 한 명을 강력하게 찰싹 때려 쓰러뜨렸다. 용병은 넘어지면서 비명을 지른 다음 조용해졌다.

내 앞발도 불쾌하게 얼얼해지기 시작했다. 나는 후유증이 얼마나 오래갈까 생각했다.

모든 용병이 움직임을 멈추었다고 확신했을 때, 나는 다시 인간으로 변신했다.

"이제 안전해!"

봉인되어 버린 입구를 향해 소리치면서, 유나가 우리 말을 들을 수 있을지 궁금해했다. 소리는 진공을 통해 전달될 수 없었다. 하지만 아마 유나는 진동을 느낄 수 있을 것이다.

"괜찮니?"

긴 침묵이 흘렀다. 유나는 차단막에 대고 얼굴을 눌렀고, 그녀의 입이 움직였다.

"나 그을렸어."

유나의 목소리는 왜곡되어 아주 조그맣게 아래로 내려왔다. "하지만 난 괜찮을 거야."

나는 유나의 목소리에서 고통스러움을 눈치챌 수 있었다.

"내려오도록 도와줄게."

내가 쓸쓸하게 말했다. 일어서려고 또 한 번 시도하자, 다리가 다시 접혔다.

"우리 저 차단막을 부수는 거야?"

지가 물었다.

"우리는 유나를 저 위에 갇힌 채로 남겨 둘 수 없어. 환이라고 해도 배 전체의 공기를 제거할 정도로 미치지는 않았을 거야. 공기가 옅어질 수는 있겠지만, 우리는 괜찮을 거야."

내가 말했다. 내 말이 사실이기를 바랐다.

로쿠로는 내 등 위로 기어올라 가 칼로 차단막을 베어 냈다. 공기가 입구로 빨려 들어가면서 쉬익 하는 소리를 냈다. 로쿠로는 손을 위로 뻗어 유나가 내려오는 것을 도왔다. 유나는 온몸이 붉게 변해 있었다.

나는 유나에게 걱정스러운 눈길을 던졌다. 그녀는 한 손을 신중하게 들었다.

"괜찮아. 만화를 그릴 때 더 심한 경련도 겪어 봤어."

유나는 내 눈길을 알아차리고 말했다.

"지, 선체에 구멍은 없지?"

내가 말했다. 작은 부분적 진공은 별문제가 아니다. 차단막이 깨지면서, 압력은 결국 똑같아진다. 그러나 선체에 난 구멍은 풀 수 없는 문제가 될 것이다.

"없어. 다행이네."

지가 슬레이트를 확인해 본 뒤에 말했다. 로쿠로가 나를 바라보았다.

"세빈 생도, 당신의 전체 신체 기능이 회복될 때까지는 오류 분 정도밖에 안 걸릴 것입니다."

우리에게 오륙 분의 시간 여유가 있기나 할까? 나는 남은 시간을 확인해 보고 싶었다. 그러나 시간을 세는 소리는 삼촌의 야망이 똑딱거리는 박자로 느껴졌다.

로쿠로는 자기 용병 동료들이 의식을 잃고 기절했을 뿐인지 확인하기 위해 살펴보았다. 로쿠로가 확인을 다 끝냈을 즈음에는 내 팔다리의 감각도 완전히 돌아와 있었다. 그러나 내가 또 한 번 쓰러진다면 너무 무리하면 안 될 것 같았다.

"모두들 어때? 누구 치료 필요해?"

내가 물었다. 싸우다가 발견하는 것보다는 지금 발견하는 편이 나았다. 더 큰 대결이 오고 있음을 확신할 수 있었다.

"그을렸지만 괜찮아."

유나가 말했다. 지는 자기 슬레이트를 들어 올렸다.

"난 유지 보수 로봇 몇 대에 우리 대신 정찰을 시켰어. 그러니까 우린……."

바로 그때, 우리의 대화는 인터폰에서 들리는 위협적인 으르렁거림에 가로막혔다. 나는 거의 변신할 뻔했다. 변신을 억누르다 보니 위가 휘저어지는 듯한 역겨움 때문에 괴로웠다. 유나는 방아쇠로 손가락을 가져갔으나 발사 직전에 멈추었다. 지는 가장 가까운 엄폐물 뒤로 몸을 숙였는데, 어쩌다 보니 그 엄폐물은 로쿠로가 되었다. 로쿠로는 움찔도 하지 않은 유일한 사람이었고, 나는 그런 극기심이 부러웠다.

"안녕한가, 세빈."

환의 목소리가 뒤틀린 으르렁거리는 소리로 나왔고, 내 목덜미의 털이 일어났다.

"너는 가족의 실망거리가 되기로 선택했구나."

유나의 시선이 옆으로 쏠렸다. 그녀는 분명히 내가 어떻게 반응할지 걱정하고 있었다.

내 손바닥의 흉터가 마치 얼음 칼날이 뼈까지 닿게 박힌 상처처럼 느껴졌다. 나는 이를 악다물고 아무 말도 하지 않았다. 삼촌 말은 틀리지 않았다. 나는 여기서 살아남는다고 해도, 이 무모한 짓이 끝난 뒤에도 우주군이 나를 받아 줄까 의심스러웠다. 그리고 우리 가족은 생도로서, 그리고 주황 호랑이 부족으로서 일을 망친 나를 두 팔 벌려 환영해 주지 않을 것이다.

"너는 내 신뢰를 이용했어. 아주 영리해."

환은 말을 계속했다. 지는 귀에 들릴 정도로 침을 꿀꺽 삼켰고, 마치 슬레이트가 자기를 보호해 줄 것처럼 가슴에 대고 꽉 움켜쥐었다.

"하지만 겨우 생도 주제에 성공할 가망이 있다고 생각하느냐?"

내 생각은 '생도'라는 단어에 집중하게 되었다. 오늘 이후 아마 나는 '천 개의 세계'에서 가장 짧은 복무 기록을 갖게 될지도 모른다. 그리고 가장 낮은 계급으로 기록될지도 모른다. 그러나 내게는 여전히 의무가 있고, 나는 삼촌이 그 의무의 걸림돌이 되도록 가만두지는 않을 것이다.

"잘 들어."

나는 다른 사람들에게 쏘아붙이듯 말했다.

"우리는 엔진실에 들어가서 드라이브를 오프라인으로 끊을 준비를 해야 해. 지, 배의 매뉴얼에는 그렇게 할 방법이 적혀 있을 게 분명해. 그걸 찾아. 유나, 로쿠로, 너희는 지를 지켜줘. 삼촌은 우리를 말로 겁먹게 할 수 있다고 생각할지도 몰라. 하지만 삼촌이 말하고 있다는 건 그가 우리의 계획을 모른다는 뜻이야."

나는 의식을 잃은 용병들을 어떻게 묶어 놓을지 생각하다가, 그러지 않기로 했다. 일 분 일 초가 중요했다. 일단 엔진실에 들어가면 우리는 어떤 침입자도 막아 낼 수 있는 바리케이드를 칠 수 있을 것이다. 나는 가장 중요한 기계가 있는 곳에 공격을 가할 만큼 바보 같은 사람은 없을 것이라고 믿었다.

지는 슬레이트에 뜬 매뉴얼에서 고개를 들고 실망한 듯 신음했다.

"해킹해서 이 출입구를 지나가려면 좀 더 작업이 필요해, 세빈."

"그럼 지금 시작하는 게 좋겠어."

내가 대답했다. 지는 다시 신음했다.

유나와 로쿠로가 한 방향으로 함께 순찰하자, 나는 우리 쪽으로 퍼져 오는 공기와 냄새의 변화를 경계하며 다른 방향으로 갔다. 확실한 단서가 없는 것은 임박한 위협이 있는 것보다 더 좌절감을 주었다. 나는 싸우는 법을 알고 있었고, 싸우고 싶었다.

"해냈어!"

영원처럼 느껴진 시간이 흐른 뒤 지가 자랑했다. 나는 엔진 실의 출입구가 미끄러져 열리는 소리를 듣고 고개를 돌렸다.

"모두 들어가. 서둘러!"

내가 말했다. 내 예민한 청각은 희미한 발소리를 들었다. 환의 증원 병력이 도착했을까?

몸을 피할 곳으로 들어서게 되자 지에게서는 기쁜 냄새가 났다. 로쿠로가 지를 따라갔다. 필요하면 총을 발사할 수 있도록 유나가 뒷걸음질 쳐 엔진실로 들어갔고, 내가 마지막에 합류했다.

엔진실은 다른 세계 같았다. 마치 미니어처 정원에 발을 들여놓은 듯했다. 계기판과 측정기, 부드러운 파란 불빛으로 배 안에 오아시스가 만들어져 있었다. 그 장소 전체가 아득한 꿈속의 음악처럼 조용히 윙윙거리고 있었다. 나는 한순간 그곳에 서서 마음을 달래 주는 분위기로 온몸을 씻어 내렸다.

승무원들은 아무도 없었다. 환의 군대가 그들을 빼 간 것이 틀림없다. 나는 그들에게 무슨 일이 일어났을지 생각하지 않으려고 애썼다. 지금 당장의 일에 집중해야 했다.

"여기를 그릴 스케치북을 가져왔다면 좋았을 텐데. 총싸움 때문에 내 연필이 쓸모없게 되어서 유감이야."

유나가 숨죽인 목소리로 말했다. 나는 조용히 한숨을 내쉬면서 다른 사람들이 내 한숨 소리를 듣지 못했으면 하고 바랐다. 나는 여기 서서 명상에 잠기고 싶었지만, 언제까지 우리가 안전한 곳에 있는 척할 수는 없었다. 우리에게는 할 일이 있었다.

무엇이 잘못되었는지 깨닫는 데는 잠시 시간이 걸렸다. 소리가 들리지 않는 것에서 단서를 찾아야 했기 때문이다.

"지, 왜 출입구가 닫히는 소리가 안 나지?"

지의 얼굴이 파리해졌다.

"나도 몰라! 문이 더 이상 내 명령에 응답하지 않아."

지가 미친 듯이 슬레이트를 찔러 대며 말했다.

이런. 예비 계획을 진행해야 할 시간이다.

"로쿠로와 나는 입구를 지키면서 들어오려는 사람을 기습할 준비를 할게."

내가 말했다. 로쿠로가 왼쪽을 맡아서, 나는 오른쪽을 맡았다.

"유나, 우리를 지나오는 건 무엇이라도 쏠 준비를 해. 지, 너는 해킹 일을 맡아."

"네, 선장님."

지가 말했다. 나는 그 말에 놀라서 지를 다시 바라보았다. 지의 떨리는 미소가 보였다.

"이제 물리적으로 접근할 수 있게 됐으니, 어떻게 하면 될지 알 것 같아."

지는 슬레이트를 한쪽에 놓고 가장 큰 계기판에 자리를 잡았다.

"절차가 어려운 건 아니야. 보안 감시를 뚫고 해킹을 하면 돼. 그러기 위해서 내가 해야 하는 건……."

지의 목소리는 점점 작아져서 무언가에 열중한 중얼거림으로 변했다.

"우리에겐 더 큰 문제가 있어. 만약 여기 출입구가 닫히지 않는다면, 그건 환이 우리가 어디에 있고 무엇을 하려는지 안다는 뜻이야."

유나가 지적했다.

"왜 우리가 준비되어 있다고 생각을……."

기절 장치의 불길이 호를 그리며 문을 통해 들어오자 나는 말을 멈췄다. 몸을 마비시키는 불빛의 후광이 나에게 닿지 않도록 몸을 격벽에 납작 붙였다.

환의 목소리가 인터폰에서 다시 내게 장광설을 늘어놓았다.

"생도, 내가 너를 잡으면 너는 내게 반항한 죄로 철저히 처벌받을 거다."

환이 으르렁거렸다.

"네 잘못을 네 부모에게 보고해야 하게 되어 유감스럽다. 하지만 네 부모가 슬퍼할 것 같지는 않다. 부족의 명예를 훼손하는 것보다는 영면에 드는 편이 나을 거다."

나는 로쿠로의 표정을 전혀 읽을 수 없었다. 그러나 유나가 작게 숨을 들이켜는 소리는 들을 수 있었다.

"냉정하네. 환은 네 삼촌이잖아."

유나가 내 뒤에서 말했다. 내 정신이 흐트러질 필요는 없었다. 그래도…….

"그래."

나는 환의 말이 내게 안긴 씁쓸함을 숨기려고 하면서 말했다.

환의 말이 옳을까? 우리 부모님이 환의 편이라면? 환이 막아야 하는 위험한 배신자라고 주장하는 나에게 동조하는 것이 아니라 그의 편을 든다면? 나는 의무가 언제나 나의 행동을 인도할 나침반 역할을 할 거라고 생각했었다. 하지만 이제 의무는 내 심장에 아픈 구멍을 남길 뿐이었다.

"만약 환이 우리에게 온다면 민을 데리고 올 거야. '홀리기'에서 우리를 보호할 방법이 필요해."

내가 말했다. 로쿠로의 얼굴이 붉어졌다.

"저는 헤드셋을 갖고 다닙니다. 임무 중에는 갖고 다니면 안 되지만, 소음 방지용입니다."

"시도해 볼 만하네."

내가 말했다. 로쿠로는 점프 슈트 속을 뒤지더니, 헤드셋을 나에게 건네주었다.

"가져가십시오. 환은 당신을 제일 먼저 노릴 것 같습니다."

나는 잠깐만 망설이다가, 헤드셋을 끼었다.

"좋아."

나는 첫 번째 일제 사격 뒤에 적들이 문으로 밀려들어 올 거라고 예상했었다. 하지만 아무것도 들리지 않았다. 나는 지가 계기판 뒤로 넘어지는 것을 보았다.

넘어진 지가 어떤 것을 작동시키면서 무언가가 번쩍거렸다. 우리 중 아무도 엔진실에 덫이 있는지 확인할 생각을 하지 않았다. 우리는 너무나 힘들어서 엔진실을 피난처로 생각했기 때문이다. 나에게는 우리가 환의 덫에 떨어졌다는 생각을 할 시간만 있었다. 경고의 고함을 칠 시간은 없었다.

19

천지를 뒤흔드는 폭발이 엔진실 전체에 울렸다. 헤드셋은 폭발 소리를 막아 주지 못했다. 귀가 멀 것 같았다. 나는 충동을 통제하지 못하고 본능적으로 변신했다. 호랑이 형태가 인간 형태보다 더 큰 고통을 견딜 수 있다는 것을 내 몸이 알았다. 모든 것이 하얗게 변하기 직전, 나는 다른 사람들은 엄폐물에 제때 닿았는지 궁금했다.

시야 전체에 붉은 잔상이 떠돌았다. 나는 옆으로 비틀거리다가 내가 어느 계기판 뒤에서 몸을 동그랗게 말고 있다는 것을 깨달았다. 불행히도 청소년 호랑이가 편안하게 들어가기엔 공간이 부족했고, 내 뒷다리는 노출된 채로 있었다.

동료들이 생각나면서 나에 대한 걱정이 날아갔다. 그들이 괜찮은지 알아내야 했다. 나는 잔상을 날려 버리려고 노력하며 빠르게 눈을 깜박였다. 그러나 도움이 되지 않았다.

나는 호랑이 모습일 때 비(非)호랑이들이 이해할 수 있는 방식으로 말할 수 있으면 좋겠다고 생각하면서, 인간 모습으로 돌아왔다.

'보고해!'

나는 신호했다. 그것은 군 전술 신호 언어에서 내가 아는 단어 중 하나였다.

유나가 손을 흔들었다. 그녀가 계속 총을 발사하면서 총이 지글거리는 것이 보였다. 로쿠로도 그녀를 따라 했다.

반쯤 기절한 상태에서도 나는 셈을 할 수 있었다. 유나, 로쿠로, 내가 괜찮다면, 남은 사람은……

"지?"

나는 지의 귀가 멀지 않아서 내 목소리를 들을 수 있기를 바라면서 외쳤다.

잔상 때문에 눈이 보이지 않아 의지한 코가 답을 알려 주었다. 나는 피 냄새를 맡았다. 지의 피였다. 심장이 멈출 뻔했다.

"지?" 내가 다시 물었다.

대답이 없었다.

일어나서는 안 되는 일이었다.

환이 엔진실 안에 폭발 지뢰를 심을 정도로 필사적이었다고 믿을 수 없었다. 무엇이 잘못될지 누가 알겠는가? 연기 냄새는 내 코를 막았다.

내가 수류탄의 효과를 잘못 판단했다는 생각이 떠올랐다.

그것은 섬광탄이었다. 신경을 분산시키거나 잠깐 눈을 멀게 하지만, 바로 위에 앉지만 않는다면 지속적인 피해를 입히지는 않는 탄약.

지는 섬광탄 바로 위에 있었다. 배 속이 메스껍고 요동쳤다. 지는 괜찮아야 했다. 나는 지를 오래 알지는 못했다. 그러나 지는 자신의 가치를 증명해 왔다. 게다가, 나는 지를 이런 상황에 끌어넣은 사람이었다. 그가 멀쩡하게 탈출하게 해야 할 책임이 있었다.

모두 어디로 갔는지 알아차릴 수 있을 정도로 잔상이 흐려졌다. 지만 빼고 모두 엔진실 양쪽에 자리를 잡고 있었다. 총에 맞을 위험은 없는 곳이었다. 유나는 구석에 피신해 총을 쏠 각도를 쟀고, 때때로 손만 조금 내밀어 닥치는 대로 적에게 총을 쏘았다.

환의 목소리는 인터폰으로 계속 울리고 있었다. 그러나 내 헤드셋을 통해서는 희미하게 윙윙거리는 소리로만 들렸다. 이제 나는 환의 말에 무감각해졌다. 환의 말을 인지할 수 없는데도 그가 무슨 말을 하는지 알 수 있었다. 그래, 나는 내가 주황 호랑이 부족의 수치라는 것을 알았다. 우주군이 나를 원하지 않으리라는 것도 알았다.

만약 내가 그중 하나에 미련을 두고 여기서 멈춘다면, 다시는 움직이지 못할 것이다. 그래서 나는 내 가족, 다시는 보지 못할 고향, 심지어 내 제복에 얽힌 골치 아픈 감정들을 뭉쳐서,

머지않아 다시 들여다볼 수 있도록 마음 뒤편에 던져 놓았다.

"로쿠로."

나는 흔들리지 않는 목소리를 내려고 애쓰면서 크게 말했다.

"지를 확인해 봐. 나는 적들이 덮칠 경우를 대비해서 입구를 지킬게."

나는 이렇게 복잡한 말을 어떻게 신호 언어로 전해야 할지 몰랐다. 만약 살아서 나간다면 신호 언어를 개선하고 싶었다. 게다가 나는 로쿠로가 '천 개의 세계' 군 신호 언어를 이해하는지도 알 수 없었다.

로쿠로는 알아들었다고 몸짓으로 알렸다. 잠시 후, 그이는 입 모양으로 말했다.

"부상당했어요."

그럼 죽지는 않았구나.

나는 용기를 내어 밖에 누가 있는지 잠깐 훔쳐 보고 싶었다. 나는 시각 대신 후각에 의지할 수 있다는 사실을 스스로에게 일깨웠다. 민의 '홀리기'가 아직 위협적일 때 귀에 의지하는 것은 마음에 들지 않았지만, 헤드셋을 통해 들리는 소리는 적들이 거리를 지키고 있다는 사실을 암시했다. 지금까지는 교착 상태였다.

그때 유나의 총격이 멈추었다.

나는 유나와 눈을 마주쳤다. 그녀는 얼굴을 찡그렸다.

"세빈, 정말 알리긴 싫은데, 힘이 떨어졌어!"

유나가 외쳤다.

'배터리가?'

내가 신호했다. 유나의 입이 비틀렸다. 그녀는 고개를 흔들어 아니라고 답했다. 나는 신음했다.

"우리에겐 게이트 드라이브를 오프라인으로 조작할 시간이 필요해."

나는 내가 또렷이 발음하고 있기를 바라면서 유나에게 말했다.

"나는 밖으로 갈 거야. 내가 간 다음 출입구를 닫기 위해서 무슨 일이든 해. 인터폰을 꺼. 내가 다시 들어오게 해 달라고 해도 날 믿지 마."

어쨌거나 나는 민이 여전히 우리 삼촌 밑에서 일하고 있다는 것을 알았다. 민이 자기 오빠를 희생시키고 삼촌에게 반항할 거라고 기대할 수 없었다.

유나가 고개를 끄덕였다.

인터폰에서 나오던 환의 장광설이 중간에 갑자기 뚝 끊겼다. 나는 환의 목소리가 다른 곳에서 나오는 것을 들었다. 이번에는 엔진실 바로 바깥에서였다. 환이 너무 크게 소리치는 바람에, 심지어 헤드셋을 끼었는데도 그의 목소리를 들을 수 있었다.

"아주 좋아. 용맹한 노력이었다. 호랑이다웠어."

환이 말했다. 그의 목소리에서 냉담함이 약간 줄어들었고,

대신 유감 어린 인정이 느껴졌다.

"네가 잘못된 쪽을 고른 것이 너무 안됐구나."

나는 조심스럽게 밖을 살펴보았다. 환 삼촌은 그곳에 있었다. 용병 경비대를 옆에 두었고, 무당과 무당의 개 실드가 왼쪽에 서 있었다. 무당은 이미 요술로 눈부시게 빛나는 종잇조각을 손에 쥐고 있었고, 실드의 입은 사나운 웃음으로 축 늘어져 열려 있었다. 어느 쪽이 더 두려운지 알 수 없었다.

나는 문제의 한 사람에게 집중했다. 힘의 균형을 바꿀 수 있는 사람, 민. 인간 모습인데도 민은 날카롭고 여우 같은 외양과 호박색 눈을 갖고 있었다. 아마 개의 요술 때문일 것이다.

환이 채 말을 끝내기도 전에, 나는 변신해서 마음을 다잡고 민에게 뛰어오를 준비를 했다. 지가 회복할 시간을 벌어야 했다. 혹은 지가 시작한 일을 로쿠로와 유나가 끝낼 시간을 벌어야 했다.

내게 단 한 번의 기회밖에 없다는 것을 나는 알고 있었다. 환은 민에게 나를 '홀리라'고 명령할 것이고, 그러면 나는 환의 부하가 될 것이다. 그러나 '홀리기'조차도 물리 법칙을 능가하지는 못했다. 일단 내가 호랑이 모습으로 뛰어들면, 민을 어떻게든 막을 수 있을 것이다.

도약하면서 나는 스스로를 자책했다. 어리석었다. 민이 아니라 무당을 쓰러뜨렸어야 했다. 그러나 돌이키기에는 너무 늦었다.

환은 민에게 날카롭게 고개를 끄덕였다.

민은 몸을 똑바로 폈다.

"세빈!"

마치 내가 오랜만에 만난 친구인 것처럼, 민이 노래하듯 말했다.

"세빈, 나한테 와. 오해가 있었어."

민의 말에 혹할 정도로 바보는 아니었지만, 실수가 있었다. 호랑이 모습으로 변신할 때, 나는 헤드셋을 걸치지 못했다. 민의 '홀리기'에서 아무것도 나를 보호하지 못했다.

민이 다칠까 봐 걱정하며, 그녀와 충돌하는 것을 필사적으로 피하려고 했다. 민은 민첩했고, 내가 육중하게 착륙했을 때 옆으로 피했다. 민은 내 등에 손을 얹고 털을 쓰다듬었다. 나는 만족하며 기뻐했다.

바로 옆에서, 민은 이 우주선에 어울리지 않는 냄새를 풍겼다. 민의 냄새는 바람이 많이 불고 별이 흩어져 있는 밤, 미로 같은 솔숲에서 나는 독특한 여우 냄새였다. 나는 고개를 뒤로 빼 민의 눈이 여우의 밝은 노란색으로 빛나는 것을 보았다. 민은 구미호의 아홉 꼬리는 말할 것도 없고 그냥 여우 꼬리도 없었지만, 그녀의 그림자는 똑바로 앉아 있는 여우의 그림자였다. 귀는 앞으로 뾰족 세우고 덥수룩한 꼬리는 갑판을 탕탕 치고 있었다.

'민은 확실히 여우야.'

나의 이성은 말했다. 이것이 중요한 사실이라는 확신을 떨칠 수 없었다. 하지만 왜 중요한지는 알 수가 없었다. 민은 나를 커다란 집고양이처럼 쓰다듬고 있었다. 보통 때라면 나는 화났을 것이다. 호랑이는 반려동물이 아니니까. 그러나 지금 나는 민의 곁에서 볕을 쬐고 싶었다.

민은 몸을 숙여 입을 내 귀 바로 옆에 갖다 댔다.

"미안, 세빈."

민이 속삭였다. 너무나 조용히 말해서 다른 사람 아무도 듣지 못했을 것이다.

나는 혼란으로 신음했다. 그러나 민의 말은 끝나지 않았다.

"내 부탁 좀 들어줘."

민이 말했다. 환 삼촌이 내뱉듯이 명령하는 소리를 들었지만, 거기에는 관심이 없었다. 내게는 민의 소원만이 중요했다.

"사태가 어지러워질 거야. 그리고 나는 저 개가 다치는 걸 바라지 않아. 저 개를 멀리 데려가서 여기서 떨어진 곳에 있도록 해 줘. 알겠지?"

민은 창백하지만 단호하게 몸을 똑바로 폈다. 나는 내가 행동할 차례라는 것을 알았다. 나는 민의 옆을 떠나기 싫었다. 하지만 민은 내 친구였다. 그리고 민은 내게 부탁을 했다. 중요하지 않은 부탁이라면 민은 하지 않았을 것이다.

나는 앞으로 홱 뛰어나가, 날카로운 이빨로 실드의 피부에 상처를 내지 않으려고 조심하며 실드의 목줄을 입에 물었다.

실드는 길게 울부짖었지만, 나는 출발해서 달렸다. 환이 내 뒤에서 고함치는 소리가 들렸지만, 신경 쓰지 않았다. 그다음에는 전투로 충돌하는 소리가 들렸다.

실드는 내 얼굴을 할퀴었다. 나는 실드의 털가죽에서 역겨운 맛을 느끼며, 그를 뱉어 버리고 싶은 충동에 저항했다. 실드의 털가죽에선 딸기 샴푸 같은 맛이 났다. 나는 눈을 감고 달리면서 기억으로 길을 찾았다. 나는 주위 환경에 대한 감각이 뛰어나지만, 개가 나를 공격하는 동안에는 집중하기 어려웠다. 그리고 나는 감히 나를 보호하기 위해 실드를 흔들거나 어쩌지를 못했다. 민은 실드를 안전하게 지키는 것이 얼마나 중요한지 강조했었다.

그래도 격벽을 긁으며 길을 찾으면서, 민은 내가 돌아오면 안 된다고 말하지는 않았다는 생각이 떠올랐다. 확실히 민은 내가 실드의 안전을 확보한 다음 돌아와서 자기를 도와주기를 기대할 것이다. 민이 자기 계획을 내게 상세히 말할 기회는 없었어도, 그녀는 내가 돌아오길 바랄 것이다.

나는 미끄러져 멈추고 주위를 둘러보았다. 실드는 여전히 몸부림치며 길게 울고 있었다.

'가만히 있어.'

내 입이 실드의 끔찍한 맛이 나는 털가죽으로 가득 차 있지만 않았다면 그렇게 말하고 싶었다. 삽사리가 호랑이 말을 이해할 수 있는지는 모르겠다. 우리는 엔진실에서 멀리 떨어진 곳, 침실이 늘어선 곳 근처에 와 있었다.

나는 엔진실의 싸움이 어떻게 진행되고 있는지 궁금해하며 길을 되짚어 갔다. 실드가 허우적거리던 발 한쪽이 내 목덜미의 두꺼운 털가죽에 얽혔고, 자기 발톱이 걸렸다는 것을 깨달은 실드의 울음은 가련한 낑낑거림으로 변했다.

'아무도 우리를 보고 있지 않아서 다행이야.'

나는 생각했다. 개를 뱉어 버리고 뭐라도 마셔서 입을 씻고 싶었다. 실드를 둘 장소를 찾아야 했다. 최대한 빨리.

나는 문이 열린 침실을 우연히 찾아냈다. 서둘러 휘갈겨 쓴 메모에는 문이 고장 나서 수리가 필요하다고 적혀 있었다. 나는 그 침실에 들어간 다음 실드를 놓아주었다. 실드는 여전히 내 털에 걸려 있었고, 나에게 매달린 채 화가 나서 짖었다.

나는 도로 인간 모습으로 변해서 실드의 목줄을 간신히 집어 들었다. 실드는 이빨을 내 팔에 박아 넣었다.

"널 위해서 이러는 거야."

나는 이를 악물고 실드에게 말했다.

아까 내가 변신하면서 없어졌던 헤드셋이 제복과 함께 다시 나타나 갑판에 떨어졌다. 나는 그것을 무시했다. 더 중요한 일이 있었다.

"이리 와, 실드."

개의 표정은 시큰둥했다. 도대체 어떻게 개를 여기에 가둬 둘 수 있을까?

"들어 봐. 나쁘지 않을 거야."

여전히 내 팔에 매달려 있는 실드에게 말했다. 어쩌다 내가 작전에서 한참 멀어져서 개와 흥정을 하고 있게 된 걸까?

실드는 으르렁거렸다. 비틀어 떼어 낼 수 있을 정도로 실드의 턱이 느슨해졌다. 실드는 그르렁거리며 내게 다시 달려들었다. 나는 '내가 개보다 한발 앞서지 못한다면 곤란해!' 하고 생각하며 실드를 피했다.

실드의 공격을 피하면서 방을 돌고 있을 때, 어떤 냄새를 맡았다. 저건…… 전투 식량? 우리 가족은 저걸 일주일에 한 번씩 먹었고, 훈련이 있을 때면 더 자주 먹었다.

'앞으로의 역경에 너를 적응시키기 위해서야.'

어머니는 전투 식량을 먹이며 이렇게 말했었다. 그 당시 나는 내가 불평 없이 보리 건빵과 육포를 삼킬 수 있다는 것을 작은 명예의 상징으로 생각했다. 하지만 디저트로 나오는 초콜릿과 마시멜로 크림 파이마저 맨날 먹게 되자 싫증이 났다.

나는 그 역겨운 냄새가 나는 간식을 향한 실드의 탐욕을 기억했다.

"이봐, 실드."

나는 또 한 번 개가 달려드는 것을 피한 뒤 말했다.

"너하고 거래를 할게."

개는 공격을 멈추고 의심스러운 듯 으르렁거렸다.

"이 침실에는 음식이 있어."

나는 개의 관심을 끌었다는 것을 알 수 있었다.

"네 발에는 닿지 않지만, 내가 찾아서 줄 수 있어."

실드의 꼬리가 실룩거리더니 흔들리기 시작했다. 맛있는 간식에 대한 욕망을 느끼면서도 단호한 태도를 유지하려는 실드의 눈이 요동쳤다.

나는 방 옆쪽을 따라 살금살금 움직여, 음식 냄새를 따라갔다. 성난 개를 피하지 않아도 되는 여유가 생기자, 나는 그 전투 식량이 잡채라는 것을 알 수 있었다. 명절 때 나오는, 쇠고기와 채소와 당면을 볶은 요리. 전투 식량 버전의 잡채는 힘줄 많은 고기와 회색으로 변한 채소들 때문에 맛이 없을 것 같았다.

누군가가 전투 식량을 베개 아래에 숨겨 두었다. 나중을 위해 아껴 둔 것인지, 폐기할 좋은 방법을 알아내지 못했기 때문에 방치한 것인지는 모르겠다. 나는 조심스럽게 베개를 홱 뒤집어서 봉인된 금속 통 안에 든 식량을 찾아냈다. 이론적으로는 통에서 어떤 냄새도 새어 나오지 않아야 했다. 그러나 통에 결함이 있는 것인지 내 코가 너무 예민한 것인지 모르겠지만, 이렇게 냄새가 나는 전투 식량을 한 번도 본 적이 없었다.

'서두르지 않으면 돌아갈 때쯤 전투는 이미 끝나 버렸을 거야.'

나는 생각했다.

나는 그 통을 열었다. 안에 보존된 잡채의 신 냄새는 거의 숨이 막힐 지경이었다. 실드가 다시 달려들었다. 그러나 나는 그 음식을 실드가 닿지 않는 곳으로 높이 치켜들었다.

"그렇게 빨리는 안 돼."

내가 말했다.

"네 충성심이 어디를 향하고 있는지는 모르겠지만."

나는 실드가 열렬히 짖으며 꼬리를 젓는 모습을 '충성심은 내 배 속을 향하고 있지. 무슨 생각을 하는 거야?'로 해석했다.

"네 주인은 해치지 않는다고 약속할게. 나는 환과 싸우는 거야."

'우리 삼촌과.'

하지만 이 개는 이런 디테일에는 신경 쓰지 않을 것이다.

"네가 할 일은 여기 머물러서 이 맛있는 식사를 즐기는 것뿐이야. 할 수 있지?"

개는 머뭇거렸다. 하지만 또다시 낑낑거리는 소리가 개에게서 나왔고, 나는 개의 결심이 흔들리고 있는 것을 느꼈다. 개는 배를 깔고 낮게 몸을 웅크리더니 입을 벌리고, 더 많은 음식을 기대하며 군침을 흘렸다.

나도 침을 흘린다는 것을 깨닫고 입을 앙다물었다. 내가 마지막으로 무엇을 먹었던 때가 언제였더라? 간식이라도 먹었던 때가?

실드는 나를 도끼눈으로 노려보았다. 내가 개의 배고픔을 냄새 맡을 수 있는 것처럼, 개도 나의 배고픔을 냄새 맡을 수 있었다.

나는 영감을 얻어 덧붙였다.

"만약 내가 부탁하는 대로 해 주면 음식을 전부 먹게 해 줄게."

나는 서둘러 상자를 훔쳐보았다. 한쪽 구석에는 내가 탐내는 초콜릿 마시멜로 파이가 들어 있었다.

"이것만 빼고."

나는 디저트를 빼면서 덧붙였다. 실드는 내게 입술을 말아 보였다.

"초콜릿은 개한테 독이야."

나는 꾸짖었다. 내가 이 동물을 식중독으로 죽게 한다면 민은 화를 낼 것이다!

"어쨌건 넌 나머지 음식으로 포식을 할 수 있어. 너같이 충성스러운 개가 먹기에 충분한 식사야."

나는 달래는 톤으로 목소리를 낮추려고 최선을 다했다. 내 목소리가 삼촌 목소리와 다르지 않게 들린다는 것에 소름이 끼쳤다.

개는 뻔뻔스럽게 꼼지락거렸다.

전투 식량을 사용해서 나는 삽사리를 화장실로 유혹해 넣었다. 통을 바닥에 던졌다. 실드는 안에 든 음식으로 뛰어들어, 때아닌 설날 잔칫상을 만난 사람처럼 주둥이를 잡채에 처박았다.

'운 좋은 동물이구나.'

나는 생각했다. 그 식량은 객관적으로 역겨웠지만.

나는 서둘러 뒤에서 출입구를 닫아 실드를 가두었다. 다행히 문은 아주 잘 작동했다. 작전이 끝날 때까지 이 문이 실드를 안전하게 지켜 주기를 바랐다.

이제 민을 찾아서 도와줄 때였다. 나는 달려가면서 초콜릿 마시멜로 파이의 포장지를 이빨로 찢어 뜯고 입에 쑤셔 넣었다. 달콤한 초콜릿 코팅과 쫄깃한 필링은 내가 맛본 최고의 음식이었다. 나는 이것으로 다가올 싸움에서 견뎌야 했다.

20

나는 돌아갔을 때쯤에는 피바다를 발견할 거라고 예상하며, 전력 질주로 숨이 턱에 닿은 채 엔진실로 갔다. 총과 기절 장치의 냄새가 무겁게 깔려 있었다. 그러나 나는 아무도 발견하지 못했다. 민과 닫힌 엔진실 출입구만 있었다.

"민!"

나는 민을 발견한 것에 기뻐하며 외쳤다. 보아하니 민은 다친 곳이 없었다. 나는 그녀의 침울한 표정을 알아차렸다.

"세빈."

민이 말하자, 그녀의 목소리에 깃든 고통에 심장이 멈추는 것 같았다. 민의 눈은 잠시 초점이 맞지 않았다.

나는 민이 치료를 받아야 하는지 생각했다. 그다음 내가 알아차리지 못했던 안개가 내 머릿속에서 걷혔고, 기억이 밀려들어 왔다. 민은 나를 다시 '홀렸다'. 그러나 내 친구들을 공격하기 위해서가 아니라, 그녀의 힘을 방해하는 개를 치우기 위해서였다.

민이 내게 뭐라고 대답할 때까지 붙잡고 흔들고 싶은 유혹을 느꼈지만, 그녀가 나를 자유롭게 해 주었다는 것은 인정해야 했다.

"무슨 일이 일어나고 있는지 나한테 말하는 데 삼 초 줄게."

내가 화가 나서 말했다. 민은 고개를 들었다. 그녀의 입매는 단호했다.

"내가 우리 오빠를 그 무당으로부터 지킬 수 있는 방법은 그것뿐이었어. 일단 그 개가 사라지자, 나는 세나를 마음대로 '홀릴' 수 있었어."

민이 말했다. 대답이 충분하지 않은 것 같아서 내가 물었다.

"세나는 지금 어디 있어?"

민은 얼굴을 찌푸렸다.

"환은 네가 실드와 함께 떠나자마자 위험을 알아차렸어. 그는 호랑이로 변해서 세나를 움켜쥐고, 용병들에게 자기와 함께 퇴각하라고 명령했어. 불행히도 환이 세나와 함께 달아나기 전에 나는 세나에게 한 가지 명령을 할 시간밖에 없었어. 준은 세나에게서 안전해. 하지만 나머지 우리는…… 그렇게 안전하지는 않아."

멋지군. 그럼 이제 우리는 무당의 요술과도 대결해야 한다.

"그럼 다른 사람들은 모두?"

"안전을 위해 숨었어. 나는 네가 여기로 돌아올 거라고 생각했어. 우리는 환을 뒤쫓아가서 그의 음모에 종지부를 찍어야 해."

민이 말했다. 나는 흔들리지 않고 그녀를 바라보았다.

"우리는 처음부터 함께 협력했어야 했어. 너와 특별 조사관이가 나를 좀 더 믿기만 했다면."

내가 말했다. 민은 한숨을 쉬었다.

"네 말이 완전히 틀린 건 아니야. 하지만 지금 당장 이 이야기를 할 시간은 없어."

"다른 사람들은 괜찮아?"

내가 물었다. 잠시 숨이 막혔다가, 나는 덧붙였다.

"지는……."

"내가 원격 진단 프로그램으로 살펴봤어. 크리스털은 아직 어느 정도 충전이 되어 있지만, 게이트 드라이브는 동력이 꺼졌어. 누군가가 저 안에서 일하고 있어. 그게 지일 거라고 생각해."

민이 말했다. 지가 어쨌든 살아남았다는 사실에 안도하긴 했지만, 나는 불안함을 느꼈다. 지는 아직 크리스털을 빼 낼 수 없는 것이 분명했다.

"그럼 환은 아직 배를 빼앗고, 드라이브 동력을 켜고, 달아날 기회가 있는 거야."

민의 말이 맞았다. 이제 지가 엔진실에 자리 잡고 있으므로,

우리의 최선은 삼촌과 직접 대결하는 것이었다.

"환이 어느 쪽으로 갔는지 알아?"

내가 물었다. 민은 슬레이트를 들었다.

"이걸로 그를 찾을 수 있어."

"그가 가는 길을 막자."

나는 단호하게 말했다.

"잠시만."

나는 지에게 연락할 수 있는지 알아야 했다.

"엔진실로 연락해 줘."

컴퓨터가 벨을 울려 인터폰이 켜졌다고 알려 주었다.

"지, 나 세빈이야."

"진짜 세빈인지 내가 어떻게 알지? 네가 제정신인지는 어떻게 알고?"

양철통을 두드리는 것 같은 목소리로 지가 대답했다.

나는 안도감에 축 처졌다. 지가 살아 있는 게 분명하다고 민이 말해 주었지만, 그의 목소리를 들으니 안심이 됐다.

"민이 '홀리기'에서 나를 풀어 주었어. 나를 믿건 안 믿건, 계속 게이트 드라이브 작업을 해."

"어, 알았어."

지가 놀라서 어쩔 줄을 모르며 말했다. 우리는 환이 마지막으로 발견된 장소로 출발했다.

하지만 불행히도, 우여곡절은 끝나지 않았다.

"어, 세빈?"

지의 목소리가 인터폰에서 다시 나왔다.

"응?"

나는 속도를 늦추지 않고 물었다.

"나쁜 소식이야. 나는 프로그램 몇 개에 배의 시스템을 모니터링시켜 놓았어. 환은 방금 모든 탈출 포드를 작동 불능으로 만들었어."

지가 말했다. 민과 나는 시선을 교환했다. 민은 나처럼 어지럽고 골치 아파 보였다. 환은 진심이었다. 탈출 포드에 대한 접근을 막는 것보다 훨씬 더 나쁜 상황이었다. 이제 해태호에 재앙이 일어나더라도, 승무원 중 누구도 탈출할 수 없었다. 우리는 덫에 걸렸다.

괴물 같은 짓이었다. 환이 그런 짓을 할 줄은 전혀 예상하지 못했다. 내가 배운 모든 배의 규약은 '탈출 포드는 대피가 필요해질 경우에 대비해 언제나 쓸 수 있어야 한다'고 명시했다.

"세빈, 거기 있어?"

지가 물었다. 나는 인터폰 너머로 그의 공포를 냄새로 맡을 수는 없었지만, 소리로 들을 수는 있었다.

"듣고 있어."

나는 민이 어떤 위협이라도 경계해 줄 것이라고 믿고 약간 속도를 늦추었다.

"나 계속 게이트 드라이브 작업 해? 아니면 환이 탈출 포드들에 한 짓을 고쳐 볼까?"

지가 말했다. 선택할 수 있는 문제가 아니었다.

"포드들을 고쳐."

나는 무겁게 말했다.

"환이 배에 가스를 뿌리거나 독을 풀거나 그와 비슷한 끔찍한 짓을 할 거라는 위험을 감수할 수가 없어."

아마 환은 우리를 기꺼이 자신과 함께 쓰러뜨릴 것이다.

"그 뒤에는 모든 출입구의 잠금장치를 풀어. 일단 사람들이 기절 가스에서 의식을 되찾으면, 안전한 곳으로 갈 수 있어야 해."

"어, 세빈……."

민이 말했다.

"잠시만."

나는 지에게 해야 할 다른 지시가 있는지 고민하면서 말했다.

"아니, 진짜, 세빈!"

민은 나를 세게 떠밀었다.

민은 나를 쓰러뜨리기에는 역부족이었다. 그래서 나는 쉽게 균형을 되찾고, 민에게 쏘아붙일 말을 입에 담았다. 그 말은 기절 장치 광선이 호를 그리며 내 귀 옆을 지나갔을 때 사라져 버렸다. 광선은 2센티미터도 안 되는 거리로 내 귀 옆을 빗나가며 나를 쓰러뜨렸다.

민은 이미 게처럼 뒤로 총총걸음을 치고 있었다. 나는 전함에 상자가 없다는 것이 너무 아쉽다고 생각했다. 그렇다면 숨을 곳이 있었을 텐데. 나는 몸을 뒤로 젖혔다가 도로 일어나며 호랑이 모습으로 변신해서, 방어적으로 웅크린 자세로 착지했다.

나의 시선은 즉시 환에게 고정되었다. 환은 방금 도착했고, 인간 모습을 유지하고 있었다. 인간 모습임에도 그는 위협적인 느낌을 물씬 풍겼다. 그가 들고 있는 총을 보았을 때, 내 입술은 으르렁거리며 뒤로 말렸다. 환은 내가 아니라 민을 겨누고 있었다.

환은 갑옷을 입고 기절 장치를 든 여섯 명의 용병을 대동하고 있었다. 그중 대장은 도깨비 헬멧을 쓴 우치다 선장이었다. 무당 세나는 없었다. 환은 '홀린' 동맹군을 믿을 수 없다고 판단한 것이 분명했다.

"우리가 싸움을 통해 해결해야 할 필요는 없어요!"

민은 환에게 외쳤다. 그녀는 구석으로 몸을 피했다.

환은 민의 말을 들은 척도 안 했다. 그 대신 환은 민을 향해 총을 쏘았다.

나는 눈을 가늘게 뜨고 환의 귀를 뚫어지게 보았다. 그는 이어플러그를 끼고 있었다. 내가 민의 '홀리기'를 막기 위해 쓰려고 했던 헤드셋 같은 것이 아니라 진짜 이어플러그였다.

그때 준이 모습을 드러내 환에게 몸을 날렸다. 준은 손가락을 갈고리발톱처럼 펼치고, 입술을 뒤집어 날카로운 이빨을 드러냈다. 준은 민이 도망간 구석으로 환이 총을 발사하는 것을 방해했다. 준이 환을 통과해 지나가 일시적으로 시야가 흐려지자 환은 머리를 흔들었다.

"이제 너한테 달렸어, 세빈! 나는 민에게서 멀리 떨어지지 못해."

준이 외쳤다. 그는 이미 민이 있는 구석으로 물러가고 있었다. 그의 발 주위에서 안개가 피어올랐다.

준이 내게 준 기회를 이용할 때였다. 나는 환에게 뛰어오르면서 포효했다. 그러나 한순간 나는 내가 바보 같다고 느꼈다. 만약 환이 민의 목소리를 들을 수 없었다면, 내 포효도 듣지 못할 것이다. 게다가 어른 호랑이가 나한테 겁을 먹을 것 같지도 않았다.

환은 호랑이로 변하지도 않았다. 나는 실망했다. 나의 원초적인 부분은 그와 배의 통제권을 두고 싸우고 싶어 했다. 그리고 모두를 구하기 위해 환을 이기고 싶었다.

환은 호랑이가 되는 대신 한 바퀴 굴러서 피했다. 그렇게 덩치가 큰 사람으로서는 믿을 수 없을 만큼 민첩했다. 환은 총을 쏘기 시작했다. 이번에는 나를 향해서였다. 환의 용병들도 기절 장치를 계속 쏴 댔다. 그들도 이어플러그로 민의 요술을 막은 듯했다.

나는 어떤 총격도 맞으면 안 됐다. 그러나 호랑이는 커다란 표적이 된다.

'순이 이모와 우리 부모님한테 뭐라고 말하지?'

나는 호랑이에서 인간으로, 인간에서 호랑이로 변신하고 예측할 수 없이 움직여 피하면서 생각했다. 순이 이모는 내게 이 기술을 훈련시켰다. 그러나 이 기술은 에너지를 빨리 소모해 버린다는 약점이 있었다. 만약 내가 이 싸움에서 살아남는다면, 일 년은 자야 할 것이다. 그 전투 식량 통에 초콜릿 마시멜로 파이가 하나밖에 없었던 것이 너무 아쉬웠다. 다시는 전투 식량에 대해 불평하지 말아야겠다.

광선 사이를 누비며 피하면서, 나는 이제 어떻게 해야 할지 생각해 보았다. 조만간 환과 그의 용병들은 나를 지쳐 떨어지게 만들 것이다. 나의 시야 가장자리는 이미 불길한 회색으로 변하고 있었다.

'여기서 포기할 수는 없어.'

나는 생각했다. 하지만 유혹적인 상상이 마음속에 번뜩였다. 나는 돼지고기 바비큐의 향연과 양지바른 곳의 침대를 상상했다. 배가 꾸르륵거렸다. 배고파서 정신이 산만해진 상태를 언제까지나 무시할 수는 없을 것이다. 나는 어지러워 비틀거렸다. 이렇게 약해 빠져서 어떻게 환을 이길 것인가?

삼촌에게는 키와 덩치, 그리고 오랜 경험이라는 강점이 있었다. 자기편에 여섯 명의 용병을 두고 있으니 수적 우세는 말할 것도 없다. 그는 심지어 민도 무력화했다.

하지만 이게 다는 아니었다. 환은 자기나 자기 용병이 '홀

리지' 않도록 했다. 그러나 민이 나에게 할 수 있는 일에 대해
서는 생각하지 못했다.

나는 다시 인간 모습으로 변신해 민의 반대편 구석으로 재
빨리 갔다. 메시지를 전달할 시간이 몇 초밖에 없었다.

"민, 날 '홀려'."

나는 속삭였다. 민의 눈이 커졌다.

"뭐? 세빈, 난……."

"나한테 싸움에서 이기라고 명령해. 그 대가가 무엇이든 간
에."

민이 내 계획에 반대하지 않아서 고마웠다. 민의 눈은 여우
의 호박색으로 빛났고, 여우 본성이 드러나며 그녀에게서 숲
의 냄새가 다시 퍼졌다.

"환을 이기는 것만이 중요해. 너는 다른 것은 하나도 생각
하지 못할 거야."

민은 종처럼 울리는 목소리로 말했다. 나는 요술이 기절 장
치의 효과를 이기지 못할까 봐 걱정했다. 그러나 시도해 볼 가
치가 있었다. 민의 요술이 느껴지면서 에너지가 심장에서부
터 채워졌다.

지난번 '홀리기'는 생각을 둔하게 하면서 정신에 균열을 일
으켰다. 그러나 이번에는…… 이번에는 달랐다. 나는 임무를
수행하기 위해 기꺼이 민의 요술을 받았다.

'의무란 이래야 하는 거야.'

나는 싸움에 다시 뛰어들기 직전에 생각했다. 강요된 복종이 아니라 자유로이 선택한 충성. 나는 이것을 스스로 배워야 했다. 왜냐하면 우리 가족은 한 번도 내게 자유로운 충성을 가르쳐 준 적이 없기 때문이다.

이번에 나는 포효하거나 돌진하지 않았다. 그 대신 숨었던 곳에서 당당한 걸음으로 나왔다. 느리지 않게, 그러나 빠르지도 않게.

환은 나를 쉽사리 쓰러뜨릴 수 있었을 것이다. 하지만 그러는 대신 환은 총을 들지 않은 손으로 손짓을 했고, 용병들의 기절 장치 총격이 멈추었다. 환은 계속 총을 내 머리에 겨누고 있었다. 만약 그가 나의 눈 사이를 똑바로 맞춘다면……. 음, 호랑이령의 내구성에도 한계가 있다.

나는 굳이 호랑이의 언어로 그에게 으르렁대지 않았다. 환이 내 말을 들을 수 있다 해도, 그것은 중요하지 않을 것이다. 나는 고개를 들었다.

'나를 봐요.'

나는 환에게 보내는 의지를 실어 생각했다. 나는 복종하는 자세로 웅크리지 않았지만, 공격하겠다는 위협도 하지 않았다. 그저 환에게 시선을 보내면서, 우리가 가족이라는 것을 기억하라고 부탁했다.

만약 환이 정말로 해태호를 원한다면, 그는 나를 물리치고 가야 할 것이다.

336

우치다 선장은 짜증이 분명히 보이는 태도로 환에게 신호를 보낸 다음, 기절 장치를 위협적으로 들어 올렸다.

환은 으르렁거렸다. 그의 입술이 말려 올라갔다.

나는 다시 인간 모습으로 변신한 다음, 내 귀를 가리켰다.

'이어플러그를 뽑고 우리 대화해요.'

환은 비웃었다.

"민."

내가 불렀다.

"여기서부터는 내가 맡을 수 있어."

나는 환이 내 입술을 읽을 수 있는지 궁금했다. 나는 독순술을 훈련받지 못했지만.

"세빈……."

뒤에서 들리는 민의 목소리에서는 걱정이 느껴졌다.

"세빈이 이 일을 처리하게 해. 그이는 괜찮을 거야."

준이 말했다.

"물러나."

나는 이것이 환에게 닿는 방법이라고 확신하면서 말했다. 환이 여우령에게 정신이 통제당할까 봐 조심하는 동안에는, 그를 설득할 수 없었다.

"우리를 지나쳐서 말소리가 들리지 않는 거리까지 가. 네가 그렇게 하는 것을 환이 볼 수 있도록 하고."

민은 얼굴을 찌푸리고, 자기 뒤에 둥둥 떠 있는 준과 함께 나왔다. 손은 위로 올리고 있었는데, 그 모습은 우습게 보였다. 민이 목소리뿐 아니라 신호 언어를 이용해서도 사람들을 '홀릴' 수 있을지 모른다는 생각이 떠오르기 전까지는. 이어플러그가 있건 없건 적들 앞에서는 민에게 그것에 대해 묻지 않기로 했다.

민은 계속 걸어가면서 조심스러운 시선을 뒤쪽으로 쏘아 보냈다. 민의 발소리는 고통스러운 카운트다운처럼 멀리 물러갔다. 나는 그녀의 발소리를 더 이상 들을 수 없을 때까지 기다린 다음 다시 내 귀에 손짓했다.

환의 어두운 눈이 내 눈을 살폈다. 그러고는 천천히 고개를 끄덕이고 이어플러그를 뺐다.

"세빈."

그는 내 이름을 저주처럼 말했다. 나는 헬멧을 쓴 용병들의 얼굴을 볼 수 없었다. 그러나 혼란과 불신의 냄새를 맡을 수는 있었다. 다행히 그들은 계속 총격을 멈춘 채 가만히 있었다.

"민은 이제 범위 밖에 있어요."

나는 내 말이 사실이기를 바라면서 이야기했다. 민은 더 이상 이 상황에 관여하지 않을 거라고 약속했다. 내 명예를 건 약속이었다.

"만약 해태호를 갖고 싶다면, 저를 죽여야 할 거예요."

"세빈."

환이 말했다. 이번에는 그의 말이 지친 듯이 들렸다.

"만약 네가 나를 기습했다면 이길 수도 있었을 거다. 그러나 지금 너는 혼자고 수적으로 열세다. 너는 상황을 바꿀 수 있었던 단 하나의 동맹을 바보같이 보내 버렸다. 만약 네가 그 기만적인 여우를 믿는다면 말이다. 나는 네가 어떻게 훈련받았는지 안다. 그건 내가 훈련받은 방식이기도 하니까. 너를 싸움에서 이기는 건 나에게는 손쉬운 일이다."

보통 때라면 그의 말은 나를 떨게 했을 것이다. 그러나 민이 내게 준 결의가 내 심장 속에서 타올랐다. 환은 신체적인 우위로 승리를 예측하고 있었다. 하지만 나는 환을 몸싸움으로 이기지 않을 것이다. 환이 아직 나를 쏘지 않고 나와 이야기하고 있는 걸 보니 그도 어느 정도 눈치챈 것 같았다.

환이 이야기하며 나는 한 발짝, 또 한 발짝 그에게 다가갔다. 그에게 나를 공격해 보라고 부추기면서. 만약 환이 나를 막지 못한다면, 나는 그를 제압하고 싸움을 끝낼 것이다.

환의 고통을 알아채는 데는 호랑이의 감각까지도 필요 없었다. 그는 긴장하고 있었다. 불만스러운 입매를 한 그에게선 좌절과 후회의 냄새가 났다.

환의 손가락이 총의 방아쇠로 움직였다. 가슴이 내려앉았다. 나는 그가 발사할 마음이 없는 한 방아쇠에 손가락을 넣지 않으리라는 것을 알았다. 나도 화기 사용을 같은 방식으로 훈련받았다. 결국 그는 내가 닿기에는 너무 멀리 가 버렸다. 나의 도박은 허사였다. 나는 삼촌의 손에 죽을 것이다.

"저는 삼촌을 오랫동안 존경했어요. 제 꿈은 삼촌을 따라 입대해서 삼촌 같은 선장이 되는 것이었어요. 어쩌면 더 나은 선장이요."

나는 삼촌에게 말했다. 그의 손가락이 흔들리다가, 다시 꼿꼿해졌다. 그가 나를 뚫어져라 쳐다봤다. 뜻을 읽을 수 없는 시선이었다.

나는 내게 겨누어져 있는 총에 조바심하지 않으려고 하면서 말을 계속했다.

"순이 이모와 훈련할 때마다, 삼촌이 저를 자랑스럽게 여기도록 하려면 얼마나 열심히 해야 할지 생각했어요. 삼촌은 저를 인도하는 별이었어요. 가모장님은 제게 이런 말을 한 적이 있어요. '부족의 길이 너를 이끄는 나침반이 되어야 한다.' 제게는 그 나침반이 삼촌이었어요."

나는 깊은숨을 들이쉬었다. 환은 여전히 꼼짝하지 않았다.

"우린 가족이에요."

내가 말했다. 적어도 '우리'와 '가족'이라는 두 단어가 그의 귀에 저주처럼 머물면서 내가 죽기를 바랐다. 나는 호랑이령이 사람을 저주할 수 있다는 이야기를 한 번도 들어 보지 못했다. 하지만 시도해 볼 가치는 있었다.

환은 매우 지독한 욕설을 숨죽여 중얼거렸다. 그의 손가락이 방아쇠에서 물러났다. 그는 총을 총집에 집어넣었다.

"나는 너를 죽일 수 없어."

환은 쓰디쓰게 말했다.

"우주군이 나를 막으려고 보낸 모든 사람들 중에서, 가장 치명적이었던 건 그 망할 구미호가 아니었어. 나는 그 구미호를 다룰 방법이 있었어. 하지만 너는 어쩔 수 없네. 내 핏줄."

환의 눈이 공허해졌다. 나는 그를 체포할 준비를 하며 앞으로 걸어갔다.

환에게 집중하는 바람에 그의 용병들을 깜박 잊고 있었다.

자기 생명을 구해 준 사람이 위협당하는 것을 본 우치다 선장은 기절 장치를 들어 올려 내게 발사했다.

환은 믿을 수 없는 반사 신경으로 호랑이 모습으로 변신했다. 하지만 그는 기절 장치의 총격을 막을 정도로 빠르지는 못했다. 환이 너무나 크게 포효해서 배 전체가 그 포효로 떨리는 듯했다. 환은 우치다를 비롯한 모든 용병들을 강력한 앞발로 휩쓸어 쓰러뜨렸다.

잠시 동안 나는 털가죽이 별빛처럼 빛나는 커다란 하얀 호랑이를 보았다. 나를 수호하기 위해 온 서쪽의 백호였다. 나의 흉터가 그에게 응답하며 맥박쳤다.

"맹세를 깬 대가를 기꺼이 치러라."

나는 백호가 폭풍 같은 목소리로 내게 말하는 것을 들었다.

'끝났어.'

그 생각을 하고 난 뒤, 어둠이 나를 집어삼켰다.

21

　오랫동안 나는 즐거운 꿈속을 떠돌았다. 나는 우리 사유지에서 햇빛을 받으며 졸고 있었다. 쾌적한 햇살을 좋아하지 않는 고양잇과 동물이 어디 있겠는가? 이상하게도 냄새는 안 느껴졌다. 그러나 잉어 연못과 분수가 철썩거리는 소리, 진달래 덤불과 풀잎 사이에서 바람이 살랑거리는 소리는 들렸다. 내게 해야 할 일이 있다는 느낌은 희미하게 있었지만, 그곳에 영원히 머물 수 있기를 바랐다.

　그때 어떤 냄새가 느껴졌다. 햇볕으로 따뜻해진 풀이나 물, 혹은 바람에 떠도는 꽃가루의 달콤한 냄새가 아니었다. 그 냄새는…… 공포 같았다. 구미를 동하게 하는 사냥감의 공포는 아니었다.

　내 눈꺼풀이 갈라지듯 열렸다. 불빛도 이상했다. 태양의 따뜻한 빛이 아니라, 인공적인 하얀 빛이었다. 나는 "내 햇빛 어디 있지?" 하고 웅얼거리며 생각했다.

얼굴 하나가 초점에 들어왔다. 아니, 얼굴 두 개. 그들을 알아보는 데 잠시 시간이 걸렸다. 지와 민이었다.

"깨어났구나!"

지가 외치더니, 나를 찌그러뜨릴 듯 아프게 껴안았다.

마치 모든 근육을 혹사한 것처럼 온몸이 욱신거렸다. 나는 지에게 아프다고 소리를 질렀다.

"햇빛은?"

나는 아쉬운 듯이 물었다. 그런데 왜 내 목소리가 이렇게 약하게 들리지?

민의 눈이 커졌다. 그녀에게서 강렬한 불안이 느껴졌다.

"아, 안 돼. 그 의무병이 어디로 갔지?"

그녀가 신음했다.

"나 햇빛 꿈을 꾸고 있었어."

내가 정신이 나갔거나 뇌 손상을 입었다고 그녀가 생각한다는 것을 깨닫고 말했다.

그때, 내가 의식을 잃기 전에 무슨 일이 일어났는지 기억이 났다. 내가 일어나 앉으려고 애쓰자 지와 민이 나를 제지했다.

"환!"

"이제 괜찮아."

민이 빠르게 말했다.

"환은 너를 의무실로 직접 데려다준 다음에 자수했어. 채원 선장님은 그때 막 회복됐고. 채원 선장님과 선장님의 보안 특수 부대는 환을 감금실에 가두었지. 해태호가 당국에 인계해서 군사 법정을 열 때까지 그는 그곳에 머물게 될 거야."

환은 나를 구하기 위해 자신의 공모자들을 쓰러뜨렸다. 나를 공격한 그들에게 복수하기 위해서. 나를 살렸다는 사실이 그를 재판에서 구하진 못할 것이다. 그러나 적어도 나는 내가 사랑하고 존경해 온 삼촌이 죽지 않았다는 것을 알게 되어 기뻤다. 다시는 그를 보진 못하겠지만 말이다.

"환의……."

나는 침을 삼키고, 마음을 다잡았다.

"환의 몸은 괜찮아?"

지는 나를 이상하게 쳐다보았다.

"세빈, 그는 너를 공격했어. 여러 번."

"그는 여전히 내 삼촌이야."

나는 말했다. 그는 결국 나를 죽일 수 없었다.

민이 고개를 끄덕이는 것을 보고 놀랐다. 차가운 바람이 부는 것이 느껴지면서, 그녀의 귀신 오빠가 잠시 나타났다.

"나는 그 마음이 어떤 건지 알아."

민이 말했다. 그녀의 얼굴은 진지했다.

"심지어 환 같은 사람에게도 가족이 있어. 나는 그 점에 대해 생각해 본 적이 없었어."

그녀는 '사람'이 아닌 다른 단어를 말하려고 했던 것 같다.

아마 '괴물'이나 '악당' 같은 말을. 얼마 전까지만 해도 나 또한 민을 그런 말로 불렀다. 경험이 관점을 뒤집어 놓는다는 것은 흥미로운 일이다.

"네게 여전히 가족이 있어서 기뻐."

내가 준을 보면서 말했다. 그는 미소 짓고 고개를 숙였다.

"도와줘서 고마워. 실드의 욕심도 고맙지 뭐야. 우리가 화장실에 갇혀 있는 실드를 발견했을 때, 녀석은 식량 통을 깨끗이 핥고 있었어."

민이 말했다. 약간 웃자 몸이 아팠다.

"배는 어때?"

먼저 물어야 했던 질문이었다. 채원 선장은 정신을 차린 뒤 처음으로 배의 안부에 대해 물었을 것이다. 내가 그녀에게 정신을 차린 뒤의 첫 질문에 대해서 물을 수 있는 날이 올까 의심스러웠지만.

"지가 게이트 드라이브를 너무 철저하게 엉망으로 만들어 놔서 배는 수리를 받고 있어."

민이 비꼬듯이 말했다.

"세빈, 네가 그러라며!"

지가 항의했다.

"선장님은 내가 파괴 공작에 재능이 있다고 했어. 그게 칭찬인지 잘 모르겠어."

지가 후회하는 듯한 미소를 지었다.

"너는 옳은 일을 했어. 그때는 필사적인 상황이었어."

내가 말했다. 또 다른 생각이 떠올랐다.

"무당과 그 개는 어떻게 되었어?"

민의 표정이 음흉해졌다.

"어떤 이유에서인지 그 무당은 형편없는 시를 읊는 데 빠져 있었어. 그 덕분에 그녀는 곤경에서 벗어날 수 있었지. 그리고 모두 돌아가며 실드에게 먹이를 주고 있어. 실드에겐 사실상 팬클럽이 있어."

"이제 해태호는 위험하지 않지?"

내가 물었다.

그때 어떤 그림자가 내 위에 드리웠다. 고개를 돌려 그림자를 드리운 것이 무엇인지 보고 깜짝 놀랐다. 팔에 붕대를 맨 채원 선장이었다. 지는 상당히 엉성하게 경례했다. 지에게 경례하는 법을 가르쳐 줄 기회가 없었다. 민은 예의 바르게 인사했다. 나는 한 번 더 똑바로 일어나 앉으려고 애를 썼다.

"쉬어. 너는 다쳤다. 너는 거의 죽을 뻔한 모습이다."

그녀의 무뚝뚝함에 나는 움찔했다. 내가 정말 그렇게 끔찍하게 보이나?

"네, 선장님."

"네가 직접 무슨 일이 일어났는지 처음부터 말해라. 기록을 위해서다."

채원 선장이 말했다.

선장은 내 행동을 평가하기 위해서만이 아니라, 우리 삼촌을 두고 열 군사 법정에 도움이 되기 위해 내 진술을 얻으려고 할 것이다. 나는 용병들이 살아남았다고 해도 협조할 사람이 있을까 의심스러웠다. 그리고 무당은 우주군의 사법권 밖에 있을 것이다. 환과 용병들 말고는 내가 그 마지막 대결의 유일한 목격자였다.

입이 말랐다. 나는 침을 꿀꺽 삼켰다. 물 한 잔을 부탁하기도 전에 채원 선장이 누군가 옆에 있는 사람에게 손짓을 했고, 그 사람은 내게 물을 갖다 주었다. 나는 감사의 말을 중얼거리고 꿀꺽 물을 들이켜면서 생각을 가다듬었다. 그다음 모든 것을 처음부터 이야기하기 시작했다.

이야기하는 도중에, 내 배가 크게 꾸르륵거렸다. 나는 초콜릿 마시멜로 파이 말고 뭔가를 마지막으로 먹은 때를 기억할 수가 없었다. 내가 마지막으로 의식이 있었던 때로부터 얼마나 시간이 흘렀지? 하지만 물어보기에는 적절치 않은 때인 것 같았다. 배가 계속 우르릉거리면서 얼굴에 열기가 올라왔다. 아무리 배가 고파 죽을 지경이어도 선장에게 상세한 보고를 할 의무가 있다는 것을 알기 때문에, 나는 배고픔을 최대한 무시했다.

마침내, 채원 선장이 물었다.

"이것이 해태호에서의 복무와, 배신자 환에게 네가 한 행동에 대한 상세하고 정확한 보고라고 맹세하는가?"

"맹세합니다."

나는 최대한 단호하게 말했다. 나는 솟구쳐 오르는 구역질을 내리눌렀다.

'너는 방금 네 경력을 끝냈어.'

우주군에 선서를 하지 않았다고 해도, 나에게는 의무가 있었다. 그리고 이제 나는 그 의무를 끝마칠 것이다. 나는 다른 미래를 찾을 수 있었다. 그 미래가 어떤 모습일지는 몰랐다. 나는 언제나 내가 우리 삼촌의 발자취를 따라갈 것이라고 생각했으니까. 그러나 나에게는 새로운 미래를 고민할 시간이 아주 많을 것이다.

채원 선장은 나를 위아래로 훑어보았다. 그녀의 표정을 읽을 수 없었다. 그녀는 고개를 끄덕였다.

"좀 쉬어라."

마치 내가 쉬고 있지 않았다는 것처럼 그녀가 말했다. 그녀는 발뒤꿈치로 돌아 떠났다.

나는 그녀가 떠나가는 것을 멍하게 바라보았다. 이걸로 끝인가? 해태호에 있는 남은 시간 동안 나는 어떻게 될 것인가? 선장이 나를 에어로크에서 차서 우주로 떨어뜨릴 정도로 불명예스러운 짓을 한 것 같지는 않았다. 그녀가 환을 당국에 넘길 때 나도 목격자로 같이 넘겨지지 않을까 생각했다.

지의 목소리가 나의 침울한 생각을 방해했다.

"어이, 세빈."

그는 내 주의를 끌 때까지 손을 내 얼굴 앞에 흔들며 말했다.

"의무실에 있는 사람들 모두 네 배가 꾸르륵거리는 소리를 듣겠다. 먹을 거 좀 갖다줘?"

나는 너무 배가 고파서 그의 말을 거절할 수가 없었다.

"응, 부탁해."

그는 서둘러 나갔다. 민이 내 어깨를 쓰다듬었다.

"환자에게 먹이는 쌀죽이 아니라 진짜 음식을 가져오라고 말했어야지."

"먹을 수만 있으면 뭐든지 상관없어."

나는 말했다. 뭐든지 상관없다는 말을 후회하게 될 것 같긴 했지만.

"네가 나를 먹지만 않으면 나도 상관없어."

그녀는 윙크했다.

"다른 사람들은 어때?"

내가 물었다.

"유나는 기절 장치에 너무 많이 맞아서 물집이 좀 생겼어. 의무병이 유나에게 합성 피부를 시술하고 진통제를 주었지. 그녀는 이미 퇴원했어. 지는 알 거고. 그는 영리하게도 엔진실에 바리케이드를 치고 들어앉아서 채원 선장이 물러나라고 직접 명령할 때까지 나오지 않았어."

"남규는?"

내가 남규의 이름을 말한 바로 그때, 남규가 미역국과 밥과

김치 냄새가 감질나게 나는 쟁반을 들고 나타났다. 지는 커다랗게 미소 지으며 남규와 함께 왔다. 나는 쟁반으로 달려들고 싶은 마음을 억눌렀다.

"누구 배고픈 사람이 있다고 들었는데?"

남규가 물었다. 그이는 쟁반을 손 닿는 곳에 놓았다.

"의무병을 돕느라고 계속 바빴어. 정말이지, 그건 내가 할 수 있는 최고의 실전 훈련이었어. 환자들이 볼 수 있는 곳에 창자 씨를 둘 수 없긴 했지만."

남규는 씩 웃었다. 나는 이미 밥을 입에 떠 넣고 있었다. 서둘러 씹고 삼킨 다음 물었다.

"내가 얼마나 정신을 잃고 있었어?"

"아무도 말해 주지 않았어?"

남규가 민과 지를 못마땅한 눈길로 보면서 물었다.

"너는 사흘 동안 정신을 잃었어. 우리는 조금씩 걱정됐지. 기절 장치는 가까운 거리에서 맞으면 고약한 물건이야. 너는 운이 좋았어."

내 손가락과 발가락은 보통 때보다 더 뻣뻣하게 느껴졌다. 남규는 내가 숟가락을 잡으려고 애쓰는 것을 보았다. 불쌍하다는 듯 미소를 지으며 그이가 입을 씰룩였다.

"너한테는 얼마간 물리 치료가 필요할 거야. 치료받으면 곧 회복할 수 있어. 좋은 소식이지."

남규가 덧붙였다. 더 나쁠 수도 있었다. 만약 환이 마음을 바꾸지 않았다면, 혹은 그가 용병들을 막지 않았다면 나는 죽을 수도 있었다. 나는 그간 이런저런 종류의 운동을 해 왔다. 물리 치료도 크게 다르지 않을 것이다.

"고마워."

나는 남규에게 말했고, 그 말은 진심이었다.

"로쿠로는 어때?"

남규는 어리둥절한 것 같았다. 하지만 지는 내가 누구를 말하는지 알았다.

"로쿠로는 항복했어. 내가 그이를 변호했어. 그래서 로쿠로는 객실에 구금 중이야. 그이는 명예를 걸고 도망가지 않겠다고 맹세했어. 로쿠로가 환에 대항해서 우리를 도왔다는 걸 알게 되자, 채원 선장님은 그이를 감금실에 넣을 필요가 없다는 데 동의했어. 선장님은 만약 로쿠로가 환에게 불리한 증언을 하고 자기 부족을 포기한다고 선언하면, '천 개의 세계'에 망명을 요구할 수 있을 거라고 말했어."

나는 알아들었다고 고개를 끄덕이면서, 우리 협력자가 너무 큰 고생을 할 필요가 없다는 것에 안도했다. 나는 감금실 속에서 보냈던 짧은 시간을 너무나도 생생하게 기억했다. 그 시간은 불편하기보다는 수치스러웠다. 솔직하게 말하자면, 그 기억은 여전히 나를 괴롭혔다.

나는 배를 채우느라 바빴다. 그러나 민과 지, 남규는 오래 머물면서 내 옆에 있어 주었다. 나는 그들과 함께 있으면서 쉬는 것으로 만족했다. 미래에 대한 걱정은 나중에 하기로 했다.

오래지 않아 유나도 나를 살펴보러 나타났다. 유나가 다쳤는지는 알 수 없었다. 그녀는 내게 그림이 그려진 카드를 건네주었다. 네발에 총을 하나씩 들고 있는 우스꽝스러운 호랑이가 그려져 있었다. 한눈에 봐도 유나가 그린 것이었다.

"널 위한 거야."

유나의 말에 나는 카드를 열어 보았다. 안에는 이렇게 적혀 있었다.

'빨리 나아.'

맞다, 썩 독창적인 메시지는 아닐지 모른다. 그래도 마음이 따뜻해졌다. 모든 생도가 거기에 사인을 해 두었다. 내가 말했다.

"고마워."

유나는 약간 얼굴을 찌푸리더니 나를 꼼꼼히 바라보았다.

"너 걱정스러워 보여."

그때쯤 나는 쟁반 위에 있던 모든 음식을 먹어 치운 참이었다. 한 번 더 먹을 수도 있었다. 내가 불쑥 말을 꺼냈다.

"안 그렇겠어? 나한테 무슨 일이 일어날지 모르는걸."

모두 침묵했다. 나는 급발진해 버린 것을 후회했다. 나는 내가 스스로를 잘 통제한다고 생각했었다. 그러나 지난 며칠 동안은 힘들었다. 나는 내가 생각했던 것보다 더 지치고, 더 약해져 있었다.

"채원 선장님은 엄격하지만 공정해. 너는 선장님을 아직 잘 모르지. 그녀는 너에게 기회를 줄 거야."

유나가 말하며 내 어깨를 쓰다듬었다.

"너는 우리를 이끌면서 대단한 일을 했어, 세빈. 선장님은 그걸 아셔야 해."

다른 사람들도 고개를 끄덕여 동의했다.

나는 그렇게 확신하지 않았다. 하지만 다른 사람들을 위해 낙관적으로 보이려고 했다.

배가 계속 갈 수 있을 정도로 수리되어 항해하는 동안 나는 채원 선장의 결정에 대해 불만스러울 정도로 거의 듣지 못했다. 한편으론 그럴 만했다. 선장이 생도에게 중요한 사안을 털어놓진 않으니까.

그래도 나는 로쿠로처럼 구금되지는 않았다. 선장은 내가 생도 침실로 돌아가도록 허락했다. 나는 배의 기능에 대한 수업을 다시 들었다. 그 생활은 너무나 평범해서 나는 싸울 때 느낀 아드레날린의 폭발이 그리울 지경이었다.

'우리 삼촌도 이렇게 시작한 거였나?'

나는 걱정이 되었다. 삼촌을 망친 결함이 내게도 있을까? 나는 내가 안다고 생각했던 그 고결한 사람이 신기루가 아니었다고, 그 사람은 존재했다고 믿고 싶었다. 그러나 진실을 아는 사람은 환 자신밖에 없었다.

나는 식당에서 특별 조사관 이를 마주쳤다. 우리는 하루 전에 게이트에서 빠져나와서 크리스털을 재충전하고 있었다. 이가 나의 '홀린' 친구들의 손에 어이없이 당한 상처에서 회복한 것을 보고 나는 안도했다. 조사관이 내게 가까이 오라고 해서 그렇게 했다.

"세빈 생도, 자네한테 사과할 게 있어."

이가 말했다. 나는 고개를 저었다.

"저도 늘 최선의 결정을 하지는 않았습니다."

그래도 만약 이가 나를 믿었다면 나는 배의 납치와 그 뒤의 사태를 견뎌야 할 필요는 없었을 것이다. 이가 말했다.

"자네는 그 결정이 필요할 때 했어. 그게 중요하지. 자네는 삼촌에게 맞섰고, 그의 용병들이 제 역할을 하지 못하도록 도와주었지."

내가 물었다.

"무당 세나는 어떻게 되나요? 세나가 우주군 사법권 밖에 있다는 건 저도 이해합니다. 하지만 그녀도 이 일에서 책임을 져야 하지요. 안 그렇습니까?"

이가 대답했다.

"그 점에 대해서는 안심해도 된다. 무당들은 스스로를 단속한다. 그리고 나도 국내 보안부를 대표해 그녀를 기소할 거다. 아마 재판을 받을 때쯤 그녀의 동료들은 그녀의 무당 지위를 박탈할 거다."

나는 고개를 끄덕이며 세나가 더 많은 말썽을 부리면서 돌아다니지 않으리라는 것에 안심했다. 특히 준에게 말이다.

마침내 나는 나를 내내 괴롭힌 질문을 하기로 결심했다.

"특별 조사관님, 왜 그 노란 다용도 부츠를 신으십니까?"

이는 한 발을 들고 부츠 발가락 부분을 움직이면서 낄낄 웃었다.

"품위 없지, 안 그래? 나는 국내 보안부에서 첫 임무를 받고 이걸 신었어. 저주가 얽힌, 머리카락이 쭈뼛해지는 사건이었지. 그리고 그 임무는 나를 승진시켜 주었어. 행운을 가져오는 부츠지."

"그렇군요."

나는 미소 지었다. 그러나 순이 이모가 준 칼을 내가 잃어버렸다는 것이 생각났다. 그것은 나쁜 징조였을까?

나는 민과도 몇 번 마주쳤다.

"너는 일을 하면서 옳을 때와 잘못될 때를 어떻게 구분할 수 있어?"

나는 민에게 물어보았다.

우리는 레크리에이션 룸에 단둘이 남아 있었고, 바둑판 위에 백돌과 흑돌을 두었지만 게임에 집중하지는 않았다. 준은 우리와 함께 있으면서, 바둑판에 자기 손을 놓아 보면서 놀고 있었다. 편안하게 부는 차가운 바람은 겨울의 휴식을 떠올리게 했다.

민은 내가 '홀리기'에 대해 묻고 있다는 것을 모르는 척하지 않았다. 그녀는 주의 깊게 단어를 고르면서 말했다.

"믿건 말건, 그 문제에 대해서 생각해 본 적이 없어. 나는 곤경에서 벗어날 수 있는 방법을 찾으면, 그 방법을 사용해. 때로는 창조적으로 문제를 해결하고, 때로는 문제를 더 악화시켜."

나는 그 말에 대해 생각해 보았다.

"나는 네 요술이 지처럼 해킹을 잘하는 것이나, 고블린이나 호랑이처럼 힘이 센 것이나, 남규처럼 치료를 잘하는 것과 다르지 않은 듯해. 어떻게 쓰느냐에 달렸어."

내가 말했다.

"그런 것 같아. 나는 사람을 믿는 데 익숙하지 않아. 하지만 만약 내가 너를 믿었다면, 아마 모든 게 더 좋아졌을 거야. 너…… 너는 너희 삼촌 같지 않아."

민의 입꼬리가 내려갔다. 그녀는 내게 불안한 시선을 던졌다.

"마지막에 네가 너를 '홀리라'고 부탁했을 때…… 그때는 정말 달랐어."

나는 말을 하지 못하고 고개만 끄덕였다. 나는 민의 요술로 스스로를 믿었고, 그 믿음이 환을 제압하도록 도왔다. 나는 그 믿음을 다시 가질 수 있으면 좋겠다고 바랐다. 그러나 이기적인 이유로 민에게 요술을 요청하면 안 될 것이다.

"우리 종족의 전통에 그런 '홀리기'에 관한 건 없어."

민이 말했다. 그녀의 눈은 고심으로 어두워졌다.

"그건 내가 다른 사람들을 도울 수 있을 거라는…… 그리고 내 정체를 숨기지 않아도 된다는 희망을 줘."

그때 레크리에이션 룸에 세 명의 승무원이 들어왔다. 그래서 더 이상 그곳은 이야기하기에 안전하지 않았다. 나는 민에게 미소 지었다. 나는 자기 정체성을 숨기며 산다는 것이 구미호에게, 심지어 좋은 의도를 가진 구미호에게 어떤 의미일지 생각해 보지 않았다. 나는 환 삼촌 때문에 우리 가족에게 찍힌 낙인을 싫어했다. 자기 정체성을 숨겨야 하는 건 백 배는 더 나쁠 것이다. 이 사실을 기억해야 했다. 다시는 이것에 대해 내가 무언가를 할 수 있는 위치에 서게 되지 않을지라도.

일상이 이어지며 그날이 그날 같았다. 나는 매일 시간을 맞춰 물리 치료실에 갔다. 치료실의 의무병은 한 번도 이렇게 부지런한 사람을 보지 못했다고 말했다. 나는 재활 운동이 나쁘지 않았다. 재활 운동은 손가락의 소근육을 통제하는 법을 배우고 발가락으로 글자를 쓰는 것 같은 이상한 운동이었다. 하지만 나는 그런 운동을 좋아하지도 않았다. 그래서 나는 미소를 짓고 그동안의 도움에 아주 감사한다고 의무병에게 말하며 치료실을 나왔다.

수업 시간에는 나조차도 놀랄 정도로 성실하게 공부했다. 하지만 창문을 내다보거나 우주선의 복도를 걸을 때마다, 이

것이 내가 전함 위에서 보내는 마지막 시간일지도 모른다는 생각이 들었다. 나는 여기 있는 동안 그 시간을 최대한 활용해야 했다.

요리사를 위해 수경 재배실에서 수확한 채소를 씻거나 격벽을 닦을 때, 미래에 내가 할 수 있는 일에 대해 생각했다. 나는 배 위에서 복무한다는 꿈을 완전히 포기하고 싶지 않았다. 배 위에서 일할 수 있는 직업으로는 무역인과 광부가 있었다. 우주군에 있는 것과 같지는 않을 테지만, 나는 내가 어떤 배건 배 위의 삶에 만족할 수 있기를 바랐다.

동시에 나는 가족에 대해 생각하지 않으려고 했다. 하지만 결국 내 생각은 가족에게 향했다. 가족들을 한 번이라도 다시 볼 수 있을까? 어떤 운명이 그를 기다리는지 알지만, 환 삼촌이라도? 내가 삼촌에게 작별 인사를 하는 것을 채원 선장이 허락할까?

내가 우리 가족에게 돌아간다고 해도, 가족이 여전히 나를 원할까?

채원 선장의 호출을 받았을 때 나는 충격을 받았다. 머리로는 우리가 우주 항구에 도착하고 있다는 것을 알았다. 그러나 해태호 위에서 보내는 시간이 끝나 가고 있다는 것이 실감되지 않았다. 나는 슬레이트 위의 공지 사항을 뚫어지게 쳐다본 다음, 말 한마디 없이 다른 생도들에게서 떠나 선장실로 향했다.

나는 선장에게 경례하고 그녀가 내게 말하기만을 조용히 기다렸다.

"우리는 열두 시간 뒤 도킹할 것이다."

채원 선장이 그녀 특유의 동요하지 않는 얼굴로 나를 바라보며 말했다.

"호위를 붙여 너를 보내겠다."

나는 반응을 숨기려고 했지만, 선장은 분명히 내가 움찔하는 모습을 보았을 것이다.

"너의 안전을 위해서다. 지금까지 온갖 일들이 일어났으니, 예방 조치가 필요하다."

"예, 선장님."

내가 말했다. 다른 대답은 할 수 없었다.

"세빈……."

그녀는 머뭇거렸다.

"조사를 맡은 제독은 의문이 많을 거다. 그저 나한테 말한 대로 정직하게 대답해라. 그러면 모든 것이 괜찮을 거다."

나는 그녀를 믿어야 하는지 잘 몰랐다. 나는 그저 다시 말했다.

"네, 선장님."

그리고 선장실을 떠났다.

22

　해태호가 도킹한 뒤 학 소위가 나를 해태호에서 호위하며
내렸다. 나는 더플백을 멨고, 내가 입은 생도 제복에서 간신히
위안을 얻었다. 나는 언제 그 옷을 벗고 민간인 복장으로 환복
하라는 요청을 받을지 궁금했다.

　나는 다른 생도들과 민에게 이미 작별 인사를 했다. 할 말은
별로 없었다. 그러나 지는 따뜻한 작별의 포옹을 해 주었고,
남규와 유나는 진심 어린 인사를 건넸으며, 민은 진지하게 고
개를 끄덕였다.

　기지는 화려하게 내 주변에 펼쳐졌다. 이 우주 항구의 특징
은 삼각형으로 이루어진 매끄럽고 기하학적인 건물들이었다.
나는 빛나는 보석의 심장부로 걸어 들어가고 있는 것처럼 느
꼈다. 높은 창과 빛나는 기둥과 부벽은 그런 인상을 더해 주
었다.

"환 삼촌은 어디 있지요?"

나는 대담하게 학 소위에게 물어보았다. 나는 삼촌과 무당과 개, 용병들의 흔적을 보지 못했다.

"이미 내렸어. 그 무당과 함께."

학이 조용히 말했다.

"채원 선장님은 특별한 예방 조치를 명령했어. 우리는 너희가 따로따로 내리면 소동이 덜할 거라고 생각했어."

그녀는 나를 곁눈질로 보았다.

"그 무당은 무당들의 조사 위원회에 참석하게 될 거야. 난 그들이 그녀를 호의적으로 다루지는 않을 것 같아. 넌 너의…… 너의 삼촌에게 무슨 일이 일어날지 알 거야."

나는 부자연스럽게 고개를 끄덕였다. 환은 사형을 받을 만한 중죄를 저질렀고, 처벌을 피할 수 없을 것이다. 그 결정은 내 권한 밖에 있었다.

나는 해태호의 감금실에 있는 삼촌을 보겠다고 감히 부탁하지 못했다. 그러나 그러고 싶었다. 나는 그가 한 일에도 불구하고 작별 인사를 할 시간을 갖고 싶었다. 그리고 이제는 그를 다시 볼 수 있을지 궁금했다. 남은 평생 나는 자신을 희생하면서 나를 구해 준 그의 마지막 모습을, 그리고 이 세상 것 같지 않았던 서백호의 모습을 기억할 것이다.

우리는 기지 속을 걸어갔다. 나는 우리를 지나치는 사람들과 그들의 혼란하고 중독적인 냄새에 압도되었다. 환경 필터들이 미처 걸러내지 못한, 바깥으로부터 흘러 들어온 꽃가루와 화초의 감질나는 냄새들도 있었다. 나는 그 정신 산만한 냄새가 좋았다.

마침내 우리는 대기실에 도달했다. 거기서 학 소위는 나를 비좁은 책상에 앉아 있던, 코끝이 뾰족한 사무원에게 인계했다. 사무원은 내게 앉으라고 하고 형식적인 미소를 지으며 덧붙였다.

"조금 기다리셔야 할 겁니다. 원하신다면 디스펜서에서 차를 마음대로 갖다 드세요. 화장실은 복도에서 문 두 개 지나 왼쪽에 있습니다."

나는 아직도 내가 체포된 것 같지 않다는 점에 놀랐다. 목이 말라서 직접 녹차를 따랐다. 나는 차 맛을 잘 느끼지 못했다. 오히려 다행이었다. 누군가가 차를 떫을 정도로 너무 오래 우려 두었다.

길다면 길고 짧다면 짧은 대기 시간이었다. 나는 그 시간을 잘 활용하는 편이 낫겠다고 생각해서 재활 운동에 몰두하고 있었다. 사무원이 헛기침을 했을 때 나는 굉장히 까다로운 발가락 운동에 한창이었다.

"세빈 생도, 이제 안에서 당신을 기다리고 있습니다."

사무원이 말했다. 나는 내가 한 번도 진급하지 못한 계급으로 나를 불렀다고 그의 말을 정정해 주지 않았다. 그는 미소를 짓고 자기 뒤의 문을 가리켰다.

"들어가셔도 됩니다. 당신이 무엇을 해야 할지 안에서 말해 줄 겁니다."

다행이었다. 왜냐하면 정신이 돌아오는 바람에 너무 당황해서 안내서에 적혀 있던 '조사를 받을 때 행동하는 법'을 모두 잊어버릴 뻔했기 때문이다. 나는 얼굴이 빨개져서, 컵을 재활용 통에 넣고 문으로 갔다.

문이 열린 후 이어진 방은 서른 명 정도 들어갈 수 있었지만, 내 예상만큼 거대하지는 않았다. 제독 한 명이 방 맨 위쪽 테이블에 앉아 있었다. 채원 선장과 애 중령은 마주 보는 테이블에 방금 자리를 다시 잡았다. 다른 장교들도 참석했지만, 나는 그들 중 아무도 알아보지 못했다.

그러나 한 사람은 알아보았다. 우리 삼촌이었다. 그는 수갑을 차고 감시를 받으며, 자기 자리에 앉아 있었다. 세나의 흔적은 없었다.

나는 삼촌을 보고 움찔할 수밖에 없었다. 그가 청문회에 있을 거라고는 아무도 말해 주지 않았다! 그는 내가 증언하는 동안 지켜볼 것이다. 내게 겁을 주어 거짓말을 하게 하려고 할까? 나는 그 압력에 굴할까? 나는 이곳에서 돌아 나가고 싶은 유혹을 느꼈다.

환은 흔들리지 않는 시선으로 내 눈과 마주쳤다. 나는 그의 얼굴에서 분노도, 원한도, 자포자기도 보지 못했다. 그는 전에 본 적 없는 방식으로 나를 알은척했다. 그는 내게 끄덕였다……. 마치 우리가 동등한 사이인 것처럼. 그러고는 턱으로 제독을 가리켰다. 마치 이렇게 말하는 것 같았다.

'저쪽에 관심을 기울여라, 세빈. 네 의무를 다해.'

나는 가던 길을 멈추고 제독에게 경례했다. 그래야 할 것 같았다.

"세빈."

제독이 말했다. 그녀는 머리카락이 거의 없었고, 얼굴엔 주름살이 가득했다. 나는 그녀의 명찰을 보았다. 제독 안문희. 그녀의 눈은 날카로웠고, 나는 나이 때문에 그녀의 분별력이 흐려졌다고 생각할 정도로 멍청하지는 않았다.

"채원 선장의 설명과 고발당한 배신자의 고백에 따르면 너는 해태호 납치의 증인이다."

"맞습니다, 제독님."

"이제 너의 증언을 듣겠다. 앞으로 나오거라."

나는 내가 설 마루 위의 지점을 볼 수 있었다. 그곳에는 지나간 발자국들로 자국이 나 있었다. 나는 명령받은 대로 한 다음, 제독과 마주 보고 다시 경례했다.

"쉬어."

안 제독이 말했다.

"질문에 최선을 다해 상세하고 정직하게 대답하겠다고 맹세해라."

"맹세합니다."

나는 긴장한 목소리로 말했다. 고르지 못한 숨을 들이쉬고 안 제독을 바라보았다. 후들거리는 무릎을 가라앉히려고 했다. 앉고 싶었지만, 그것은 절대 불가능했다.

그녀는 납치 사태 때 무슨 일이 일어났는지 아주 많이 질문했다. 내 뒤에 있는 환의 존재를 고통스럽게 의식하면서도, 나는 맹세한 대로 그 질문들에 상세하고 정직하게 대답했다. 그 대답들은 내 됨됨이를 좋게 말하지는 않았다. 그것은 중요하지 않았다. 환 삼촌은 우주군을 배신했고, 그 결과를 받아들여야 한다. 나도 마찬가지다.

나는 여전히 무엇이 우리 삼촌에게 배신의 동기를 부여했는지 알지 못했다. 드래곤 펄이나 무당이 그의 마음을 혼란스럽게 만들었을까? 삼촌이라는 영웅을 잃은 것은 내가 받은 어떤 상처보다도 더 고통스러웠다.

긴 시간이 흐른 뒤, 안 제독은 끄덕이고 나를 물러가게 했다. 나는 마지막으로 한참 동안 삼촌을 보았다. 질문에 대답하는 그는 내게 주의를 기울이지 않았다. 나는 대기실로 나와서 차를 더 마셨다.

잠시 뒤 제독이 대기실로 나왔다. 나는 그녀를 보자 놀라서, 서둘러 일어나 경례했다.

"세빈 생도, 왜 내가 여기 있는지 아나?"

안 제독이 물었다. 나는 고개를 저었다.

"모르겠습니다, 제독님."

"우리는 너를 어떻게 해야 할지 고민 중이다, 세빈 생도."

내 허파 속의 공기가 재로 변했다. 나는 간신히 말했다.

"네, 제독님."

"자신의 행동을 어떻게 평가하나, 생도?"

나는 그녀의 목소리에서 아무것도 읽을 수 없었다. 그녀에게선 오직 호기심이 느껴졌다.

"저는 그 당시 제가 판단한 최선의 행동을 했습니다. 하지만 그것으로 충분하지 않았습니다. 기회가 있었을 때 채원 선장에게 경고하지 못했기 때문에 해태호는 위험에 처했습니다. 그리고 민에게 '홀린' 것에 대한 분노 때문에 환 삼촌의 지배를 받게 됐습니다."

눈이 불타는 것 같았다. 눈물을 흘리지 않으려고 애썼다. 나중에 아마 속 시원히 울 기회가 올 것이다. 그러나 지금, 제독과 마주하고 있는 동안에는 그럴 수 없었다.

"완벽한 세계에서 우리는 모두 완벽한 판단을 할 것이다."

제독은 익살맞게 말했다.

"더 빨리 경고했으면 더 효과적으로 환을 막을 수 있었을 것이다. 그러나 게이트 이동이 환영을 만들어 낸다는 사실에 네가 머뭇거린 것을 이해한다. 그리고 이후 너의 행동은 해태호와 승무원들을 위한 것이었다. 너는 특별 조사관 이의 조수가 가진 특별한 능력에 대한 오해를 푼 다음 그녀와 협력했다. 환이 너를 풀어 주고 본색을 보이자, 너는 제때 그에게 등을 돌렸어. 너는 생명의 위험을 무릅쓰며 그를 제압하고, 반역적인 행동을 끝내도록 그를 설득했지."

나는 입을 헤벌리고 제독을 바라보았다.

"제독님?"

그녀는 마치 내가 그 모든 일을 계획했다는 듯이 말했다. 하지만 당시에는 그렇게 느껴지지 않았다. 나는 그때그때 아슬아슬하고 힘들게 판단한 것으로 기억한다.

안 제독은 한쪽 눈썹을 치켜올렸다.

"환 전 선장은 네가 한 일의 영향에 대해 증언했다. 너희 둘의 혈족 관계 때문에 그의 말을 의심할 수도 있었다. 그러나 해태호의 컴퓨터 시스템은 일어났던 모든 일을 기록했다. 그래서 우리는 기록을 확인했다."

해태호에 구석구석 퍼져 있는 감시 시스템에 감사하게 될 줄은 몰랐다.

'고마워, 배야.'

나는 대충 해태호가 있을 것 같은 쪽을 향해 생각했다.

"제독님."

나는 나도 모르게 희망을 품기 시작하며 속삭였다. 나는 가슴속에서 심장이 조금만 약하게 박동했으면 하고 간절히 바랐다. 귀에서는 둔탁한 굉음이 들렸다. 나는 내가 제독이 한 말을 제대로 들었는지 확인하고 싶었다.

"내 생각으로는, 너는 스스로 무죄를 입증했다……. 흠이 없는 건 아니지만, 확실히 복무 첫날의 열세 살 생도로서는 훌륭하게 해냈다. 불행한 복무 첫날에 말이다. 나는 네가 우주군의 자산으로 남아 있기를 바란다."

나는 충격을 받아 축 처졌다. 다행히 내 다리는 무너지지 않았다. 의무병의 도움으로 재활 운동을 한 덕분에 서 있을 수 있었다.

제독은 자신의 말을 내가 이해할 시간을 주고자 침묵했다. 그다음 덧붙였다.

"그렇긴 하지만, 너의 첫 번째 '진짜' 전함 근무는 그보다 덜 이상한 상황에서, 그리고 네가 육체적으로뿐만 아니라 심리적으로도 회복할 시간을 가진 뒤에 시작되어야 한다. 어쨌건 해태호는 더 수리할 필요가 있다. 너는 그 기간 동안 병가를 내게 될 것이다. 그 기간을 현명하게 써라."

"그다음에는 어떻게 됩니까, 제독님?"

제독은 마침내 미소를 지었다. 대기실 사무원과 달리, 그녀의 미소는 형식적이지 않았다.

"너는 여전히 해태호 승무원이다, 생도. 너는 해태호의 다음 임무 때 해태호와 함께 출항할 것이다. 이것으로 너의 야망도 만족할 거라고 믿는다."

"네, 제독님!"

나는 속삭였다.

"생도의 처분에 주의하라."

안 제독은 사무원에게 말했다. 그리고 내게는 이렇게 말했다.
"해산!"

해태호에 다시 승선을 하기 전날, 나는 하순 제독에게서 편지 한 통을 받았다. 편지는 공식 편지에 쓰이는 크림색 종이로 왔다. 하지만 우주군에서 온 공식 통신문임을 표시하는 봉인은 없었다. 즉 개인적인 편지다.

솔직히 나는 가족에게서 다시 소식을 듣는다는 희망은 완전히 포기하고 있었다. 편지를 받을 때 나는 임시 숙소의 침대에 앉아 있었다. 나는 편지를 읽기 위해 혼자 있는 순간을 기다렸다.

편지에는 이렇게 쓰여 있었다.

세빈 생도. 가모장님이 너의 상속권을 박탈했다는 사실을 알리게 되어 유감이다. 그것은 그녀가 용기 행성 당국에 파일로 남긴 마지막 진술이었다. 물론 나는 상속권이 얼마나 중요한지 잘 모르겠다. 가모장님과 주황 부족은 사유지를 포기하고 도주하고 있다. 환이 체포되는 바람에 가모장님의 계획은 아주 많이 흐트러졌다. 국내 보안부는 그녀가 얼마나 많이 당국의 일에 간섭했는지 알아내는 데 오랜 세월이 걸릴 거다.

나는 믿지 못하며 고개를 저었다. 나는 누가 가모장님을 그

녀가 사랑하는 사유지에서 몰아낸다는 것을 상상할 수 없었
다. 하지만 또 생각해 보면, 호랑이들은 늘 역경에서 빠져나온
생존자들이었다.

편지는 계속되었다.

*유감스럽게도, 이건 네 부모님이 너를 두고 떠났다는 뜻이다. 도
망자가 아닌 가장 가까운 친척으로서 법적으로 이제 나는 너의
후견인이다.*

눈이 따끔거렸다. 하순은 순이 이모에 대해서는 언급하지
않았다. 하순은 내가 순이 이모와 가까운 사이라는 것을 알지
못했다. 그러나 나는 행간을 읽을 수 있었다. 순이 이모도 나
를 떠났다. 이모가 내게 준 칼을 잃어버린 것은 결국 나쁜 징
조였다.

백호는 내게 말했었다.

'맹세를 깬 대가를 기꺼이 치러라.'

"이제 우주군뿐이구나. 우주군을 네 고향으로 만들어라,
생도."

나는 혼잣말로 속삭였다.

다음 날 채원 선장은 해태호에 다시 승선한 나를 반겼다. 학
소위가 나를 선장실로 안내했다.

"괜찮을 거다. 괜찮을 거야."

학이 어색하게 말했다. 이미 모두가 무슨 일이 일어났는지, 내가 무엇을 했는지 알고 있었다. 내가 말했다.

"고맙습니다, 소위님."

아름답게 꾸며진 선장실에서 나는 다시 한번 채원 선장 앞에 섰다. 고맙게도 우리가 그곳을 뒤졌던 흔적은 남아 있지 않았다.

"너는 많은 일을 겪었지, 생도."

선장은 동정하는 듯한 말투로 말했다.

"선서를 할 준비가 되었나?"

"그렇습니다, 선장님."

나는 말했다. 목소리가 떨리는 것을 어찌할 수가 없었다. 끝에 고리가 달린 선장의 칼에서 눈을 뗄 수도 없었다.

"'천 개의 세계'에 봉사하고, 그곳의 사람들을 지키고, 지휘 계통을 존중하고, 상급자에게 봉사하겠다고 맹세해라."

채원 선장이 말했다. 그녀의 목소리가 울렸다.

"지금 이 순간부터 너는 다른 사람들에게 봉사하는 데 전념하는, 너보다 더 큰 존재인 우주군의 일원이다."

내 시선이 선장의 칼에 고정되었다.

"저는 '천 개의 세계'에 봉사하고, 그곳의 사람들을 지키고, 지휘 계통을 존중하고, 상급자에게 봉사하겠습니다."

말들은 내 입 안에서 빠져나오면서 나를 쏘았다. 그러나 그

맛은 달콤했다.

"네 오른손을 다오."

선장이 말했다. 상처가 있는 손이었다. 나는 오른손을 내밀
었다.

그녀가 칼을 내리치면서 칼이 번뜩였다. 의도했건 의도하
지 않았건, 그녀는 나의 오래된 상처를 베어 열었다. 상처가
나은 자리에 새로운 상처가 생길 것이다. 나는 샘솟는 피를 몰
두해서 바라보았다.

"다 됐다."

채원 선장은 보통 때의 목소리로 말했다.

"침실에 가서 보고해라. 다른 사람들이 너의 새 임무를 자
세히 알려 줄 거다. 너는 전과 같이 남규, 유나, 지 생도와 함께
있을 거다."

"네, 선장님."

나는 감정에 압도되어 속삭였다. 나는 그녀에게 경례한 다
음 명령에 따라 사무실 밖으로 나갔다.

가는 길에 나는 한 창문 앞에서 멈추었다. 별들의 광경은 언
제나 아름다웠다. 내가 우주에서 복무하는 일의 가치를 알게
됐기 때문에 더욱더 아름답게 보이는 것 같았다. 나는 우주군
에서의 복무를 무엇과도 바꾸지 않을 것이다. 내 미래는 우주
군에 있었다. 나는 여전히 선장이 되겠다는 꿈을 꿀 수 있었다.

"생도! 자네는 어디 갈 데가 없나?"

날카로운 목소리가 내 뒤에서 들렸다. 나는 재빨리 차렷 자세를 하고 뒤로 돌아 경례했다.

"죄송합니다, 장교님!"

그 장교, 중위는 나를 훑어보았다. 내 명찰을 보자 그가 눈썹을 치켜올렸다.

"아, 네가 그 생도로군."

그는 잠시 침묵한 다음 물었다.

"선장실에서 오는 거지?"

"네, 중위님."

"좋은 일이군."

그는 의미심장한 눈길로 바라봤다.

"하지만 그게 늘 있는 일이라고는 생각하지 마라, 세빈. 선장님은 화장실 청소를 해야 하는 생도와 시간을 낭비하는 것보다 더 중요한 할 일이 많다. 자, 갈 길 가라."

"물론입니다, 중위님. 알고 있습니다."

나는 다시 경례했다. 그다음 재빨리 침실로, 친구들에게로, 내 다음 임무로 향했다.

감사의 말

나의 경이로운 편집자 스테프 루리와 릭 라이어던에게 감사드린다. 둘 중 하나만 없었어도 이 책은 나올 수 없었을 것이다.

또한 제니퍼 잭슨과 마이클 커리, 그리고 나의 에이전트 세스 피시맨에게 감사드린다.

내 작품을 먼저 읽어 주는 독자들, 사이포맨드라, 데이비드 길런, 티나 길먼, 헬렌 키블, 이윤경에게 감사드린다.

나를 지지해 준 다음의 사람들에게 감사드린다. 담피레사, 엘러, 스테퍼니 폴스, 이시스, 소냐 타페, 바스, 어슐러 위처.

무당의 개에 이름을 붙여 준 리슨에게 특별한 감사를 드린다.

그리고 마지막으로, 하지만 앞에 말씀드린 분들과 마찬가지로 중요하게, 내 남편 조지프 베츠바이저와 내 딸 아라벨 베츠바이저, 그리고 나의 자매 이윤경에게 내가 이 책을 쓰는 동안 나를 참아 준 것에 감사드린다.

소설Y

호랑이가 눈뜰 때

초판 1쇄 발행 • 2023년 5월 30일
초판 4쇄 발행 • 2023년 7월 11일

지은이 • 이윤하
옮긴이 • 송경아
펴낸이 • 강일우
책임편집 • 김준성 김유경
조판 • 박아경
펴낸곳 • (주)창비
등록 • 1986년 8월 5일 제85호
주소 • 10881 경기도 파주시 회동길 184
전화 • 031-955-3333
팩스 • 영업 031-955-3399 편집 031-955-3400
홈페이지 • www.changbi.com
전자우편 • ya@changbi.com

한국어판 ⓒ (주)창비 2023
ISBN 978-89-364-3907-1 03840